語りつぐ戦争

一〇〇〇通の手紙から

朝日放送 編

東方出版

序にかえて

ジャーナリスト　鳥越俊太郎

カレンダーが一枚めくられるごとに、あの戦争の記憶が遠ざかっていく。もう少し厳密に言うと、この日本で戦争の実体験を持たない――戦争を知らない人々が一人、また一人とふえていく。私には歴史の歯車がかすかな音を立てながら回っていく光景が浮かんでくる。

日本が近代国家の歩みを始めてから（つまり明治維新の日から）まだほんの百三十八年（二〇〇六年現在）しか経っていないのだが、日清、日露、日中、太平洋戦争と、その半分ちょっとの歳月を戦争で埋め尽くして来たことになる。それは最後の六十年間、日本は他国との間で一発の銃弾も交わすことなく、平和を享受したことをも意味する。

私は記者としてカンボジアやイラン・イラク戦争、パレスチナ、南部レバノン、イラク戦争と数多くの戦場を取材して来て思うのだが、普通の市民が戦争に巻き込まれる恐怖感を全く持つ必要もなく日々の暮しをしていける、そのことは何と幸せなことなんだろう、と心の底から思う。

しかし、最近、その幸せが次の不幸を生み出す土壌になっていかなければいいが……というかすかな不安を覚えるようになって来た。総理大臣が「戦死者の霊を悼む」という一片の言葉で、その実体は明治以来の戦争を推進して来た靖国神社参拝に拘り、いまや戦争を全く知らない世代の政治家が総理大臣と官房長官を務め「憲法改正」を声高に語る。かと思えば同じように戦中・戦後の有力政治家の二世、三世たちが外務大臣や政党幹部として「核保有の議論をすべきだ」と主張する。

北朝鮮の核実験やミサイル発射訓練のニュースを耳にし、中国で日の丸の旗が焼かれるシーンをテレビ画像の中に見る国民の中にも、こうした政治家の発言を受け入れてしまう空気が広がりつつあるのを私は感じる。

危うい。

戦争はいかなる大義名分があろうとも残酷なものだ。悲惨なものである。その被害を一身に受けとめねばならないのは、ごくごく普通の、名もなき一般市民なのに、その市民が好戦気分に満たされていく。それが明治維新以来の戦争経験で得た私たちの一番大切な〝負の記憶〟――教訓であるはずなのに、この六十年の平和の中で最も大事にして来たはずの記憶がジクジクと溶け始めているのだ。

二〇〇五年、戦後六十年を記念して朝日放送（ABC）が「語りつぐ戦争」という特別番組を放送した。私はそのナビゲーター役を務め、一部戦争体験者の取材をもさせてもらえた。スタジオで収録中、またかつての被爆地で人々の声を聞きながら、そしてもう一度放送全体を録画で見返しながら改めて思ったのだが、戦争がいかに酷い運命を私たちの父や母、子どもたちに強いて来たか。それは本当に想像を絶するものがある。

恐らくこの番組制作を意図したスタッフたちも千通を超す戦争体験者の手紙やインタビューが自らの手の中に集まり始め、改めて戦争の実態に仰天したに違いない。スタッフの大半もまた戦争を知らない世代だからだ。その意味でこうした番組を敢えて世に問うた朝日放送のスタッフ陣には私なりの敬意を表したい。

番組の最後、エンドロールが流れる中でナレーションはこう結んでいる。

「あの戦争は何であったんだろう？　懸命に生きて来た人々の言葉があります。必死に生きて来た人々の言葉があります。語りつぎたいこと、語りつがねばならないこと。千通を超す手紙に綴られた一語一語はその叫びであり、祈りです。決して風化させてはいけない、決して繰り返してはならない、負の記憶として語りつぐ戦争。これこそが永遠の命題なのです」

昭和二十年八月十五日、終戦のとき、私は五歳だった。空襲や警戒警報のサイレンの音、防空壕や防空頭巾、B29の機影、灯火管制の黒い布……切れ端ながらしっかりとした戦争の記憶を持つ〝最後の世代〟として、私もまた同じ言葉で本書の前書きを締めくくりたいと思う。

「語りつぐ戦争。これこそが永遠の命題」

語りつぐ戦争●目次

Ⅲ　銃後の生活・疎開・学徒動員

お名前の下の年齢は、終戦から六〇年にあたる二〇〇五年時の年齢を手記より引用または推定したものです。

Ⅰ　大阪大空襲

空襲とその頃

滋賀県大津市　小川海郎（六八歳）

〝熱い〟と首筋に大きな火の粉がベターとつき、慌てて右手で払い落とした。火の海の中を防空頭巾の上に、布団をかぶり逃避している昭和二〇年三月一四日未明のことである。国民学校二年であったことであり、戦時中の体験がどの程度綴れるかと思うが忘れられない体験談として記してみた。

住所は大阪市港区桂町一丁目（市岡商業学校の近郊）で私は音羽国民学校の二年生。町内には防空壕があり、各々の玄関横には水の入ったバケツと竹やりが置いてあった。

我が家では一階床の間の上に羽付帽子をかぶった昭和天皇と皇后の写真があり、父親が時々手を合わせていた。その横の柱に布のカバンがぶらさげてあり、ひとつには米とスルメ、もうひとつには幾ばくかのお金を入れてあり、万一のときのため準備をしていたようである。天井からぶら下がっている電灯カバーには黒布が乗せてあり、空襲警戒警報のサイレンがなれば黒布で電灯の周囲を覆い明かりが窓から外に漏れないよう、他の電灯はすべて消し一点灯のみでその部屋に家族が集まることになっていた。寝るとき必ず枕の上に脱いだ服を折りたたみ、防空頭巾を置き、いつでも闇夜でも身に付けられる様に躾をされていたわけで、当日（三月一四日空襲による逃避）は真暗い中階段下から起こされ手探りで着衣、母親のいる一階へ降りたのを覚えている。

小学校には軍隊が校舎の半分を設営し屋上には高射砲五基が並べてあった。

子供たちは軍隊校舎に出入りできなかったが、たまたま将校の訪問したい家へ将校と軍曹を案内したことから将校付きの軍曹にかわいがられ自由に出入りすることができ、軍隊の映画鑑賞会には兵隊の中に紛れて映画館につれてもらったこともあり、〝ぼうず石鹼箱はないか〟といわれれば家にあった鉄板製の蓋付（二つ折り）石鹼箱を持っていく。また将校の書付を軍曹と一緒に届けに行くと、当時は手に入らないキャラメルやバナナを貰ったことがあり兵隊さんはいつも食べられていいなと思ったものだ。このようなことから屋上へあがったり、きれいに掃除された廊下を汚れた靴で走ってしかられ軍曹のところへ助けを求め逃げて行ったことが思い出される。

昭和一九年までの空襲の警戒警報のサイレンはウーーウーーと尾を引く警報で空襲警報のウーウーと間隔の短くて忙しい警報は少なかったが、昭和二〇年に入ると警戒警報のあと即空襲警報のサイレンが出るようになり上空を見れば早くもＢ29が飛行していた。

Ｂ29が悠々と飛んでいたように見えた。これは小学校の屋上から高射砲を撃っているも、Ｂ29の下方で破裂し白い煙を出しているだけで高度を飛ぶＢ29にその破片が届かない上空を見ていたからである。また日本の戦闘機が攻撃しないのは何故だろうと思ったものだった。

一度だけＢ29が煙を上げながら落ちてきたことがあり、見上げていた大人たちが騒ぎ出し竹やりを持って走っていくので私も行こうとしたが父親に「子供はいってはだめ」と止められ上を見ると落下傘がひとつだけ降りてきた。後で聞いたことだが、その米兵は死亡していたとのこと。またＢ29が飛来して悠々と一機だけ飛んでいるとき、下から日本の戦闘機が右下から上昇しＢ29に体当たりし、戦闘機は真逆さまに落下していきＢ29は巨体をゆらゆらさせながらゆっくり落下していったこともあった。

向いの東さん、金本君のお父さんは兵隊さんになっているのに自分の父親は兵隊ではないことはちょっぴり恥ずかしさがあったが、戦前の家業は悉皆《しっかい》業《ぎょう》で番頭さん、丁稚さんがいて兄が「ボン」、私が「ボンボン」で育てくれていたらしいが戦争時に入り父親は商売をやめ軍事工場に勤めていたようである。

兄は中学で学徒動員にかり出され、軍事工場で高射砲を造っていると言っていたが、当時は中学生になると小学校の屋上にあるあのような大砲を造れるのかと感心していた。学徒動員での帰りはいつも近くの河へ手を洗いに行っているが、ある日グラマンの機銃攻撃にあい、橋の下に逃げ込むも逃げ遅れた友人が撃たれ、その場で亡くなったと母親に悲しげに話しているのを横で聞いていたことがあった。

家に兵隊さんがやってきた。馬に乗ってである。母親の兄であった。その伯父は憲兵（中学校にいる兵隊さんは憲兵さんは怖いといっていた）で母親のそばにくっついて話を聴いていたが、外にいる馬を見ようと出て行くと馬の手綱を持った兵隊が直立不動になり敬礼をしてくれた。私も一瞬直立した、うれしかったように覚える。馬はすごく大きかった、伯父はすぐ帰ったが伯父に頼んでちょっと乗せてもらえば良かったと後悔したものである。

戦時中は配給券があり、その配給券で白いご飯のとき、大豆を最大に膨らせた大豆雑炊のとき、パンのときと毎日ではなかったが配給日には配給券を持って並んで食していたのである。大豆雑炊はちょっと塩がきいて大豆も口当りがよく、なかなか美味しいものであったが一杯だけに限られていた。当時はパンに人気がありパンの日になると寒い日もパン一個貰うのに朝五時に並び配給時間の八時まで母親と待ったものである。

我が家では小米（米の割れたもの）を調達して、それを炊いて三角にぎりで干し、表面が硬くなったものを練炭で焼き、醤油を刷毛で塗り再度軽くあぶって食べていたが、小米そのものがなかなか手に入らなかったようである。

さて三月一四日の未明のこと、寝ながら聴いていた空襲警報は鳴り止んだと思ったのに母親の下から呼ぶ声に急いで、服と防空頭巾を身につけて一階へ降りていくと母親から外の防空壕に入るようにいわれ、家の外に出て空を見上げると花火のようにきれいに広がった火の玉が夜空に見えた。

私に花火のように見えたのはまさしく焼夷弾で、ひとつの火の玉が落下しつつその火の玉がパッと幾つもの数に広がり、広範囲に落ちてきたからである。

防空壕には大人と子供数人入っており母親から呼びにいくまで防空壕を出ないようにいわれ入っていたがしばらくすると大人も子供も出て行き一人になった。母親が呼びに来るまで待っていようとしていたが、大きなお腹をしていた筋向いの金本のおばさんが戻ってきて「ここにいると死ぬよ」といわれたことで、急いで出なければと呼んでもらった出口より出たとたん防空壕の木枠につまずいた。私の頭がおばさんの大きなお腹にあたり、おばさんはうなりながらその場にうずくまる状況を見ながら私は家に飛び帰った。六〇年経った今も無事逃避されただろうかと思い出され、気になっているひとつである。

家に入ると奥は火の海になっており、中学生の兄が布団を抱えて「逃げるぞ」と。そこへ母が防空壕に私がいないと叫びながら帰ってきて、私を抱きかかえたことを覚えている。

逃避にあたり防空頭巾の上に水をかけた布団をかぶり、母の誘導で火の海（家屋が燃えた大きな火の粉が強風で舞い上がっている、このとき首筋に火の粉がついた）の中を強風で布団がめくれ大きな火の粉が入ってくるため布団を押えながら、何時間か覚えていないが下を向いたまま逃避した所が市電夕凪橋駅から少し離れたところの桃谷順天館の門前（石造りで焼け落ちていなかった）に逃避の人々が集まっていたがこれから何処へ行くべきか誰もわからない状況の様子であった。

電車軌道の向い側では家屋が燃え盛り崩れていく家をただ見ているだけであった。その様な中、兵隊が列を組み右へ行ったり駆け足で左へ行ったりしているの見ていると「小学校の門前で兵隊さんが倒れていた」と中学生くらいの人が言ったので、知っている兵隊さんでなかったかと思ったが……（小学校にはいつも門衛が二人直立不動で立っていた。その二人には退避命令がなかったと思われる）。

しかし不思議にもこのような中で鐘を鳴らし消防車が走っていた。水も出なかったのであろう行ったり来たり走っているだけである。

当日父親は外出し不在であったことから母親は兄と私を連れて必死であったことであろう。母は父に当日の外出を止めていたことから、後々までこのときのことで愚痴っていたこと覚えている。

桃谷順天館前で夜が明け大人達が動きだし、母親に手を引かれ火災を逃れたある学校の講堂に移った。多くの人が集まりざわつく中へ父親が来て母親に一生懸命話をしているところへ、天王寺に住まいする叔父が心配して来てくれた。叔父の家は火災から逃れたようなことを言っていた。

カンパンの配給を受けたあと叔父の家で、母親が逃げるとき持ち出したカバンから米を出し、七輪とフライパンを借り、米を炒って食したことを覚えている。そこへ父親がどこかで調達した大八車に長持ちを乗せて戻ってきた。その後母親に手を引かれ歩いていたが、疲れて長持ちの上で寝てしまい、着いた所が京都の四条大宮にある伯父の家であった。その家で卵一個を入れたすまし汁のものすごく美味しかったことが忘れられない。

京都へ着いたのは（三月末に大阪から一時避難のため母親の姉が見つけてくれていた右京区太秦安井の小さな家へ荷物を運ぶ予定であった）前もって借りた家屋があったことによるものである。

京都では三菱重工軍事工場が近くであったことからB29からの爆弾投下が時々あった。近所の人達はその都度ざわめいていたが私は気にすることはなかった、が一度だけグラマン戦闘機が低空してきて銃撃をされたときは慌てて軒下へ逃げたことがあった。その銃弾を拾いわざわざ警察へ届けに行った覚えがある。

生活では親は苦労した様子であり、父親は大阪在住のときは軍事工場に勤めながら本来の悉皆業を細々としていたので、京都に来て悉皆業を始めたがあまりうまくいかなかったようである。

この時代はお金では農家が米を売ってくれないことから母親がなれない農家の田んぼへ手伝いに行き米を貰ってきていた。足に蛭をつけて帰ってきたことが時々あった。それを私が引っ張ってもなかなか取れないので〝この吸血魔め〟とバシィとたたいて母親の足から取っていた。

二〇年八月に終戦となり、かぼちゃ、サツマイモが主食となり、初秋には近所の子供達と針に糸を通し田んぼのあぜ道でイナゴを取っては糸に通して数珠つなぎにし持ち帰り、イナゴや芋づるをいため焼きにして食した想い出が残る。

火の中を風上へ

大阪府羽曳野市　佐伯茂（七五歳）

テレビの放映で、戦火にたたずむ孤児を見ると、六〇年前の私の姿が重なって見える。六〇年前の私は一五歳。大阪空襲の三月一三日、軍事工場の当直警備員のその中に私は居た。号令とも、叫び声ともわからぬ言葉で叩き起こされ、暗闇で相手の顔がやっと見定め出来る中で、整列し、持ち場〳〵にと散って行った。

B29が頭上に現われた。遠くの空に次々と、花火の様に、数多く火の粉が落ちてゆく。恐怖と言うより、闇夜に落ちる火が、美しく思えた。そして次の瞬間、キーともザーとも云う、不気味な金属音。油脂性の六角形の筒が数十本束になった、焼夷弾がすぐ眼の前に落ちて来た。地上に落ちるとバンドがはずれ、その筒の油が四方八方に、火を吹いて飛び出す。私達はかねてから、教えられた通り、藁縄の箒《ほうき》で、叩いて消す。しかしその数、中途半途でない。息つく間もなく、あたりは火の海だ。やがて箒自体が燃え出し、手近のスコップにもち替え、叩き〳〵消火につとめた。右に左に……どれ程時間がたったか、もう夢中だった。みんな、それぞれ声を出しながら……。

その時、突然大きな声が、「貴様等、何をして居るんだ」。フッと見ると軍服姿の班長だ。私達は、その時代、みんなが行なった様に直立不動、そして敬礼した。すると信じられない言葉が出た。「早く逃げるんだ」。

当時この時代、進め!! 突撃だと良く耳にした。しかし、逃げろ、と云う言葉は聞いた事がない。その言葉の終らない内に、数人がその人の周りに集まって来た。恐らく、一緒にここまで来た人達だ。すると、重ねて、「早くしろ!! あたりは火の海だぞ!!」

私達ははじめて、周囲を見て驚いた。そして少しでも火の少ない方向へと向った時、「馬鹿者、こちらに逃げるのだ」。炎の立つ方向を指さした。赤々とした炎、昼間の様な明るさ。「風上に行くのだ。この先には広場がある。風下にゆくと、逃げ場がなくなる。俺《ワシ》について来い!!」

班長は火の中に消えていった。私達は、お互い顔を見合せた。しかし、上官の命令だ。一人が意を決して、手にしたバケツを捨て火の中に消えた。誰ともなく次々と、それに従った。あまり広くない道巾、両方から火柱が、時々火が吹き出す中を走った。火は熱いと云うより、痛かった。何よりも、眼が開けて居られない。煙で眼が痛い。熱風が舞い、思いもかけないものが崩れ、つぎつぎ行く手に倒れてくる。やっと工場の裏の空地に出たが、工場の敷地より、町の方の火の手が大きい。下町の通路はさして広くない。迷った。

どこを、どういう風に走ったか、やっと市電の路面に出て気が付けば、大正橋の上に居た。仲間にも友達にもはぐれ、見知らぬ人の中で一人になり、はじめて家の事が気になったが一夜を過ごすしかなかった。やがてあたりが明るくなり、町がその姿を現わした。文字通りの焼け野原、レンガ造りに混じって家らしきものを見受けるが、人影はなく、まだ火の手はそこかしこ、煙は土熱でくすぶり続けている。仕方なく元来た道を、我家の方向にと歩き出した。途中焼あとに黒こげの死体をよけながら、何人も何人もの死骸のくすぶる中、やっと自分の家らしき跡についた。もちろん、全焼だ。

あとかたもない我家、思い出したくもない、あの時の六〇年前の私と、ニュースがダブり、今の私に囁き、そして、問いかける。今は、平和だ。

今の人には、当然過ぎる程平和な日々である。六〇年前の私の様な事が、二度とあってはならない。

しかし、遠い昔、日本にもこんな事があった事を知って欲しい。

軍需工場女性リーダーの悲惨な死

香川県高松市　東原春良（七八歳）

昭和二〇年、当時私は一八歳。戦時体制下、大阪市内のある軍需工場で国策遂行の信念に燃え、何事も率先垂範職務をはたし、上司からの信頼を励みに、日夜張り切って頑張った青春時代でした。

三月東京大空襲から日を追って本土への空襲は激しさをまし、夜もおちおち眠られぬ事態がつづくようになってきた。

そして遂に六月一日、不気味なほどの雲一つない快晴の朝、淀川の水面にうつった真っ赤な太陽が昇っていたのが、なぜか今も脳裏からはなれない。

いつもどおりの一汁一飯の粗末な朝食をとり、それぞれの職場へと散っていく。

それにつけても、明日のいのちがしれぬ中、だれ一人として不平不満や愚痴をこぼす事もなく成り行きをわきまえ、日の丸に玉砕、と染め抜いたあざやかな鉢巻きをしめ職場へとむかう女子社員たち、実に頼もしいかぎりでしかなかった。

始業から三〇分、警戒警報のけたたましいサイレンの音、即座に作業を中断。対空監視の部署である屋上へ走り上がる。対空監視要員は二人ほとんど同時に部署につくや否やけたたましく空襲警報のサイレン、即座に双眼鏡で神戸方向の上空をみる。

目に飛び込んだのは、まさしくB29爆撃機の編隊が東にむかって来るではないか。

マイクを握り締め、敵機飛来、敵機飛来とびっくりするような大声でどなった。

嫌な予感が的中、B29が目視四五度に飛来したと思った途端、上空が嵐か豪雨のような異様な音、焼夷弾が投下され上空で炸裂して物凄い火の雨が空一面をおおって落ちてくるさまは筆舌にはつくしがたい光景でした。

一瞬にして見渡す限り火の海となり物凄い炎とすさまじい黒煙が上空をおおって真っ暗、日頃の消火訓練もこのような状況ではいっさい役にたたなかった。

むろん消防車も消火施設も猛炎につつまれて全く手のつけようがない、これでは対空監視の用も無いので地上に降りてビックリした。そこは地下防空壕の入り口で同じ職場の女性リーダーが同僚たちを誘導していたとのこと。腹部を焼夷弾の筒が貫通してはらわたがふきだしているが手のつけようもないまま、周りを取り囲んだ同僚たちに見守られ息を引きとったが、無念さが込み上げてならなかった。

広大な工場の建物全体が完全に破壊され、炎とすさまじい黒煙が上空をおおい真っ暗。突然、夕立のような大粒で黒い雨が激しく降り出したが、皆ただ呆然とずぶぬれになってつったっている。

二波三波とつづいた爆撃もようやく終り、警報も解除されて一安心。

しかし爆撃はおわったがあちらこちらの施設が物凄い火柱と黒煙をあげて激しく燃え続けるがどうにもならなかった。

今思えば、戦前、戦中、戦後、そして現在と生き延びてきたものの、その当時生死の境をいくたびか経験したが、二度とこのような悲劇の無い平和で明るい日本であることを願うと共に、当時犠牲になった先輩諸兄姉の冥福を、祈ってやまない。

半世紀前の記憶

兵庫県神戸市　近藤汲（七五歳）

昭和一六年一二月八日、第二次世界大戦が始まり、当時小学校五年生であった私は、あの長い詔勅を覚えるのに、大変な苦労をしたことを覚えている。何しろ女学校の入学試験は内申書と口頭試問で合否が決められ、九軍神の名や戦争に関する問題をことごとく記憶する必要があったからだ。それでも無事女学校に入学しラジオから流れる「勝った！勝った！」のニュースに踊らされながら、一応勉強らしきものを続けた。昨今とは比べものにならないスパルタ教育であった。

二年生になると、警戒警報や空襲警報のサイレンが鳴り響くようになり、午前中に解除にならなければ、再び登校しなくてもよかった。まだ子供だった私達は、そんなことを喜んだりしたこともあった。ところが、あの大阪大空襲の日が現実にやって来たのだ。確か女学校、二年生の終業式の夜だったと記憶している。

両親は、五つ位の行李に田舎に疎開する衣類等を詰め、急ぐ物から番号をつけて押し入れに並べ、あと二、三日したら発送する予定であった。

昭和二〇年三月一三日午後一一時半頃、警戒警報のサイレンが鳴り、やがて空襲警報に変わった。「今夜はいつもと違う」そう肌で感じた。警防団に所属していた父は、警報が出る度にゲートルを巻いて、西区商業学校の櫓《やぐら》のてっぺんで半鐘を打つのが使命であった。母と私に「防空壕から出るな」と言い残して駆けて行った。何とも言えぬ不気味な音の下で、しばらくはじっとしていたが、壕の入り口から見上げると、もう空は真っ赤でザァーッという音と共に、周りは火の粉におおわれ、石畳には焼夷弾が突き刺さっていた。日頃の訓練など何の役にも立たず消火をあきらめ、真っ赤に炎を出して今にも焼け落ちそうになった我が家を何度も振り返って、母に引っ張られるようにして走った。よその家のガラスを素手で割った母の手には傷一つなく、夢中でその家を通り抜け、東条病院の南の道へ出た。

所々に備えつけられていた防火用水の水には、薄く氷が張っていた。氷をたたき割り冷たい水を頭からかぶって熱風の中を走った。しかし、どこまで行っても火の海だ。たちまち衣服は乾いてしまい、同じことを繰り返しながら、唯逃げ回っていた。

ジャンジャンと半鐘が鳴っている。母は「父ちゃん、まだ半鐘たたいてはる。はよ逃げな死んでしまわはる！」と気も狂わんばかりに叫んでいた。私は唯恐ろしさで一杯だった。御池橋のあたりで同窓だった森本さんの顔を見た。煤だらけでよくわからなかったが「森本さーん！」と叫んだだけで、いっときもじっとしていられる状態ではなかった。

四ツ橋の近くにやっと空地があって、たくさんの人がうごめいていたが、どうにか座り込むことができた。しかし、それはほんの瞬時のことで、ザーッという音と共に無数の焼夷弾が頭上から降ってきた。母が何を思ったのか、私を両手で突き飛ばした。その時、焼夷弾は私の体すれすれに突き刺さっていた。私は母に助けられたのだ。大火になった為、旋風が巻き起こって自動車が宙に浮き、私達も吹き飛ばされた。心臓が悪くて「壕からは絶対出てはならない」と掛かり付けの医師に言われていた母に、あんな力がどこから湧き出たのか。私は一四歳にもなっていたのに、母に頼って言われるままに行動していた。

いつの間にか御堂筋の西側に立ちすくんでいた。建て物の上から大きな炎が、津波が押し寄せるかのようにおおいかぶさってきた。左へ右へと炎をよけて、その度に「もうおしまいだ」と死の迫るのを感じた。この頃には父の鳴らしていた半鐘の音も消えていた。

母が「腰かけよう」と言ったので、ちょうど地下鉄に降りる階段があり、そこへだまって座った。地下鉄の入り口の扉は固く閉ざされ、怖そうな男性が突っ立っていてどうにもならなかった。すると母が突然階段を降りて「この子だけでも入れてやって下さい」と必死で頼んでいるではないか。母はあとで特高警察の人だったと言っていたが、私を助ける為には、自分はどうなってもいいと思っていたらしい。ところが「子供だけ助かってあんたはどうなってもいいんですか」と男の人が言った。母は「上にまだ一〇人くらい近所の人がいるんです。助けて下さい」と頭を地につけて頼んでいた。「みんな呼んで来なさい」と思いがけない言葉が返ってきて、扉をあけてくれた。

地下鉄心斎橋は極楽であった。煌々と電気がついていて、だんだん人が増えて来たように思う。頭から何度も水をかぶって下着まで濡れていたのに防空頭巾もはんても、あちこち焼け焦げていて、炎の恐ろしさを物語っていた。電車が入ってきて、駅員さんが「梅田方面は焼けていないそうです。皆さんこれに乗って下さい」とメガホンで叫んでいて、周りの人に押し込まれるように唯黙って電車に乗り込んだ。

梅田駅に降りると、南の空は真っ黒に見えて、ものすごい炎はどうなったのかと思った。夜明け前だったように覚えている。隣組の中島さんの親戚が塚本にあるというので、十三大橋を放心状態で歩いた。どういうわけか、しょぼしょぼと雨が降っていた。

塚本の家に着くと、大勢で押しかけたにもかかわらず、おにぎりや切り干し大根のおかずで私達をねぎらって下さった。あの時のありがたさは、今も忘れることは出来ない。炎の中をくぐり抜け、煤でやられた目は真っ赤になっていて、小さな薬局で目薬を買って来てもらい痛さをこらえた。

疲労は限界に達していた筈なのに誰も眠ろうとはしなかった。いつまでもお世話になるわけにもいかず、別れを告げて、それぞれ散らばっていった。私達母子は父の安否も気遣われたので、焼け跡まで歩くことにした。

梅田からは、焼け跡の電車の線路に沿って南へ南へと歩いた。薄墨色の雨がしょぼしょぼと降っていて、その中を狂ったように一点を見つめて歩く焼けただれた女がいた。だんだん筵をかぶせた死体が多くなってきた。母は一枚一枚筵《むしろ》をめくって、父ではないかと探しながら歩いていた。死体は真っ赤に焼け焦げて炭のようになり、男女の区別もつかないのもあった。私は恐ろしくて手を触れなかったが、母はことごとく死体を確かめることを怠らなかった。どれくらい歩いたか覚えてはいないが、わが家の焼け跡あたりまで来た。

茫然と眺めていると、形のまま灰になっている本のあるところを見つけた。ここだ！　父は本が大好きで、母がいつも「箪笥の数より本棚が多い。なんとかして！」とか「二階が落ちる」とか文句を言う程の本を持っていた。昔の文学の本で我が家の宝物でもあった。

家主さんの土蔵がぽつんと残っていて、そこに「七組の近藤は大宮へ行け」と大きな字が焼け焦げた釘のような物で掘ってあった。大宮というのは父の従妹の家のことだった。「父ちゃんが生きてはったよ」とこれを見つけた母は私を大声で呼んだ。

二人は今まで涙を流す余裕もなかったのに、どっと泣き伏し全身の力が抜けた感じがした。何か焼け残ったものはないかと暫く眺めていたが、見事に灰になって何一つ残っていない。ふと気がつくと煤で汚れた男性がこちらを見て立っている。目はぎょろぎょろして、ロイド眼鏡をかけていた。父だ！とすぐわかった。「あっ父ちゃんだ」と思ったが声にはならなかった。父も私達のことを「幽霊ではないかと思った」と言っていた。

「壕から出るな」と言い残して別れた父は、どうしても焼け落ちた壕の辺りを掘り返す気がしなかったそうだ。雨に汚れた風呂敷から、「兵隊さんにもろうたが、お前たちが生きていたら食べさせてやろうと思うて、一晩中持って歩いた」とおにぎりを五つ出してくれた。父は飲まず食わずで歩いただろうに。私は、ジーンと涙がこぼれた。汚い等とは思わず、隣組の人とわけて一個ずつ食べた。

当時両親は、今でいう塾を開いて小学生を教えていたが、教え子の一人が、出征した父親に残された壕の中で、母親と抱き合って死んでいたという悲しい情報を知った。うちの壕を掘ってみると、弁当箱が黒く焦げてご飯が半焼けになっていた。ほかは何も形を残していなかった。たった一つ懐中時計が煤けて時を刻んでいた。その後すぐ止まったが、ねじを回すとまたコチコチと動いていた。

父が焼け跡からへしゃげたバケツに大豆をいっぱい入れて戻ってきた。住友倉庫の焼け跡から集めてきたらしいが、油臭くて食べられそうになかった。父はどこから探して来たのか、棒切れをバケツに通して、母と二人でかつぎ、大宮の親戚まで足を引きずるようにして歩いた。途中、上本町まで来た時「学校はどうなったのかなあ」と思わず言った。当時私は清水谷高女の二年生の終業式を終えたばかりであった。大宮町に着いたのは、もう夜に近かった。

翌日から父は故郷の高知へ帰るため、罹災証明書等をもらいに走り回っていた。どこへ行ったのか私は覚えていない。母は学校へ転校手続きをしに行ったりした。罹災しなかった児玉さんが、ご自分の服の古いのだと言って何枚か下さって、一枚の着替えもなかった私はとても嬉しかった。

二〜三日して、大阪駅で一日中並んで、やっと汽車に乗ることが出来た。いつまた空襲があるかわからないと思うと恐ろしくてたまらなかった。ちょうど神戸に大空襲のあった日だったと思う。三宮あたりは汽車ものろのろと走った。焼け落ちた地面は、まだ火の固まりのようなものが、めらめらと燃えていた。あの空襲の時の様子が今でも目に焼きついている。

罹災者専用列車の中は通路に新聞紙を敷いてぎっしり座り込んでいた。やっとの思いで四国に渡り「ああ助かった」と思う間もなく、土佐山田のトンネルを出ようとした時、艦載機の機銃掃射に出会った。ここまで来て死ぬのかと思って覚悟を決めた時、汽車はあとずさりしてトンネルに入った。トンネルの出口に爆弾でも落とされたら、もうおしまい。三月というのに汽車の中は煙と人いきれでむせ返っていた。みんな黙っていたように思う。泣き叫ぶ人など一人もいなかった。水筒の水はもうない。いよいよ最後の時が来たと思った。

ずいぶん長い時間に感じたが、間もなく空襲警報が解除になり、汽車がトンネルを出ると兵隊さんが飛び乗って来て、高知駅に向かって走り始めた。まわりの田や畑の緑、ちらほらと見える人影、「あゝ生きていたのだ」と大きく息を吸った。高知駅に着くと、じろじろみんなが見るので恥ずかしかった。二三日の夜、水や泥をかぶったままの姿だったからだ。唯、駅員さんが「恐ろしい目に遭いなさったのう。お疲れさまでございました」とねぎらいの言葉をかけて下さって、涙がこぼれる思いであった。

この時この高知で再び空襲にあうとは夢にも思っていなかった。郷里に戻り、終戦を迎えたが、半年位してまた大阪に戻り、懐かしい友達と机を並べることができた。

母校では、終戦まで三年生になると、学徒動員で枚方の造兵廠で働き、一、二年生は学校に残って勉強していたが、皮肉にも下級生が空襲で亡くなったと聞いた。あれから半世紀、世界中から「戦争」をなくすことを祈る気持ちでいっぱいである。

三度の被災体験

大阪市　有馬政一郎（七六歳）

小生は所謂大東亜戦争と日本軍部が号令した約四年間旧制中学生でした。昭和二〇年三月からの大空襲を三回体験し二回は家屋内で直接被弾したものです。

戦地での戦闘でなくても大空襲の被災者は無抵抗者で悲しいものです。

第一回は三月一三日～一四日未明にかけて、西区新町通三丁目旧日本生命病院横の自宅が親子焼夷弾の直撃を受け、あッという間の炎上、周辺が大火災発生です。それまで軍部からの防空防火演習で焼夷弾がもし落下されても、この様に消火せよと何度もした防火訓練がなんだったのかと無情を感じたものです。

焼夷弾が木造家屋を直撃すると火柱が上がりアッという間に炎上たちまち周囲に燃えうつります。小生は消火態勢で屋根に居ましたが身体の横を四～五発落下しました。炎上、これは駄目だと避難、周辺は猛火で西方向は大火災。東の御堂筋へ向かって背後からの火勢に追われ焼夷弾の落下音に怯えながら無我夢中やっと御堂筋長堀川に架かる新橋にたどりつきました。旧文楽座が炎上中で、心斎橋十合百貨店前でホッとしましたが、前方（現日航ホテル）からの火勢が物凄く、これは駄目だと梅田方面の北へ逃げるんだと向かいました。途中、南御堂の伽藍が炎上中、火柱が上がり横なぐりの火勢、火の粉を被りながら辛くも脱出したものです。

最近になって空襲中地下鉄の梅田～心斎橋間が運転され多数の方が助かった事を知りましたが、小生とは時間差があったものだと思います。一五日堺筋を通行した時、B29の残骸があり時には撃墜させる事もあるんだなと思いました。

二回目は六月一日昼間。小生旧制中学四年生で勤労動員先の（当時中学生、女学生は殆ど工場等に動員され勤労中でした）大正区福町二丁目の工場内で爆弾、焼夷弾の二重直撃。アッという間に工場の建物に火柱が上がり大火災、周辺の工場住宅も大火災です。小生三月に空襲を受け又かと思いながらまだ落下してなかった千歳橋を渡り泉尾方面を北へ。徒歩でやっと地下鉄難波駅にたどりつきました。あと何分かで橋が落下したと後日耳にし、運がよかったなと思いました。

何回か大空襲がありましたが決まって空襲の後晴天にもかかわらず黒い雨が降るのです。火勢が強く水蒸気が煤と一緒に黒い雨になるんだと思いますが不気味でした。

三回目は六月七日昼間、罹災後東淀川区淡路に居住してましたが、大空襲で一つ先の崇禅寺駅周辺が大火災、柴島浄水場も被弾し水道が長期断水したものです。

小生防空壕に避難してましたが落下する爆弾焼夷弾の落下音が何ともいえない恐怖音があり、又アメリカ軍の戦闘機の機銃掃射の音がこれも凄い恐怖感で体験者にしか分かりません。翌日旧長柄橋を渡りましたが橋の途中に大穴があき、河川敷には遺体がそのまま、馬の屍体が何頭か転がっており顔を背けたものです。

まだ空襲体験有りますが長くなりますので止めます。

戦後の生活食糧難が一番の責苦で大阪駅のテント闇市等微苦い思い出しかありません。現代の食糧事情とは隔世の段で身内にも無駄にするなといいますが駄目ですね。

諄々と申しましたが小生の様に語りつぐ戦争体験者もあるんだと思って下さい。

大丸百貨店の地下へ

兵庫県宝塚市　川村充枝（七六歳）

太平洋戦争中のこと、世間で「赤紙」といわれている召集令状で若い元気な人は戦場にかり出されました。この赤紙に対して「白紙」といわれていたのが徴用の令状です。中年の男性や平和産業に従事している人は、その白紙の指令で自分の仕事をほうりだして軍の関係の施設や工場などへ働きに行かなければなりません。私の父は呉服の商売をしていましたので、白紙が来て軍需産業の会社へ行きました。今までの絹の着物にかこまれた仕事と違って埃っぽい職場での慣れない仕事で体調をくずしていました。

男性の徴用と同じように女性も兵隊さんの役に立つ仕事についていない人、たとえば学校を卒業して家事手伝いなどしていると、たちまち「挺身隊」というのにかり出されます。学校では男の先生は軍隊に行く人が多いので女の先生があとを受け持っていますが人数は不足し勝ちです。それで学校の先生を短期間に養成して教育の現場へ送り込みます。姉は挺身隊に行かなくてもいいように先生の養成所へ行って臨時教員をしていました。

次の世代を担う子どもを戦禍から守るため、子どもは親戚などを頼って田舎へ移り住むことを勧められました。そういう事のできない小学校高学年の学童は親元を離れて安全な土地に集団で暮らすことになりました。これを学童疎開といいます。弟はその学童疎開で彦根にいましたが、中学校の入学試験と三月一四日の卒業式のために家に帰っていました。

昭和二〇年、戦争も四年目を迎えて南の島では日本の苦戦が続き、沖縄は戦場と化していよいよ本土空襲が始まったのです。三月一〇日には東京が爆撃を受け、その頃になると大阪もよく警戒警報や空襲警報が発令されて、その度に家中の電灯を消したり黒い覆いをかけたり、町は闇に包まれます。そんな時私たちは玄関の土間に掘った防空壕にはいって警報解除のサイレンが鳴るまでじっとしていました。

三月一三日の夜中、もう一四日になる頃いつものように警戒警報がなり、皆起きだして身支度を整え非常袋など用意していたら今度は空襲警報です。慣れたもので母や兄弟らと防空壕に入りました。父は町会の役をしていたので近所の見回りをしていました。

その日はいつもと少し様子が違うようで空襲警報はなかなか解除されず、あちらこちらで家が燃えているとか聞こえてきます。お隣のお婆ちゃんが「もうあかん、もうあかん」と呟きながら荷物をいっぱい持って逃げ出しました。うちでも、子どもは危ないからと母が弟二人と妹をつれて、避難場所と決められている大丸百貨店の地下へ避難しました。もう一度家に帰ることができると誰もが信じていました。

子ども達がいなくなって動きやすくなった姉と私は、壕から出て外を見ると家の近くでも火の手があがっています。二階にあがって物干し場にでると、火の粉というより火の塊が飛んできます。姉と私は頭にかぶった防空頭巾の上から防火用水の水をかぶって、飛んでくる火の塊をたたいて消していましたが段々ひどくなって手におえなくなってきました。

父も帰ってきて、もう駄目だから避難しようといって家族のいる大丸へ向かいました。外に出ると前の空き地で風が渦巻いて小さな竜巻のようです。一人で歩くと風で吹き飛ばされそうなので三人手をつないで体をくっつけあって歩きました。ほんの二〇〇メートルあまり離れた大丸百貨店までやっと辿りついたという感じでした。家族を探し出して「何もかも燃えたと思うよ」というと母は放心したように涙を浮かべていました。皆、コートも着ていないし私は何故か大きなやかんを持っていました。でもそのやかんは新しいのを買うまで大活躍したのです。

やっと避難したその大丸にも上の階に火がはいったらしく地下室に煙が充満してきました。ここも危ないということで、その時もう動いていた地下鉄で梅田に出るともう朝でした。

大阪駅の待合室で、家族が寄り添ってこれからどうしようかと途方にくれていましたが、放出《はなてん》にある父の叔父の家がお寺なので一時そこへ厄介になることにしました。待合室で、近所におられた湯浅さんがご主人の安否を気づかって探しておられるのに出会いました。

その人は、母を見るなり自分の履いていた足袋を脱いで母にくださいました。そして持ってこられたお弁当も……。その頃は都会には食べ物が少なくて外食ができずどこへいくにも弁当持参でした。

片町線で放出のお寺について、玄関の間に家族六人が並んで座っていると父の叔父にあたる住職が出てこられました。きちんと衣を着て正座され「みんな無事でよかった、よう来てくれた」といってくださいました。一応お寺の一室に落ち着いて、早速父や姉といっしょにもと住んでいたところに行ってみました。一面焼け野が原で、ポツポツと白い土蔵が焼け残っていました。黒い雨が降っていました。ガス管や水道管が露出してひんまがり、まるでテレビで見る火災のあとの情景です。

もと家のあったところには焼夷弾の塊が落ちていました。もちろん燃えたあとの空っぽのものです。六角形の、長さ四〇センチ太さ六センチくらいの筒状の焼夷弾が六本まとめて大きな筒になっていました。こんなのが落ちたのですから家が無いのは当たり前です。ガスコンロはさすがに火に耐えるようにできているのか、あの猛火の中でもちゃんと残っていました。焼けてボロボロになっていたけれど形はありました。でも驚いたことに、そのコンロの火口に白いピカピカの小さな塊がくっついていました。それは、前夜お米を洗ってコンロの上にのせてあったアルミニュームのお釜だったようです。

防空壕のあったあたりを掘ってみると、柳行李《やなぎごうり》につめた着物がその形のまま焼け焦げていました。姉のお嫁入りのために両親はいろいろと工面をして着物を用意していました。そのころは衣料切符というものがあって、一人について買える衣料は限られていたのです。姉のための着物を田舎のほうへ預けようとして、やっと疎開先を見つけて荷物を送り出すばかりになっていた矢先のことでした。荷作りしたまま防空壕に入れておいたため、灰にならず形をとどめたまま焦げていました。全く信じられません。でも現実にそうなんですから……私のうちだけでなく、みんなそうなんですから。

お寺の居候もそう長くはできません。疎開させる荷物を預かってもらうために部屋を借りる約束をしていた農家に、荷物ではなく人間を預かってもらう羽目になりました。勤めや学校のある父と姉弟はその農家の部屋に移り、母と弟妹は、大和高田の母の姉の家にお世話になることになりました。

その頃、私は学徒動員といって学業半ばで軍需工場で働いていました。工場は西淀川区でしたが、その頃は電車も少なく通勤は大変でした。バスはガソリンが無いので木炭を燃やして走っていたのです。

同じように家をなくした人もいて工場の寮に入れてもらうことになりました。一人暮らしではなく二人一室で、食事は工場の食堂で食べます。兄弟の多い私にはそれでも何か一人暮らしのようで嬉しかった覚えがあります。

私たち学生は、寮生でも通勤の人と同じように昼食は学生用として用意されます。そして朝食と夕食は工場から支給されます。しかし、その量が多くてよく残しました。土、日曜日には家に帰ります。その前日にはご飯が残っても返さずに取っておき、二日分をお弁当にしてもらって持って帰ります。何よりのお土産です。だって巷ではお米がなくて白いご飯はそれだけでご馳走でした。

六月にはいると工場地帯が空襲されだしました。神崎川をはさんで対岸が被害にあったときは、不謹慎極まりないんですが花火のようできれいだったのを覚えています。やがて私たちが働いていた工場も爆撃されました。

やはり夜でした。ここでは、半分は地下であとは土を盛った防空壕に入りました。壕の入り口にエレクトロン焼夷弾が落ちました。本当に大きな花火みたいに火がパチパチはねて飛び散ります。逃げなきゃいけないと思って外へでたら、どちらへ行っても火が燃えていてどうしようかと思ったけれど、だんだん火も静まってきて焼け死なずにすみました。寮は助かりましたが工場が焼けて働くところが無いので一時自宅へ帰ることになりました。電車も復旧してなくて、どこまでか覚えていませんがずっとずっと歩いて帰りました。

家のほうも、南大阪の親戚の人が田舎に帰るので借家だけれど住まないかといってくれたので、やっと家族一緒に暮らせるようになっていました。引越しは至極簡単です。あちらこちらでもらった家具や台所用品以外は各自リュックサックで背負っている分だけが自分の財産です。

その後工場もかたづけられて、ぼつぼつ仕事が始まったので私たち学生も出勤しはじめました。しかしたいした仕事もなく、バラック建ての事務所で汗を流しながら（扇風機なし、もちろんクーラーなし）半分遊んでいました。

八月六日には広島に九日は長崎と原爆が落とされ、やがて終戦。八月一五日の正午戦争終結の玉音放送のあった時は、皆が泣いているから泣かないといけないとは思ったけれど、やっと戦争が終わった、もう空襲はないんだ、と思っただけでとても嬉しかったものです。私は二度と戦争のない平和な国であってほしいとつくづく思います。

六〇年前の私の遺髪

京都市　足立由子（七六歳）

漆黒の空から花火の様にパット四方八方に明るく視界は一八〇度広がってすぐ下の暗闇が真赤の帯になる。親子爆弾か!!

あ、大阪市内が燃えている……黒の下にオレンジの帯、此の世のものとは思えぬ不気味な美しささへ感じた。みんな防空壕の外に出て無言で見ていた。

毎夜の空襲警報にフラフラになっていた一六歳の三月一三日の夜だった。

「神風が吹く」と信じて女学校四年生の学徒動員でこの工場に来て一年余り……京都の家に帰れたのは正月一泊のみ……先生の命により、もう両親とも逢えぬからと、三ツ編みのお下げの髪を一五センチ程切り、水引で結んで「遺髪」と氏名年齢をしたためて、残して来た。半日の貴重な時間を割いて親友と二人近所の写真場で母の心尽しの晴着姿を写真に残した。

大阪空襲の翌日から、今迄の豆粕入りの御飯もなくなり、少しのお米でも戦災の人へ廻し我々は大阪の黒焦げ米の御飯となった。これは丁度消し炭を食べている様でみんな口の中真黒になった。緑青黴《ろくしょうかび》の生えたコッペパンの方がまだましだ。生嗅い鰊《にしん》の生蒸しも。

毎昼、工場食堂の片隅の囲いの中から、昔懐しい海老天麩羅の匂いや、ビフカツの香りが漂う。落語「鰻の蒲焼」を想い出して匂を嗅いだだけで消し炭の御飯も喉を通った。あの日から六〇年……平和になって河原での花火を見る度大阪空襲の親子爆弾を思い出し、生き残っている老いし身を、申し訳なく、夜空に輝く、花火に胸が締めつけられる想いだ。

遺髪は、水引で結ばれたまま、昔の黒髪ははかなくホロホロと手からこぼれる程薄くなって、……今、私の手元にある。

煙の中の大声と地下鉄に救われた

大阪市　山本紀子（七八歳）

東京が大空襲を受けて炎上した昭和二〇年三月一〇日より三日後の事である。二日程前から大阪の人は今に来る。今に来る。大へんなものが来て大へんな事になるという噂が広がっていた。あるだけのお米を炊いて用意したという人。逃げたいと迷う人、けれど逃げられない。非国民の謗《そしり》をうけまいとだまってお互いを見合せ不安は極限に達していたと思われる。私の家は父は警防団の役員、母は婦人会のやはり役員とかで役職にしばられ何処へ逃げるどころか荷物一つ疎開していなかった。どんな事があっても死守しなければならないと言っていた母もやっと衣類の一部は疎開しようと言い出した。

軍需工場等に耐火材を送っていた商売柄、馬荷車の手配は容易に出来た。一台は大国町で産婦人科の病院をしている叔父の家の分、私とこも一台明日二台で京都府の田舎に預ける事にした。「明日早朝に出発して呉れるから今晩は徹夜よ、手伝いなさいよ」と母!! 私は近づく卒業式に着る制服にアイロンをして自分の部屋に飾って女学生時代は終わるんだなあとちょっとセンチになっていたところだった。

こんな事はしていられない普段着の一番悪いのに着換えて手伝いに行くところ病院の叔母さんからの電話。

「こちらの防空壕の方が丈夫だからあんただけ警報が鳴ったらすぐ来なさい。入院患者さんと看護婦と家族だから一ぱいになる。でもあんた一人ならなんとか入れる一人だけなら」と念を押された。「はい」と答えたものの行く気にはなれない。私一人生き残っても跡取りと言われても私はそんな事考えられない、絶対に行くものか、後で親切に言ってあげたのにと叱られてもいいと思った。母には言わなかった。

そうこうするうち一一時すぎだったか警報のサイレンが呻《うめ》くように鳴り渡ったと思うと警戒警報でなく空襲警報だったと思った瞬間大量の砂利が振ってきた様な音、聞いた事もないすごい音。それと同時にカランカランと缶が降って来て道路で一つずつ火を吹いている。近所の人達と水やら砂やらをかけて一生懸命消した。路地はどうなったか？ 大屋根は？ 私は二階に上る。

家から一軒隔てた薬屋さんの屋根のまん中から火柱が上がって燃えていた。もう消すどころではない。

母は天井のメラメラ広がる火を消そうとしていた。火は油の様で燃え広がって火の雫がポタポタと落ちている。母の鉄の冑《かぶと》の上にも肩にも火の雫が落ちた。夢中で払いのけた私は母の手をひいて下に降りようとすすめたが母は動かない。「自分の家から火を出しては」。半狂乱の様に……。無理矢理下におろす。靴をはいて「逃げよう」と言う。母はまだ覚めない。「家に落ちた爆弾は皆消しましたから!!」と大声で叫ぶが誰も聞いていないのに。

祖母が隣から出て来た。リュックサックをかついでいる。そうだ私もと母の部屋にかけこんだがどうしたらいいのかわからない。母がいつも使っている小さい金庫と印鑑入れの缶を持って出た。祖母と母の手をしっかり握りもう離さないと、きめる。さあ逃げようとしたとき祖母は又家に戻った。「おばあちゃん、おばあちゃん」と呼んでも出て来ない。火はせまって来る、もう待てない。「おばあちゃん。おばあちゃん」と叫びながら電車道まで来た。

西も南も火が迫って来ている。東に行くしかない。大国町はどうなっているかわからないけれど行くしかなかった。大国町の交差点に着くまでにお腹の大きい近所の若奥さん、時々顔見知りの人だ。大きなトランクを持って困っている様子、持ちましょうと持ってあげて一しょに東へ向かった。でも少し行くと「もうだめです。荷物を下さい、先に行ってください」と苦しそう。置いて行くしかなった。大国町の交差点は煙と火の渦!! 東南の映画館がどんどん燃えている。北は高島屋のあたりは煙で見えない。西から火は迫って来る。もう家も燃えているだろう。父は警報と同時に大国小学校の警備に行ったはず。どうしてるんだろう、祖母も。煙が舞う。目が痛くてあけていられない、逃げ道はない。

「もうあかんね」と同時に言って見合せた顔は真黒、涙も出ない。母は家の方ばかりふり返っている。未だ少し覚めていないのか？「金庫を持って死んだら笑われる。あんた持ちなさい」「何を言うの、そんなら私が持つ」と親子喧嘩!! 何をしでかすかわからない母。手は放せない、私が冷静でいなければと別の頭の中で私は思う。

こうして死ぬのかと一瞬思った。父は祖母は……。その時「命が惜しかったら地下鉄に入れ」大声が二度程聞こえた。そばの地下鉄は網のシャッターがしまって入れないのに、又夜中に地下鉄には入れないとあきらめていたのに耳を疑った。

兎に角行って見よう!! 北へ走る二、三〇人がその入口になだれ込む。駅員の人が二人「これ以上は入れたら火が入る」と少し不機嫌に閉めかけている。後に入って来た人の背中がもえていた。階段のおどり場から下を見下すとなんと大勢の人がぎっしり居た。切符売場に行くと何百人の人達が逃げのびていた。もう後から逃げて入って来る人もない。シャッターは閉められたのか暑さもけむたさもない。助かったのだと感じた。何百人居るんだろうかホームに降りた。プラットホームにも人は一ぱい、皆しゃがんで少しずつかたまっている。祖母が居て呉れたらよいのにと一人一人顔をのぞき込む。祖母はここに入れるはずはないとあきらめつつ捜し廻る。

何時間経ったかわからない。一番電車が天王寺方面から入って来た。驚いた。乗客も驚いている。ホームの男の人が「ここで降りても上は燃えているので」と大声を立てた。私が大いに驚いたのは全然違う世界から来たのかと思われる人達が乗っていた事である。ちゃんとした服装の通勤の人。そんなはずはない、日本国中少なくとも大阪全体は私と同じ様にあの空襲の苦しみを受けた人ばかりと思っていた。だからもっと、勝利の為にがんばらなくては、耐えなければならないと思っていた。そうではなかったのか？

この地区だけの受難だったのだ。そう思うと肩から足から力が抜けて行く、どうして、どうして？ 涙があふれた。

それから何時間かたって上にあがって行く人が多くあるのに気付き、地上に出て見ると見渡す限りの焼野原。吾が家はおろか何も無い恐ろしい残骸の町となっていた。家の向かいは御寺の倉でその横は防火塀で保護された遺唐使の小野妹子の国宝の茶室のある願泉寺だったのに何も無い。叔父の病院も見当たらない。

命拾いはしたけれど……。母と私はトボトボ歩き出した。東へ東へ歩いたらきっと平野の親類の家がある。夜になって平野にたどりついた。平野のあたりは以前と変わらない旧家の並ぶ町であった。あたたかいお茶がゆをいただいてほっとする。父は用水桶の水をかぶりかぶり南へのがれ帝塚山の借りていた小さい家に着き、私達が来ないのでもうだめだったのかと思ったそうだ。御燈明をあげ祈っていたそうだ。三日後私達と無事をたしかめ合った。

祖母と逢ったのはもっと後で、祖母は逃げ場を失って市電のそばに行ったとき、中から引き上げられ火事が治まるまで市電の中ですごしたとか、平野のお兄さんがさがしに行って見付けてくださったとか、お蔭様で吾が家は命だけは助かった。

叔父一家は全滅!! 一屯爆弾が落ちて患者さん看護婦さん共二〇人余全員なくなった。二週間以上近よれないで防空壕はもえ続け父は大風呂敷にだれのかわからない白骨を拾いに行った。今の様に災害を受けた者に救助もない、よく生きのびたものである。

私達は罹災者と呼ばれ京都の田舎に行った時など大阪

の人間は、贅沢にくらしてたから、言えば非国民。キャベツも外がわの葉っぱだけならわけてやる、などいじめられ、やっぱり大阪に帰って来た。

いろいろあったけれど今はほんとに幸福です。孫四人ひ孫二人みんな良くして呉れる。大国町のお暮参りは、かかさない、その折私と母を助けて呉れた地下鉄の階段と入口に感謝の礼拝は忘れない。そして煙の中の大声のおじさんまだいらっしゃるんだろうか?

空襲で最愛の母が…!

大阪府泉大津市　松村トミ（七三歳）

「行ってきます」と早朝元気に家を出て行ったのが母の最後の声でした。

昭和二〇年七月二四日終戦迄後二一日間の日でした。当時母は此花区桜島にあった住友伸銅所に勤めていました。七月二四日その日は小型の艦載機にB29を含めた二〇〇〇機の米軍機が大阪の空をおおいました。住友伸銅所には一〇八発の爆弾が命中したと、のちに聞きました。母は爆弾の直撃をうけて遺体も骨すらもなかったのです。母と娘二人の生活はその日から娘一人になりました。一三歳の夏でした。

七月二四日の夜は最寄の駅の改札口で母の帰りを待ちました。とうとう終電車が通り過ぎました。母の姿はなかったので駅員さんもいなくなりました。

その夜は家の前を通る人の足音に耳をすまして眠れませんでした。翌日若い男の人が訪れてきました。私はその人に叫びたい気持をおさえて「お母ちゃん帰ってけえへんね」。私の顔を見たその人はなにも言わないで足元を見ていました。

母と同じ会社に勤務していたその男の人につれだされて焼野原になった会社に行きました。

「お母さん此の中にいてはってん」。そこには大きな穴がありました。よく見ると大きな穴はいくつもありました。真夏です。ハエがぶんぶん飛んでいました。収容されていない惨めな遺体もあちこちに見られます。

一三歳の少女だった私はよく堪えられたものだと今ふりかえって思います。数十年たってその跡地に行ってみました。その日の犠牲者のために慰霊碑が建てられていました。でも今はどうなっているかわかりません。その跡地の隣にはユニバーサルスタジオジャパンができているのです。

毎日楽しく遊んでいかれる何千何万人の人達の何人が其の近くで惨《むご》い事実があった事を知っておられるでしょうか。

妻と子に伝えたい少年時代

兵庫県尼崎市　馬場勇二郎（七二歳）

昭和一八年四年生、この頃から戦況に陰りが見え始め、町内会の動きが慌ただしくなり、青年団が結成され、その一員として入れられた。リーダーは中学生でなかなか厳しい。朝は五時頃に集合し、体操、乾布摩擦、ランニング等スパルタ的に体を鍛えられた。日曜日は、あの京阪池に集合、小船で池の真中まで連れてゆかれ、泳げる泳げないにかかわらず、水中に放り込まれる。

必死になってもがき、犬かきでもって顔を上げる。限界に達したところで、竿を出してくれる。お陰でいつの日か、悠々と京阪池を横断出来るようになり、あの流れの速い淀川も横断出来るようになった。当時の人々のとった考え、そして行動、今の時代に置き換えたらどうだろう。かなり高い確率で死というものとの隣り合わせの毎日。子を思う親の気持はどの時代も不変ではあるが、唯々子供に食べさせなければいけない。まして、私の家庭は五人の子供がいた。

親の気持察するに余りあるものがある。「一億火の玉」「欲しがりません勝つまでは」等の標語に洗脳され、軍国主義一色に塗りつぶされていた時代背景、近年アメリカ、ニューヨークのあの同時多発テロに端を発し、各地で起こる自爆テロ、真にイデオロギーの恐ろしさを痛感する。

以前から町内会で防空演習など御座成《おざなり》のことは聞いていたが、昭和一八年の後半から一九年にかけて、ますます戦況が悪化してきて、アメリカのボーイングB29が度々、本土上空に飛来するようになってきて、防空演習が現実化してきた。

まず五年生の私のいで立ち、鋳物製の鉄兜、防空頭巾、足に巻き脚絆、手には竿竹の先に縄を括り付けた火消し用具、といった格好であった。

そして防空壕の整備、道路の至る所に穴を掘る。ツルハシ、スコップを振るい、そう一メートルか一メートル五〇センチ（当時は五尺と言った）くらい掘る。当然水が湧いてくる。一ヶ所に関所を作り溜まった水を、毎日汲み出すといったもので、屋根は各家々から畳を持ち出し蓋をするものであった。

「西部軍管区情報、敵機十数機が紀伊水道を北上中」遂に防空壕を使用するときがきた。

昭和一九年に入った頃だろうか、警戒警報のサイレンは長く鳴り響き、空襲警報は短く何回も鳴り響く、電灯に黒い布を巻き外に明りが漏れないようにする。その間隔が次第に詰まってきて、結局はいきなり空襲警報のサイレンになっていた。昼も夜もない恐怖の毎日が続くのである。しかし私にはいま想うに、あまり怖さというものがなかったように思う。サイレンと共に身仕度を整え、畳を抱え壕の上に被せる。そして、母親と姉弟を中に誘導する。父親と私は外で待機する。おかげで家々の畳はボロボロになった。

実際私の住んでいた所（現在の守口）は、さほど被害はなかったが、探照灯に照らし出されながらも、悠々と飛来するB29を見るにつけ、早く俺も戦争に参加したい、そして敵をやっつけなければという気持が、ますます高まっていったような気がする。これも前述イデオロギーの怖さか。

昭和二〇年の正月もすぎ、戦況は益々悪化、たまに叩かないと音を出さない五球真空管のラジオから報じられる各地の状況、慣れとは恐ろしいもの、この頃になると空襲警報のサイレンを聞いても誰も起きない。耳をそばだてて、あたりの情況を窺うようになっていった。

そして、あの三月一〇日東京大空襲、東京に多くの親戚がいる。特に祖父母はさかんに心配していた。相変わらず夏になると、京阪池へ泳ぎにゆく。池の向う側は松下電器（当時は乾電池と言っていた）の寮がある。朝鮮の人が多くいた。のちになって判ったことだが、強制的に母国から連れてこられて徴用された人々であろう。夜ともなれば池の端に集まり、歌を唄う。素晴らしい美声で聞き惚れた。しかしメロディーは悲しみのこもった歌のように思った。

その人達とも仲良くなった。一緒に夜泳ぐのである。片言の日本語、何の話をしたかは覚えていない。

ある夏の昼間、京阪池横断を常日頃としていた私達二、三人は、一度真中まで泳いでいた頃、寮の窓から何か大声で叫んでいるのが見えた。指を差して潜れ潜れと言っているようで、ひょっと後を振り返ると、飛行機が見えた。低空で飛んでくる。咄嗟に敵機だと判断した。

双胴のロッキード戦闘機Ｐ38だ。当時敵の飛行機の機種、即ちボーイングＢ29、グラマン、ロッキード等、写真で憶えさせられていた。

これは大変だ、友達二、三人と申し合わせたように、思い切り潜った。

息の続く限り潜りに潜った。下にゆくにつれ水は冷たく、耳がジンジンする。とうとう辛抱しきれなくなって浮き上がった。はじめて見る実物、二つの胴体、プロペラが二つ、二人の飛行士、後ろ向きに機銃を構えた乗員、顔までハッキリ見える。笑っているように見えた。

悠々と旋回する飛行機、この間一、二秒だがすごく長く感じた。もう潜る気力はない。

やがて飛行機は飛び去った。どうして岸まで泳ぎ着いたか、陸に上がるなり仰向けになって、大きく息をした。真夏の太陽が眩しい。この事は家に帰っても親に言わなかった。心配をかけてはすまないと思う子供心か。

やがて戦況も断末魔の様相を帯び、益々食料難の酷《きび》しさを増し、学校も校庭まで畑化していった。三郷小学校も御多分にも漏れず、近所の用地も田圃になり、秋には米、芋等の収穫があった。

秋に北河内郡の小学校の代表が集まり、四條畷神社へ（楠木正成の子、正行を祭ってある）で奉納相撲がある。これが楽しみだ。学校で収穫した米、銀シャリをオムスビにして、弁当として食べられるのだ。体力のあった私は五年、六年と二回参加した。京阪電車で萱島まで電車、そこから歩いて四條畷へ向かう。

赤茶けた褌を担いで、成績はともかくとして、そのムスビの旨かったこと生涯忘れられない思い出だ。

ソ連の参戦、広島、長崎に特殊爆弾（当時はそう言った）即ち原子爆弾の投下、真夏の太陽がジリジリと照りつける。日本国に静寂の日が来た。

八月一五日である。

真っ青な空に飛行機雲が一条、生駒の山並みに向かってまっすぐのびている。

真夏の太陽は相変わらず、じりじりと照りつけているが、二、三日前とは全く違い、異様なまでの静寂さが辺りをおおっていた。

大東亜戦争終結、敗戦である。私は小学校いや国民学校六年生。

以後戦時中の苦しみとは又別な苦しみが、人々を待っていた。

イデオロギーの転換、それは実質的な生活苦である。人間如何に精神的な支えが実生活に及ぼすか、戦時中には苦労を苦労と思わなかった事が、精神的な支えを失ったとき人間生活にどれだけの重圧がかかるものか、身をもって体験したことであった。

子供心に何か目標を失った空しさは確かにあったに相違ないが、腹はよく減った。

自給自足、終戦直後の大混乱期、当時の親達はさぞかし大変だったことだろう。

母に連れられて買い出しによく連れていかれた。その度に母の着物が二枚、三枚と減ってゆく。竹の子生活とは誰がつけたかよく言ったものだ。

まさに大阪が戦場だった

大阪市　三好政太郎（七九歳）

私は六〇年の永い歳月が流れても、昭和二〇年三月一三日の深夜から一四日未明にかけての大阪最初の大空襲の事が忘られません。一万メートルの高度を数機の編隊飛行で飛来し雨霰の如く無差別に投下される焼夷弾の恐怖、次々に火の手が上がり、赤い炎が夜空を焦す、まさに大阪が戦場でした。

私は昭和一九年の秋海軍予科練習生に憧れ、大阪にて志願しました。そして二〇年お正月休みで故郷（現在の東かがわ市松原）へ帰宅の時に合格通知が届けられ、二〇年三月一四日に奈良県丹波市《たんばいち》の海軍航空隊に入隊の通知でした（現在の天理教本部です）。

そして二〇年三月一二日の朝、故郷より両親や村の人達に出征兵士として見送られ、汽車に乗り出発。その日の夕方大阪に到着し、志願した時勤めていた会社は環状線の玉造駅近くの本城産業（株）、旧住所で「東区川西町五五〇番地」の寮で宿泊する事になりました。

一二日の夜は何事もなく過ごし悪夢の一三日の夜になったのです。予科練の入隊を明日に控え寮の者と夜遅くまで名残を惜しみ床につきました。一時間程うとうとした時、あわただしい空襲警報のサイレンが鳴り響き、急いで奉公袋を握りしめ防空壕へ避難し無事明日の入隊が出来る事を祈りました。

防空壕の中では皆体を寄せ合ってラジオに聞きいっておりました。深夜一二時前になりアナウンサーの声が一段と高まり、興奮した声で大阪上空に敵機来襲と云ったと同時に地上よりの高射砲の発射音が激しく鳴り響き、初めて空爆の恐怖を感じました。そして無差別に投下される数千個の焼夷弾、それによる火災が発生しているとの放送があり、次々に飛来するB29の編隊飛行との事で一段と恐怖心が高まるばかりでした。

一時間程防空壕で小さくなっておりましたが大阪市内の現状を見ようと思い四、五名で会社の屋上に上り、驚きました。四方八方遠くに又近くが火の海でした。上空を見上げると、地上から数十基の探照燈に照らしだされるB29の編隊飛行は銀色に輝き、ゆうゆうと飛来して無差別に焼夷弾を投下して飛び去って行くのです。地上からは高射砲にて激しく反撃しておりますが、敵機まで届いておりません。一万メートルの高度を飛んでいるので、高射砲は七、八〇〇〇メートルまでしか飛ばないので無理な攻撃だったと思います。

上空からの焼夷弾の落下を眺めていると花火の火の粉の如くザーと云う音がして少しずつ広がり落ちてきます。地上に落ちるとボーン〳〵とゴム毬のように跳ね返り、すぐ火の手が上がるのです。身の危険を感じながら眺めているとすぐそばにカチン〳〵と何かが落ちる音がするので拾ってみると、それは高射砲の破片で、鋭い刃をした鉄の破片で又々身に危険を感じました。その時上空を見るとこちらに向って火の粉が落下するのを見て、全員慌てて防空壕に飛び込み、身を屈めてもう駄目かも知れないと思いながらどう逃げればよいかばかりを考え、消火する事等ぜんぜん考えませんでした。

幸いにして難を逃れましたが近くに落下した所は大変な事になっているのではないかと思いました。空襲警報から非常に長く感じた時間でしたが四時間近くでやっと解除のサイレンを聞いた時にはお互いに抱き合って無事であった事をほんとうに喜び合いました。再び屋上に上ると東西南北の火の海でまだ燃え続けておりました。そして空一面に火災の黒煙が立ち昇り、黒煙が雨をよび、雨が降り出しました。

その雨の中をバラバラと黒く焼け焦げた紙屑の煤も落ちてきました。ほんとうに大変な事になっていました。一万メートルの高さと一〇〇機以上のB29の爆撃機から投下される数万個の焼夷弾それによって多くの死者負傷者を出し被災家屋は数知れず。

残酷そのものでした。その日は一睡も出来ず早い目に寮を出て上本町六丁目の集合場所へ、大阪地区からの入隊者は午前九時近鉄電車乗場になっておりました。玉造から寮の見送りの者と一諸に二、三キロの道を上六まで歩きました、途中にはまだ燃えている家屋があり、焼け落ちた家を見ながらやっと集合場所へ到着しました。少しずつ集まる入隊者、又見送りの人も、被害に遭った人も多く、皆疲れ切った様子で笑顔の人はだれも居ませんでした。

その時私の目の前に真赤に目をはらして黒い煤で服もボロボロにした田舎の同級生の中村君が見送りに来てくれたのです。中村君は松屋町筋の親戚の玩具店を手伝いに来ており休みをもらって帰宅しておりまして、私が三月一二日出征兵士として白鳥駅を出発する時中村君も上阪するので同じ汽車で一諸に大阪へ来ました。一二日夕方大阪駅に着き駅前で今後お互いの無事を話し合いながら夕食を食べ、一四日の朝の入隊する時間には必ず見送りに行くからと約束してその日は別れまして。中村君は約束通り見送りに来てくれたのです。中村君の話を聞くと、数発の焼夷弾が直撃して店は見る見るうちに全焼し、田舎から持ってきたトランクにも直撃してすべてが燃えてしまったそうです。何かを持ち出そうとしたのですが火の勢いが激しく近づく事も出来ずただ呆然と眺めるしかなかったそうです

中村君は自分の身を守るのが精一杯だったそうです。そんな不幸な中を二、三キロ歩いてわざわざ見送りに来てくれた事は涙が出る程うれしく思いました。中村君は

幸いにして親戚の人も皆助かったので今後の事を色々話し合いたいと、淋しそうに話してくれました。すべてを焼かれた中村君の事を思うと笑顔も出ず重い気持でした。中村君の事を思えば私は何事も無く入隊が無事出来る事を幸いに思いました。そして予定より時間が少し遅れ心残りでしたが出発しました。幸い特別列車はゆっくりでしたが無事天理の駅に到着する事が出来て入隊しました。

憧れの予科練の軍服を着た時は身の引き締る思いがしました。三ヶ月間の厳しい訓練が終れば各地方へ配属になるのです。入隊してより度々空襲警報が鳴りましたが阪神方面の空爆の帰りのB29の編隊飛行でしたのであまり恐怖感はありませんでした。しかし航空隊の基地ですから安心も出来ませんでした。

空襲警報が解除になって大阪方面を見ると、山の向うから黒煙が上がっているのが見えて空爆が激しかった事で相当の被害が出ている事だろうと思って見ておりました。それが何度かありました。

三ヶ月の訓練の中、週二、三日は徒歩で一時間位の所に大和飛行場があり、基地作業に出ておりました。ある日作業中に空襲警報が鳴り、皆作業をやめて避難しておりました。その時この飛行場より勇気ある一機の戦闘機が一万メートルの高さのB29の編隊飛行に向って飛び上がって行ったのです。避難している者も皆外へ出て呆然と眺めておりました。中には拍手をして「頑張れ」と大声で叫ぶ者もおりました。

しかしそれはあまりにも無謀だと云う者も居り、私もそう思いました。しかし心の中では一機でも敵機を射ち落してほしいと念じておりました。しかし我が戦闘機が見る見る内に小さくなりB29に向って飛んでいったその時、B29からの攻撃があり、パンパンと音がしたかと思うと我が戦闘機がパーッと火を噴きクルクルと回転しながら無念にも目の前で墜落されてしまいました。貴重な一機だったのにあまりにも無謀ではなかったかと思いました。

三ヶ月の訓練も無事終り私達は大阪の杉本町、大和川近くの大阪海兵団に配属されました。大阪の大空襲は前後八回あり六月一五日大阪海兵団に来てから四、五回の大空襲がありました。また戦闘機による機銃掃射も度々ありました。

その内の一回は海兵団を目標に焼夷弾が投下され、防空壕へ避難しましたがその防空壕は上の土がなく溝でしたので上空がよく見えました。昼でしたのでＢ29爆撃機が銀色に輝き、大きく飛行雲を引いて飛来しました。そして数千個の焼夷弾を投下され、それが広がりながらこちらにザーッという音がして落下してくるのです。あわてて建物の中へ逃げ込む者もおりました。その時だけは生きた気持がしませんでした。幸いにして頭上を通り越してすぐ近くの民家に落下され火災が発生しました。

この時ばかりは自分のこの目ではっきり見ていたのでほんとうにもう駄目かと思い肝が潰れるようでした。私は大阪海兵団にては消防隊員になり、空襲で火災になれば警報が解除になって出動し、人員整理や消火活動に従事しておりました。

火災の範囲は広く消防車が少ないので延焼を防ぐための消火しかできません。火災現場に行く度に悲惨な場面を色々見てきました。

我が家の燃えているのを見て、気が狂ったように泣き叫ぶ人、家族の無事を確かめ合う人、少しの家財道具を持ち出そうと忙しく出入りしている人、焼け落ちる我が家を見てただ呆然と眺めている人、皆目が血走り右往左往する人で大変でした。終戦が近づく頃には敵の艦載機が数機低空で飛来し、動く物を見れば無差別に機銃で掃射されるのです。大阪海兵団も一回だけでしたが五、六発射ち込まれました。そして八月一五日の運命の日をむかえたのです。一五日の昼前銃剣術の訓練中に終戦の放送を聞きました。喜んでいいのか悲しむべきか、とほんとうに複雑な気持でした。

そんな時に嬉しく思ったのはもう空襲がなくなり逃げなくていい事と、生きて両親の所へ帰れる事でした。

しかし戦後の日本国中はほんとうに大変でした。何一つ救援物資があるでもなく、大きな都市は焼野原になり、交通もすべて遮断されています。物資の不足、特に食糧の不足には配給制で、何時もお腹を空かして、何でも食べられる物があれば取りに行き、農家へ行っての物々交換をしたり高い闇米を買ったりして生き延びて来ました。

昭和一六年一二月八日の開戦から二〇年八月一五日の終戦の三年八ヶ月の戦争は一体何の為の戦争だったのでしょう。我々の先輩の若くして散った特攻隊員の家族や外地で戦死された家族そして被災して多くの人が亡くなり傷つき家や財産を失った人々。この苦しみは決して一生忘れる事はないと思います。

　しかし皆で力を合せ助け合い歯を食い縛って頑張り、少しずつ生活が楽になり、笑顔も見えるような平和が戻ってきました。

　最近はあまりにも平和が続くので一部の中には平和ボケの馬鹿者共が増え安心して出掛ける事も出来ず人が信じられない世の中になりました。老後の為にコツコツ貯めた財産を言葉巧みに騙し取ったり、僅かのお金で簡単に人を殺したり、麻薬に溺れ体がボロボロになって犯罪を犯している者。訳の分らないのが若い者の集団自殺。何の為にこの世に生れ、一人で大きくなったのではありません。また色々の事情もある事と思いますが一年間の自殺者が毎年三万人以上であまりにも多過ぎます。一つしかない貴重な命です。難病で苦しみながら精一杯病気と戦い生き抜いている人もたくさん居るのです。これも平和の中の戦争でしょうか?

　これからの若い者には真っすぐの道を大手を振って歩けるようになる事を念願したいと思います。

昭和二〇年六月一日～戦後

兵庫県加古郡　森本武夫（七四歳）

　大平洋戦争末期の大阪大空襲、それは忘れもしない、昭和二〇年六月一日の朝、時間は定かではないが午前の九時頃ではなかったかと思います。私の家の場所は大阪市此花区四貫島千鳥町でした。そしてその当時私は西九条小学校に通っていました。朝日橋と千鳥橋の間、広い通路には市電が通っていました。橋と橋の間に見上げる程大きな大木があってその根元にお社がおまつりしてありました。そこをすこしはいったところに私の家がありました。

　それは本当に私にとっては悪夢のはじまりでした。空襲警報が発令されてまもなく、大阪湾上空から忘れもしないあのB29がものすごい数で編隊を組んで飛んで来るのが見えました。そうこうしている内にものすごいと云うか無数のショウイダンを落として来ました。この場合大人の人は木材に燃え移った油の火をボウギレやはたきにも似た大きな物でたたきおとしたりして消火に一生懸命でした。そこに別の小型飛行機が機関銃でバリバリッと発射して来るのです。それはまるで絵本で見る戦争地獄です。この空襲は私のおぼえているかぎりではたしか三回目の空襲だったと思います。

その時私は家の土間に父と母と三人で立っていました。ひときわ大きな爆発がしたと思った時には、私の前に立っていた父が小さな私の上にかぶさる様に二人共たおれていました。ハッと気が付くと父が苦しそうにうめいていました。良く良く見て見ると父の左足が付け根からちぎれて真っ赤な血が流れていました。それでも父は私に早く安全な場所に、にげろと云ってくれました。でも私は父より小さな体で一生懸命に力をこめて土間より座敷の方へとひきずりあげました。

それから私の横に居たはずの母の姿がありません、良く良く見るとどこの家でもある床下の防空壕の中で母はぐったりと横たわっているのを見て、私は大きな声で母をよんだのですが何の返事もありませんでした。だから私は取りあえずたおれて居る父のそばに行き父の手をとって泣くばかりでいました。

その私に父が弱い声で早くにげなさい、早くと云ってくれました。それでもまだ私は父の手をはなそうとせず父のそばにいました。でもその時、上の方からバチバチと火の粉が落ちて来ましたので、私はしかた無くその場をはなれて表通に出て千鳥橋のある方へと何ども〳〵こけては立ち上がりたおれてはおき上がりしてようやく千鳥橋のたもとにある交番所の前にたどり着いたのです。

そこで見た物で私はあぜんとしました。何とむごい場面でしょう。手や足をもぎ取られた人人、またその様な体にもめげず少しでも早くにげたいと云う気持からでしょう。はいずり廻っていました。又ある人々は死んだ一人のお祖母さんを取り合っていました。と云うのもその死んだお祖母さんの顔が焼けてまともに見ても分らない程かわっていたのです。ただ身に着ている物だけで見分けるしかなかったのです。

それから私は千鳥橋の方へと足を進めて行くとこれ又この世に無い様な場面を見ました。それこそ人人人その人達が我れ先にと橋のランカンを越えて川面に飛び込んでいるではありませんか。それもそのはず周りは火の手でそれは〳〵とてもあつくてじっと立っていると我が身も川に飛び込みたい気持ちでした。もしもあの時に私も飛び込んでいたら今の自分がいなかったでしょう。それも思い出すと今でも本当にゾッとします。

それから何時間がたったのか分らないが、ふと我に気が付いて見ますと今度は市電通りを朝日橋の方向に無我夢中であるいていました。それ迄の道のりには電柱がたおれ電線がたれ下り人の死がい血まみれの人々人々それこそ私には生地獄を見ていました。でも私にはそれがおそろしいとかこわいとか何にも思いませんでした。とにかくにげるのに私は一生懸命だったのです。

そしてようやく我にかえった時には人々は何処に行くともなくただあても無くあるいていました。そして私は今度朝日橋の方から桜島方面を見て又してもあぜんとしました。それもそのはず千鳥橋から桜島方面に行くのにその当時の市電に乗って行っても三〇分はかかるのに、ましてや大阪湾など見えなかったものがはるか彼方に大阪湾が見えたのです。それ程に何もかもが無くなっていたのです。

私はこの世にたった一人ぼっちになったのだとそして幾日が過ぎたか定かではないがやっと我が家の前に立っていたのです。そしてあたりを見廻すと近所の人達がブスブスとくすぶっているのに何やら分らないが無くした物でも探しているのか掘りかえしているのを私は見たのです。

そうだ私の父は私がにげる時にはまだ死んではいなかったのだと、そう気が付くと私もがむしゃらに棒ぎれをひろい掘ったのです。と云うのもどこの家にもセメントでつくった防火用水が玄関の横にあったのを思い出し、そのあたりから自分の考え通りに掘りおこそうとあの大きな父の体をひきずりあげたあたりまで掘りました。するとありました。出て来ました父の骨が。そして母がいそうな処も、それは大変でした。防空壕の中へ飛ばされ死んだ母を探し一生懸命に掘りました。どのくらい時間がたったか分らないが出ました母の肉片が。母は防空壕の中だったのでガレキにうまって、まだかんぜんには焼けてはいなかったのです。

その出て来た母の肉片をかき集めてトタンをひろって来てその上で焼きました。そしてどのくらいの時間がたったのかは分らないが今母の肉片を焼いたトタンの上にはなんと廿八銭というお金が骨と一諸に残っていました。私はそれを母の形見と思い長い年月の間持っていました。そうこうしている内に何時しか月日が過ぎて何処をどうして行ったのか分らないが近鉄奈良線の布施の町に来て居ました。そこで私は聞いたのです。今は亡き昭和天皇の敗戦のお言葉を。その時は私にはまだ何の事だか良く分らなかったのです。

しばらくしてからこれであのいまわしい戦争がやっとすんだのだと思いはしました。でもそれからが私の大変な人生の歩みと成りました。寝る処も無ければ食える物も無い実に悪夢の月日が流れ、布施の駅前にヤミ市が出来、その店先に今迄何にも無かったガレキの町にあるわあるわ色んな品物が。それが又私にとっては幸いでした。と云うのには私には親も無ければ兄弟もいない身勝手なこの体とにかく食する処に一生懸命、この場合この様な言葉は云えないがその当時はそうするしかなかったのです。ある時は鶴橋や今里そして上本町とあらゆる町に出向いては悪い事ばかりに明けくれていました。

そうだ忘れもしません、その当時布施警察署に松井巡査と云う人がいました。下の名は分りませんがそれは親切な方でした。現在私は七四歳であります。おそらく今はその松井巡査も亡くなられていられるでしょう、かなりの年齢だったと思います。その方が私にさとす様に云いました。もうそろそろ悪事から足を洗い人生をやりなおしてはと。と云うのも何回その人に豚箱に入れられた事か。そして奈良少年院に入院、そうして入院してからも私は悪かったのでしょう。独房に何回か入りました。その為か又私の身元引受人が無かったのもわざわいしたのです。退院するのが人よりおくれ二年半という月日が流れました。退院をするにあたり元の町に帰ればまた昔の仲間が居るので、遠い知らない神戸にと流れて来ました。それからの私の人生いろいろとありました。

これ以上書く事もたくさんありますが私の書く字がみだれてきましたのでこのあたりでやめます。現在では妻・子・孫にかこまれてこれからの私と妻との第二の人生を楽しんでいます。おはずかしい私の体験談にかえさせていただきます。ありがとう。

Ⅱ　各地での空襲・被災

牛乳とビワと蛍〈姫路〉

兵庫県加古川市　川瀬大征（六四歳）

満五歳と一七日目の夜半です。七人家族ですが、一番下の妹は生まれる前で、父は応召中、すぐ下の妹は母の郷へ預けられて居り、その夜家に居たのは、小学六年の兄、一歳八ヶ月の弟と母の四人です。夜半、何度目かの空襲警報で、表へ出ましたが、人の姿はなかったはずです。現在のみゆき通り迄西へ二、三百メートル、そこから北へ姫路城の正門前迄六百メートル位経由でまた西へ一キロメートル、船場川沿いの道を南へ、防空壕へ入ったり、出たりしながら、山陽電鉄、三駅南の亀山駅近くの、田の中の水路沿いに避難しました。

何メートルもの水路沿いに何人の避難民が居たか、はっきりしません。焼夷弾が、花火のように、グルグル廻りながら、手柄山の北側へ落ちて行く場面と、敵機の低空飛行による急襲で、火ダルマになった女性を、五、六人の男性が、田にころがして消火した場面は今も鮮明に、覚えています。

一段落して、母が持参していた牛乳とビワの味は、空腹と恐怖の中で口にした何ものにもたとえがたい味です。冷たさと甘さ、牛乳は後々も取扱ってたので思い入れはありませんが、ビワに関しては季節が来るとどうしても気になる一品です。

一夜明けて、家へ帰る道々には、あちこちに焼死体が鉄道の枕木を積むように置いてあったとの事です。母も兄も私には見せないようにし、後日教えてくれました。もちろん家があるはずもなく、姫路平和資料館に展示されている写真を見ると、焼け跡に姫路城だけが大きく、そびえて居るのですが、私の記憶には、本当に焼け野原のみが頭にあり、お城等なにも見た記憶はありません。阪神大震災で焼失した、神戸市の須磨・長田区の光景を目にし、姫路の空襲直後の光景が、生々しく思い出されました。

焼け出された次の日、母の郷へ一日がかりで、汽車旅だったのですが、私の記憶は夜駅から徒歩で母の生家への途中です。

悲しく、暗い道を三里とか四里との事、途中川沿いの道に出た時です。急に昼に逆戻りしたような光景になりました。蛍です。水の流れや、風に乗って、何百、何千という数の蛍が、流れるのです。もうその蛍を追うことで一〇キロメートル近くを歩き通しました。テレビで南東アジアで大木が蛍の光でネオンサインのように点滅する様子が、放映されてましたがむべなるかな！と納得でした。

六〇年も前の、記憶です。空襲警報だの、防空壕だのと、言ってられた時代ですが、今、そんな悠長な事をしてる間もなく、ミサイル、二、三発で、日本全土が灰になるような状態です。たまたま生きのびられても、放射能の後遺症等、見る影もないはずです。語りつぐ戦争なんて、とんでもない！　絶対にあっては、ならないのです。どんな事があっても、今後、戦争なんて、本当にナンセンス。

六五歳になろうとしていますが、喰えれば、良い。贅沢なんてクソ喰らえ！です。

今も消えない傷跡〈東京〉

大阪市　岡崎正彦（六九歳）

ドドーン物凄い爆発音が響いた。

もう駄目だと思った。それは忘れもしない昭和二〇年四月一五日の夜だった。私はその頃東京の大森に住んでいて国民学校の四年生になったばかりの九歳だった。四年生といっても学校など行ってるどころではなかった。ネマキなど着て寝た事もなかった。いつも枕もとには、少しの着替と水筒、パン等をリュックに詰め、防空頭巾を置きいつでも逃げられる様にして、横になっていた。

既に父は他界して兄は出征して、残っているのは母と女子供ばかりの六人だった。私は昭和一九年の秋から集団疎開で熱海にいたのだが、兄に赤紙が来て兵隊に行ったら生きて帰れるか判らない。出征する前に一度逢っておきたいと言う事で一時東京に帰る事になった。兄は長男で父親代りでもあった。兄の友人が、熱海まで迎えに来てくれた。

しかし切符が買えない。どうしても帰りたかった。列車に乗ってしまえば何とかなるだろうと、近郊の駅までの切符を買って列車に乗った。ところが東京駅の近くまで来たが、前日の空襲で東京駅が爆破され列車は行けなくて、手前で線路に降ろされて歩いて大森まで帰って来た。お蔭で兄の出征を見送る事が出来た。すぐに疎開先に帰る予定だったが又切符が買えず、熱海に戻る事が出来なかった。

そして悪魔の夜を迎えることになってしまった。大音響と共にリュックを背負い頭巾をかぶり、布団もかぶり外へ飛び出した。

そこは一面火の海、建物どころか地面が燃えているのだ。かねてより、いざと言う時の逃げ場所を決めていたのだが物凄い人波で予定の避難所には行く事が出来ず、ついまわりの人達が逃げる方向へ、焼夷弾の雨をさける様にどこを、どう逃げたか判らないうちに突然、横を電車が走る様な轟音と共にドドドーンと、物凄い爆発音、常に指導されていた様に、目耳鼻を押えて地面に伏せたのだが、次の瞬間顔と両手にヤケる様な熱さを感じた。

目を開いたら何も見えない。マッ赤な火の中に顔をうずめていたのだ。衣服も燃え上り熱いヨーと、燃える着衣を脱ぎ捨てながら走りだした。

正彦――と呼び叫ぶ母の声を聞いたが夢中で走った。まわりから転がれ転がれと言う声が聞えたが、未だ九歳の私はただ走るだけだった。と、誰かに襟首を捕まれ頭から水をかけて呉れた人が居た。お蔭で体の火は消えたが、母や兄弟とは離ればなれになり、逃げまどう人波の中、はぐれた母を捜しもとめて走り廻った。その間も絶え間なく焼夷弾の雨、裸同然の姿で母を捜し廻ったが、どれぐらい捜し廻ったか、やっと母の姿を見つけ、オカアちゃん!!と傍に寄ったが、其の時は下着も燃え頭から掛けられた水でビショビショ、顔も手も油脂の「スス」で真黒な上に火ぶくれで腫れ上り、母が我が子の顔も判らない形相になっていた。

それからもまだ数時間逃げ廻り、やっと空襲解除になりテント張りの救急班の所へ行ったが、まともな治療を受ける事も出来ず、水泡をハサミで切り軟膏の様なものを塗ったぐらいだった。ところが、家を見に戻ったらなんと家は焼けずに残っているではないか。後で思えば逃げない方が怪我もせずに済んだかも知れない、皮肉なもんだ。逃げながら母に言った。大きくなったらきっと予科練に志願してお国の為に戦うんだと……。

其の後は熱も出て何も食べられず、口に水をたらす程度だった。

後日医者を訪れたがやはり治療はむずかしく、目鼻口の所に穴を開けたガーゼを被せ、透明人間の様な包帯姿、毎日は医者にも行けず、行った時にはガーゼが傷口に固くこびりついていて、それをビューと剥ぎ取る時の痛さ。めくり取られたガーゼの下は真赤な肉がもり上り血があふれ出る、数ヶ月そのくり返しだった。又夜になると空襲〳〵で今度は母が私を背負い火の海を逃げ廻る毎日だった。

そして傷も大分よくなった。六月の初旬、母の姉を頼って山梨県の甲府へ行った。その頃甲府は、未だ戦火を免れていた。それも束の間、今度は甲府が大空襲に見舞われ命からがら逃げのびたが家は焼かれ、あたり一面焼野原だった。

くすぶる柱やトタンを拾い集めてバラックを建て、焼跡での生活が始まった。食べるものはなく悲惨な日々が続いた。

甲府に行ってから少しの間学校へ行ったが、それも又焼けてからは学校どころではなかった。八月の初め長女の嫁ぎ先より連絡があり、こちらへ来ないかと……。それは福井県の若狭高浜だった。一緒にバラック生活をしていた伯母の家族と別れて若狭に到着、よそ様の離れの六畳一間に親子六人が落着く事が出来た。その三日後にあの玉音放送を聞いた。

戦争が終ったんだ、悔しさよりも、ホッとしたのが偽りのない心境だった。

でもそれから又辛い悲しい生活が始まったのだ。私のすぐ上の兄は中学一年だったがなかなか転校の手続きがとれず、何ヶ月も経ちとうとう諦めて東京で理髪店を営む叔父を頼って一三歳の兄は上京して住込の丁稚奉公に行った。

私は何とか土地の学校に入れる様になったが教科書も鉛筆もノートも何もなかった。担任となった先生は親切にそれ等必要なもの一通り私に与えてくれ、頑張れよと励ましてくれた。今でもその先生の名前を忘れる事が出来ない。だが其の田舎学校では辛い出来事ばかり続いた。戦争の怖さや空襲の恐ろしさを知らない子供達、よそから来た顔や手にケロイド状の傷跡のある私を汚いものでも見る様に、それから「いじめ」が始まった。

赤ムケよ!!赤猿よ!!と馬鹿にして一緒に遊んでくれる子は一人も居ない。休み時間など無い方が良いと思った。校庭の片隅で皆の走り廻って遊んでいる姿をただ、じーと眺めていた。

私は東京の時は相撲が強く、上手投げの名人などと言われ一目置かれていた。

僕は双葉山オレは照国いや名寄岩だとか。

私はなぜか「九州山」が好きだった。腕節には自信があったが以前甲府時代にも馬鹿にした奴を馬のりになって殴り倒した事があった。

其の時、暴力で人を制する事の後味の悪さを感じていた。だから我慢しろと自分に言い聞かせていた。頭に幾つも瘤をつくって帰っても家では何も言わず、だまっていた。そして五年生になり、じゃ頭で見返してやれと……。成績も上がり東京弁でハキハキしているところもあり、その頃から私を見る目が変って来た。そして野球が盛んになり中学では野球部に入り打込めるものに出合った。友人も大勢出来て、楽しいと思える日々が訪れた。

今もこの若狭の地が私の故郷だと思っている。そして高校進学に向かって猛勉が始まり志望校に合格する事が出来た。しかし進学を断念しなくてはならぬ羽目になった。

父もなく母と兄弟六人の終戦後の生活では、高校へ行ける余裕などなかったのだ。

今度は私が丁稚奉公に出る番になった。

それは西宮ですし屋をしている親類だった。友達には何も告げずに、こっそりと若狭の地を後にした。

それから五四年が過ぎ今ふり返ると、顔の傷の為に常にコンプレックスを抱き私には青春なんて無かった。只朝から晩まで働くだけの毎日だった。

多くの人が心身共に戦争の犠牲を受けている。戦争がもたらした辛い悲しい出来事はなかなか書き尽す事が出来ない程あるが、命あってこれまで生きてこられた事を喜ぶべきなのか?

戦後六〇年を経た、今日でも消える事のない傷跡を引きずって生きている。私達の学生の頃は親や先生に拳を上げる様な者は一人も居なかった。

戦争のない穏やかな日本の国を、私はいつも願っています。

何のため東京まで行ったのか

兵庫県神戸市　須野ふさゑ（八三歳）

貧乏人の子沢山と申しまして四男七女の家庭に京都府亀岡市生れ、男子四人は全部兵隊に行きました。長男の場合は三度も召集されました。最後入隊した所は「ヒリッピン、マニラ湾内コレヒドール島」でした。次男は「ビルマ、インパール作戦」、三男は「沖縄」、四男は偶然三男と同じ隊に入隊致しました。これからが私たち姉妹の戦の始まり。昭和一八年からの話です。

父を昭和一八年一月に「胃癌」で亡くしました。それから我家の不運が始まりました。父を亡くしてから八ヶ月目に母が「脳溢血」で突然亡くなりました。又八ヶ月目に、長兄が「ヒリッピン、マニラ湾内コレヒドール島で戦死」又八ヶ月目に次兄が、「ビルマでインパール作戦にて戦死」又八ヶ月目に三男が、「沖縄で玉砕」でした。私達残された姉妹は涙の乾く暇もありませんでした。

三男の場合は、北支山西省に五年間勤務しておりました。「父、母、兄」が亡くなって居りましたので一度内地に帰ってこいとの事で突然、兄が北支から戦友の遺骨一一柱を持って昭和一九年一一月末帰って参りました。其の時、兄が私達に「近い内に内地に近い所へ帰れるらしいからしっかり留守を守って居てくれ」と言って又北支へ行きました。内地に近い所と言うのが「沖縄」だったのです。其の部隊名は、「牛島満部隊」でした。

四男は病気で内地へ帰されました。

私は兄が帰って来ましたので家を出る事に致しました。それは東京で和裁を習いたい為でした。昭和一九年暮でした。私二一歳の時でした。東京はもうすでに空襲が始まって居りました。間もなく昭和二〇年になり毎日のように東海地区、関西方面と大変な事になり、裁縫どころで無くなり、私は大崎の鉄工所へ徴用される事になりました。そこは鋳物工場でした。なれない仕事で毎日一生懸命働きました。手は荒れるし、こんな事をするために東京まで来たのかと嘆きました。

その工場も空襲で再起不能になってしまいました。間もなく、三月一〇日となり、三月九日の未明から一〇日にかけて大空襲となったのです。三百幾余の「B29」が飛来しました。そして浅草の町が火の海と化してしまい一〇万人の人が亡くなったのです。私は目黒でしたので「B29の襲来」を目黒不動の境内で目にする事になりました。其の時東京の空は「B29で真っ黒」に思いました。私は浅草へ亡くなった人の後片付けを手助けに行く事になりました。

目黒駅に着いて又驚きました。怪我をした人々が線路の上を歩いて山手の知人をたよりにつぎからつぎへと歩いて来ました。涙が止りませんでした。浅草へ着いた時又涙涙でした。早速私は隅田川に飛び込んで亡くなって居る人の引揚の手つだいでした。隅田川に浮べた小舟に兵隊さんが乗って居り死体を引揚るのです。私達の役目は岸から死体を見つける役でした。一人の死体を揚げるのに四人の人が手伝わないと揚りませんでした。其の時突然大きい声が上りました。ある有名なお相撲さんが飛込んで居ました。又涙涙、一〇人の兵隊がお相撲を引揚げました。引揚た死体を公園にあつめて焼却しました。

そんな事が何日間か続き戦争の悲惨さを深く感じ、私もう東京に居るのも、何のためにもならなくなり、京都へ帰る事にきめたのです。二〇年七月一七日に帰る事になり東京駅で下関行きの汽車にのり窓から外を見ますと、八重洲口に、長い行列で切符をもとめる人を目のあたりにして又驚きました。其の時空襲警報とのアナウンスで私達は駅の地下へと避難をさせられました。一時間余りで警報がとかれました。又列車に乗り込みました。そして窓の外を見て又驚きました。なぜならば、あんなに多くの人が列をつくって居たその列が無くなって大きな穴があき、百人余りの人が亡くなって居りました。

でも列車は一時間遅れで発車致しました。品川駅に着いた時、乗務員が今の空襲で怪我をした人は、医務室へ来て下さいとの事でした。しばらくすると、たくさんの人が、ぞくぞく通りぬけて行くのです。又驚きでした。気がついたら左の窓ガラス全部破れて居たのです。汽車の窓ガラスと言えば八ミリぐらいの厚さですので、首筋又は腕、足、色々怪我をした人々がぞくぞく医務室へと入って行きました。

私達の乗った汽車は途中で何回も下車させられました。そのわけは列車が目標にされますので人間は降され列車だけが近くのトンネルの中へ入って行きました。東京―京都間一〇時間でしたのに私達は二日間もかかり、一九日の夜になりまして私の目的の亀岡駅へは夜中になりました。それから我家までは二里半の山道を一生懸命歩いて、二〇日の夜中でした。家の者、兄妹達が、大勢で出迎えてくれました。それから間も無く終戦となったのでした。

天皇陛下のお声を聞いてくやしいやら悲しいやら今までの我家の戦は何であったのかと仏前で兄妹は、大泣きを致しました。

戦災を思い出して〈高松〉

奈良県橿原市　吉原日出子（七一歳）

私は昭和二〇年七月四日、四国の高松で戦災にあいました。国民学校六年生（一一歳）でした。もう六〇年もの長い時が過ぎて、こまかな事は忘れてしまいましたが、やっぱりあの戦争は日本人のほとんどが苦しい思い出を持っていると思います。

七月三日の深夜空襲警報のサイレンの音で起きました。海（瀬戸内海）の向こう岡山が空襲にあい、近所の人も大勢外に出て空が真赤になっているのを見て「岡山にB29が来たな……」と云ってしばらく立って見て家に入り寝ました。それから間もなくして空襲警報のけたたましいサイレンが鳴り「これは高松や早く起きるんだ！」と父の声で飛び起きて父と姉と私三人で（母は田舎の親戚へ人手が無いので田植えの手伝いに何日か前から行って留守でした。食糧の調達もあって）姉と私はパジャマのまま防空頭巾をかぶり足には田舎からもらった、ほとんど布で編んだ藁ぞうりをはいて父は家にしっかり錠を掛けて家を後にしました。三人がしっかり手をつないで「この手を離さないように」と父にきつく云われて大通りに出ました。

もうすでに私達はおそかったのか、道は身動きが出来ないほどの人、人、人で手をはなさない様にと必死でした。頭の上ではB29が何回も轟音を立てて低空してくるので、もうこれでは危ないと父に高徳線の栗林駅の近くの防空壕に入れと云われ私達三人は飛び込みました。何人かが入っていて「防空壕も危ないんや」と大人の話し声がしています。防空壕の土屋根の上をスレスレと感じるほどB29が飛んでいます。私は体を小さくして「お母ちゃん、お母ちゃん」と泣き声を出していると、父が「お母ちゃんは大丈夫や心配するな」と叱るように云います。

暗い防空壕でどのくらいの時間がたったのかわかりませんが、急に頭の上が静かになりました。壕の中の人がB29がどこかへ行ったのだろうと口々に云って外に出ました。夏の夜明けは早いがまだ暗かった。私も外に出てびっくりしました。もう目の前は全部真赤に火に包まれて燃えあがっています。目に入るものは全部赤色でした。父は「家は駄目だ！　命が助かってよかった」と云いました。あの時に見た赤い色は忘れることが出来ません。

だんだん夜が明けて来て人々の姿が見え、あっちへ、こっちへと足早に行き交います。よく見ると防空頭巾も破れて、やけどをしている人がいっぱいです。消防団の人達がメガホンで「花園小学校に集まって下さい」と云っています（校区ごとに集結します）。私達三人は学校に着きました。そこには大勢の人が来ていました。もう教室にはずらっと傷ついた人達が横に寝ていて体全部やけどをしている人、もう息を引きとる寸前の人、苦しみもがいている人、いくつもの教室を家族をさがして名前を呼んでいる人、それは戦場の様でした。

校庭では大きなトラックに焼焦げて死んだ人を、ずらっと一列に並べてその上にトタン板を敷いて、また一列に死んだ人を並べてトタン板をおいて死体を並べ五段も六段も、そうしてどこかへ運んで行きます。大きなお腹のお母さんや、赤ちゃんを胸にだいたお母さん、兄弟手をつないだ子供達をいっぱい次から次へと乗せてトラックが出て行きます。

数時間前までみんな家族で静かに寝ていた人達ばかりです。変りはてて死んでいます。数え切れない人の死を見て私は涙を出して泣いた覚えがありません。自分の家も大切な物も全部無くなっているのに、そんなこと全然思いませんでした。

その時母の声がして、私達三人をだきしめるようにして再会しました。母は「高松が空襲と知って六時間の長路を私達の無事だけを念じて歩いて帰って来た」と云っていました。

しばらくして父の実家（讃岐津田）へ行くことになりました。なかなか来ない列車を待って、生まれ育った高松と別れました。

それから三ヶ月後の一〇月一一日父は胃癌で亡くなりました。母と姉と私には悲しい苦しい生活が待っていました。

熊谷・八月一五日

大阪府寝屋川市　明戸まさ（八三歳）

昭和二〇年八月一五日私は埼玉県熊谷市におりました。その日の午前二時頃突然空襲警報のサイレンがなりだしました。私はその時二里ほどはなれた田舎へ行っていてとびだしてみると熊谷市の上空はあっちこっちで火の手が上がっていました。その内に熊谷に焼夷弾が落されたと叫ぶ人たちがやってきました。私は取るものも取りあえず二里の道をあるきだしました。人々はちょっとした荷物を持ってにげて来ます。私は逆に火の中に向って行きます。

ちょうど村外れに来た時に父にあいました。警防団員で自宅にはいなかったのです。私の顔をみるとへなへなとすわり込み、皆やけ死んだと言った切り放心状態になってしまいました。

私はそれでもまだ自分の家だけは残っていると思い自分の目でたしかめたくて父のとめるのもきかず火のない所をさがして自宅まで行ってみました。

やはり家はなく母をはじめ弟妹七人全部が亡くなっていました。すぐ下の妹は家の前だったのでわかったけれどよそだったらわからなかった。まるで消ずみみたいにこなごなでした。そしてぶすぶすともえていました。水をかけたくとも水はなく井戸にも焼夷弾、落されて使えないのです。

何時間の後やっときえたとおもったけれどやはりまっかっかでした。

防空壕の中にいた母弟妹達は一寸さわっただけでもリンゴの皮をむくようにひふの皮がむけています。何ともいえないこの世の地獄でした。

近所の人々も川にとびこんだ人達は皆なくなりました。

つめたいとおもった川の水は焼夷弾で熱湯でした。それも地獄。右をみても左をみても地獄。火はいつつきるともなくもえていました。もえつきる迄かける水がなく。で父は田舎へ行って荷車をかりいとこをつれてもどってきました。

そして七人だけどかんおけ五ヶ、その中に小さい子は二人入れて、それも後何時間かすると終戦の玉音放送があるというのに。皆さん亡くなった方達ほんとに気の毒。自分でも何が何だかわからないまま母や弟妹のなきがらを荷車にのせて、とぼとぼと荷車おして。私の家のおかは二里位ある所の田舎だったもので。

その日のあつさはとても口では言えません。カンカンとてりつける太陽、それにまだもえている火。いつきえるともわからない火の中。あれから六〇年忘れようとしても忘れられない八月一五日。毎年きます。私の家でも父も亡くなり弟も亡くなりそれをしっているのは私ひとりになりました。その私も早八三歳、いつおむかえが来るかわからないので一人でも多くの人々にきいてもらいたくてかかしてもらいました。

そしてあの日になくなった方々の御めい福を祈ります。

死体の臭い〈三重〉

三重県伊賀市　高井妙子（七〇歳）

昭和二〇年七月二四日。

私は、三重師範男子部附属国民学校五年生、一〇歳。

その日は、暑いむしむしした日だった。朝六時頃に警戒警報になってから何の事もなく、一〇時頃まで過ぎてその時、飛行機のエンジンの音と共にヒュー、カラカラカラそんな音と共に外に出た私の目に入ったのは、空一杯にちょうど、灰が降って来たみたいに黒い粉の様なものが広がって落ちて来るさまでしたネ。

母は、「あんた達早く壕に入りなさい。早よ早よ！」と四人の姉妹を壕に押し込んでくれたその時、もうあたりは、真暗でほこりが立ち、すごい音と止む事なしにヒュー、カラカラカラの音。

「母ちゃんお布団とって来て！　こわい！」

「待ってなさいね。すぐとってくるからー」

これが母の最後の言葉だった。私達の壕のまわりに落ちた爆弾で、一瞬、真暗になり壕は半分にこわれ、気を失ってしまった。

「皆大丈夫？　母ちゃんは？　どうなったん？　皆、声出して！」と姉の声で気が付いた私、目から涙、鼻から鼻水、口からよだれ、目も開けられない状態で唯、「母ちゃん、母ちゃん」と泣くだけだった。

気が付くと……妹二人とも、物を云わない。「克ちゃん、富ちゃん、ワンワン来たよ！　お馬さんが来たよ。目を開きなさい！　ホラ、ワンワンそこに居るよ！」必死になって、顔をたたいた。しばらくして妹達二人とも泣き出した。

身動き出来ない程のせまさになった壕、真暗で四人で、「母ちゃん！　父ちゃん！　助けて！」と泣きさけんだ。どれくらいたったか。

父ちゃんの声がした。「妙子！　節子！　克子！　富子！」と必死で泣きさけんだ時、どこからか光がさした。「父ちゃん、父ちゃん」と父は、県庁につとめてたので、朝から仕事に行っていたのだ。ヒューカラカラカラカラと云う音は止んでいたけど、この次に飛行機の爆音が次から次から来てパリパリパリと、機関銃でうって来る音がする。

それからどれだけの時間がたったのか、判らないけど静かになったので、父が穴を開けて私達を壕から出してくれた。もう外は家は何もなくガレキと大きな穴だらけで、あちこちから、火の手があがり出していた。

父は、壕のそばで血だらけになっていた母を抱いていた。何か判らないまま、生きた人々が川の方へ行くので、妹二人を誰かにたのんで私の姉と父とでそこらに落ちている板の上に母を乗せ運ぼうと思うのだけど、足ががさがさとガレキの中にはまり、その下が熱くもえていたので大へんだった事、何か、憶えている。

川のそばにつれて行った母は、生きてたのか死んでたのか判らない。川のそばは、血だらけの人であふれていた。

小さい手でお水をくんで来て母の口へ入れようとしたら、父にどなられた。

「母ちゃんをお前は殺す気か！」と、母ちゃんのお腹は内臓が飛び出て、左の腕は皮が一枚でつながっている状態。そこら一面血だらけで動いてる人、死んで倒れてる人、本当に今考えると地ごくの絵だった。その間にもサイレンは鳴るし人のうめき声うめき声。

父は、母をひもでおんで、憲兵隊のいる所へつれて行ったら、「もう死んでる！」と一声でつっぱねられ、「いやまだぬくいんや。死んどらへんから、頼むで何とかしてくれ！」と父との会話だったけど、駄目だった。

それから、サイレン鳴る度にどこでもいい壕のある所をみつけて、飛び込む。その壕の中には、死体が！ でも恐いとは思わなかった。血だらけの死体も何とも思わなかった。

夕方、生きてた人々が一ヶ所に集まって来る。

その横に次から次から、兵隊さんが集めてくる死体の山があった。足丈、頭丈、手丈の誰のものとも判らない死体の山。

その横で私達は、そこらで拾って来た布で母ちゃんをまいてずっと横に座っていた。

恐ろしいとも、泣く事もなしに、今思うと放心状態だったのだと思う。

夕暗の中、川の中で、「チー子——、ウタ子——」と子供を洗って箱に、「ボキッ、ボキッ」と足を折りまげて入れている父親だろう人の姿が今でもシルエットで浮んで来ると同時にその時の死体の臭いが思い出される。

夏の暑い一日、すぐに死体はくさい臭いがして来ていた。

父は妹二人をさがしにどこかへ行くし、私の姉は母のそばでいた。おにぎりと乾パンをもらってもあまりにもくさい死体の臭いで食べられなかった。

私はこの今、平和な時代が来て、思い出すのもいやだけど、唯、云いたいのは、平和の幸せさ、そして戦争のくだらなさ、本当に戦争だけはこの地球上からは、無くさないとならないと心から思う。

アメリカ人も、イギリス人もどこの国の人々も人一人一人は、皆、良い人だと思う。けど戦争と云う名の元では、殺人者になるんだとどうして判らないんだろうかとつくづく思います。

もう私も七〇歳、父の事、母の事を思い出しては泣いています。何か涙もろくなって。

あれから六〇年、今、母が今ここにもどって来たら何が一番びっくりするだろうと時々思います。明るい電気、それが一番最初によろこぶのじゃないかな？と。

どうか戦争だけはしないで欲しい。平和が何よりだと過去をふり返って、これから人々に大声で云いたいと思います。

どれだけたったか、父が県庁の職員の人に頼んでリヤカーを用意し、寺町の、ある道の所へ母をうめてくれた。悲しい事も何もなかった。ただ、母ちゃんがくさいと思った。

それからの人生父は、四人の女の子を食べさせていかんと県庁をやめるとも、やめないともなしに唯、ピイピイ云うてる私達に何かを食べさせないといかんので頑張ってくれた。麦のよましに草を入れて食べたのもこの時期、食べるものも着るものも何もなかった時、でも国も、人々も誰も助けてくれなかったと思い出す。

父の苦労は、言葉には、云いつくせない。

その父も三年前に母ちゃんのそばへ五六年ぶりに逢いに行ってしまった。

今私は思う。父に有難うと云う言葉も云わなかったと。

終戦一五日前に家は焼けた〈水戸〉

大阪府堺市　巽淳子（七一歳）

一九四五年八月一五日は終戦だが、その一五日前に我が家は、空襲で灰燼に帰した。茨城県水戸市であった。

その日はずっと警戒警報が続いていた。前日にアメリカのビラが大量にまかれ、人道主義のアメリカは明日爆弾を水戸に落とすから、善良な市民は避難するようにと書かれてあったが、誰も信じようとしなかった。夜中の一二時頃警報が解除になり母が子供（姉一七歳、兄一五歳、私一二歳、弟一〇歳、八歳、妹二歳の六人）に寝なさいと言ったので我々はやれやれと寝床に入ったら、急にけたたましくラジオから空襲警報発令が出て、その時外でばりばりと大きな音がした。焼夷弾攻撃であった。

あわてた母は子供達にすぐ逃げる事が出来るように防空頭巾をかぶらせ、ルックサックを背負わせた。母は妹をおぶった。そして私と弟二人と母と妹は一団となって外に出た。向い側の家の門にはすでに焼夷弾が落ちてきて燃え上っていた。父は学校の宿直、兄は家を守ると言い、姉はどういう行動をとったのかわからなかった。あとで姉はずっと私だけほったらかしにして逃げたと母に文句ばかり言っていたが、とにかくどうしていいかわからない母は、町内会長の家に行こうと言って右に走った。下の弟はちょろちょろしている上にルックサックを落としてしまい拾いに行こうとした弟に拾わないで逃げよと母はどなった。

町内会長の防空壕に一度入れてもらったが、ここも危ないからと追い出され又そこを飛び出した。母は、仕方なくとにかく真直の道を走り、つきあたりの行き止まりでとっさに右に曲った（この時左に曲って小学校の防空壕に入っていたら、直撃弾を受けて皆死んだとあとでわかった）。そして今度は左に曲って走りながら、逃げて逃げた（どうしてこの道を進む決心をしたのかを、亡き母に今になって聞いておけばよかったと後悔している）。辿りついたのは我が家のお墓のある所であった。この大きな暗い森のような墓地の一番奥の端の方に行き、母は私達を坐らせた。雨が降ってきたと思ったらそれはよく燃えるようにとばらまかれた油であった。

明け方まで、我々はそこにへたり込んだ。疲れ果てて、お腹がすいたと言って弟はやき米の入った缶をとり出してポリポリとかんでいた。空襲はずっと続いていたが、ここには落ちて来なかった。ここを離れられなかったが、やっと安心した時に母と私達は逃げてきた道をトボトボと歩いて我が家に向った。

家の前にきた時、塀が残っていたのでラッキーと近づくと中は丸焼けで、ボヤボヤと煙が出ていた。さっき迄住んでいた家も、蔵も、離れも、梅の木も栗の木もなにもかも思い出のものは全部見事になくなっていた。居間のあったところに近づくと、百科辞典がそのままの姿で重なっていて、字が浮き出していた。唯一、庭で作っていたカボチャが全部むしやきにされていて、食べるものが何もなかった我々の昼食となった。

父は丁度学校の宿直であった。はるか水戸の我が家の方が真っ赤に燃えていたのが見えて、あー家族は全滅したと覚悟したそうだ。兄も姉も無事に帰ってきた。

財産をことごとく失った悲しみはたとえようもなかったが、誰一人として欠ける事もなく生命があったのは、今考えると、財産が我々の命の代りそして守ってくれたのだと思って納得する事にし、感謝をした。

娘さんの千切れた手足〈西宮〉

大阪府貝塚市　坪倉太一郎

昭和二〇年七月、その日も朝から連日の暑い太陽が照りつけていた。私は同宿の先輩S氏と阪急今津線鹿塩駅（現仁川駅）近くのガードを通り、S氏は診療所へ、私は兵器部企画課工事係のタイムカードを押すと同時に空襲警報のサイレン……又かと連日の警報にウンザリしながら、ふと忘れ物に気付き、ゴルフ場近くの下宿に着く寸前、気違いの様なサイレンと同時に二五〇キロ爆弾の雨、雨、……慌てて下宿のおばさんと裏山、神社の防空壕へ飛び込んだまま、約二時間爆弾の地鳴の連続で生きた心地ありません。

やっと静かになったのを確かめ、道路に出た瞬間、虻《あぶ》の様なグラマン戦闘機が超低空で機関銃の雨……慌て又防空壕へ……お昼過ぎ付近が急に静かになり、S氏が心配で恐る恐る会社の門へ近づくと泥まみれの守衛さんが私の目前で直立のまま、バッタリ電柱が倒れる様に……びっくりするやら恐ろしいやらまるで此の世の生地獄です。その間時限爆弾が方々で炸裂します。

私は取あえず一旦下宿へ帰りかけると道路の脇に防空ズキン、モンペ姿の女子挺身隊の娘がうずくまって居り近付くと、モンペが破れ左脚が腰の付根からギザギザに切断されている。出血は無い。私は咄嗟に六尺晒の腹巻で千切れた脚を胴体にくっつけた。手が手が……ハッキリ聞えた。良く見ると右の手首が無い……溝に落ちている。私は夢中でその右手を手首にタオルで縛りつけた。

気が付くと人の話し声がする。私は事情を話し再度S氏を探しに会社に入りましたが、半日前迄のあの大工場が跡形もなく瓦礫の山、山、又時限爆弾が連続炸裂する。途方に暮れ泣きながら下宿に帰りました。

結局S氏は診療所近くの防空壕で、女子挺身隊の娘も出血多量で病院への途中亡くなったと後で聞きました。島根県の娘さんだったそうです。

川西航空機宝塚製作所は現在阪神競馬場になって居ります。「国破れて山河あり」日本の国は私達に何をして呉れたのでしょうか？　戦後六〇年平和呆けして居る若者に、勉強したくても学徒動員で進学出来なかった熟年の私達が居る事も知ってほしい。と同時に鹿児島県知覧町の特攻平和会館、東舞鶴の引揚記念館を見学し、戦争が如何に一部独裁者の横暴で、国の進路を誤まり国民を不幸にするかを考えてほしいと思います。

神戸大空襲が両親を奪った

兵庫県姫路市　杉本妙子（七八歳）

「死んだ者は、入れるな」とどなり声。近所の方の手を借りて、私は倒れた父を防空壕まで運んでいった時のことです。「お父ちゃん、まだ生きているのに」と私は泣く泣く母が倒れている我が家の前まで帰って来ました。町内にある町の人の為の防空壕だったのですが、人々の心はすさんでいました。

昭和二〇年三月一七日未明、神戸大空襲の時の惨劇です。

私は女学校五年生一七歳、女学校三年生の妹と、七一歳の祖父は空襲警報発令と同時に防空壕に避難させ、父母と私の三人は、焼夷弾爆撃にそなえ、初期防火をするため、ありったけのバケツに水をはって、戸外へ出ていました。

爆音を轟かせ大編隊で攻めてきた敵機は、夜空に輝く星のようでした。また神戸の中心地へおとされた焼夷弾が花火に見える程平静な気持ちでした。と突然、私は地面に強い力でたたきつけられました。私は反射的にとび起き、何がおきたのかと、あたりを見回すと、父も母も倒れたままです。

その時父は、敵機が落とした爆弾の破片が頭を直撃し即死でした。しかし、のどが、ごろごろと鳴り、暖かな身体は、生きていました。その父を防空壕の外の道路に寝かせたままにしたことは、堪えがたい悲しみでした。

母は頸椎を破片で切断され、意識ははっきりしているのに、身体に無数に受けた破片の為、多量の出血をしており、その痛みも感じることがなく、唯「お父ちゃんが死んでしもうた。どうしょう。困った。困った」と残された私達姉妹のことを気にしながら、二日後に息をひきとりました。

　空が白みはじめた頃、お向いの家が猛火につつまれ、無気味な風と共におびただしい火の粉がとんできました。私は一人で家にはいり、火の粉が家の中にはいらない様に廊下のガラス戸を締めようとしましたが、爆風でガラスは残らず割れてしまっています。道路に倒れた時、私も左腿に貫通銃創をうけていました。ズボンの左足部分は、血でぐしょぐしょでした。その時、はじめて自分の傷に気がつき、私は歩けなくなりました。

　警防団の人が外で倒れている父母を家まで運んで来て、座敷にねかせてくれました。父のオーバー、頭巾は火の粉で焼けこげており、祖父と妹と三人で号泣しました。これからは、私が重傷の母と祖父、妹を護らなくては！　と固く固く覚悟をきめました。

　私の怪我を知った近所の人が担架で臨時救急所になっている小学校に運んで行ってくれたのですが、寒空の校庭は修羅場でした。足がちぎれそうな人、内臓が出ている人、手がぶら下っている人、足が片方ちぎれたお母さんが赤ちゃんに乳房をふくませている姿を見た時、言葉もありませんでした。私のように軽い傷は診てもらえず、そのまま帰って来ました。その後、近所の医院で手当をして頂き、日毎に傷は癒えていきました。幸い、骨にも動脈にも神経にも大きな損傷を受けていませんでしたので、後遺症もなく、全治しました。

　近くに住んでいる伯父のはからいで、両親の遺骨は骨箱に収められ、戒名までつけて下さって私のもとに届けられました。

　あまりにも多い犠牲者のため、大勢一緒に火葬にされ、お骨が届かなかった人が多いと聞いています。

　それ以後、妹と二人で両親の遺骨をリュックに入れ、警報が出るとリュックを背負って避難しました。背中でガラガラと鳴るお骨は私達に頑張れ〳〵と言っているように思いました。一晩に三回も警報が出ると、靴をはいたまま布団で仮眠、何日も続くと身も心も疲れ果てていました。でも日本の勝利を信じて疑いませんでした。

　あれから六〇年、私達は老人です。

　妹も私もそれぞれ息子夫婦と孫達と幸せに暮していています。あの悪夢は、孫達には絶対に味あわせてはなりません。

　語らなくては！　と何回思ったことか、この平和で豊かな世にすっぽりつかっている孫達に理解して貰えるかな！　と思うと、今日まで口に出せませんでした。でも、私には時間が限られています。あの時生きていた私だからこそ話せる戦争の空しさ、悲惨さをようやく語る決心がつきました。

　祖父は息子夫婦を亡くし、どんなにつらかっただろうと思うと涙する日が多かったのですが、はじめてのひ孫の顔を見せてあげることが出来、七五歳でなくなりました。少しは安心してくれたかなと思っています。

妹を背負ってにげる〈神戸〉

兵庫県神戸市　浜辺弥生（七七歳）

　今迄は戦争に関係した話がテレビで写ると別のチャンネルに変更しておりました。それ程想い出したくないのが本当の心情でしたが、この度は自分達の年代の方がだんだん亡くなり貴重な体験かと思いペンを持ちました。

　私は昭和三年生れです。昭和二〇年六月五日の神戸大空襲にあいました。三月一七日の時は神戸の町、国鉄（JR）の南を全滅させ、私達六月五日は国鉄北部全滅です。B29三一五〇機が来ました。其の時は現在の新神戸駅の所、布引の山にかけ防空壕が掘られ、また下から攻撃する高射砲隊があり、一発も当らない状態の兵隊さんがおりました。当日は一発当りB29一機が神戸港に落ちていきました。

　昭和一九年一一月に母が亡くなり三歳の妹を（私一七歳）親代りで育てていました。当日、空襲警報がなり家の前の防空壕に入りました。すぐに三五〇機の編隊を組み焼夷弾が落ちてきて、家の中はすぐ火の海、防空壕の前にも落ちましたので、妹を片手で抱え何時もは布引の山の防空壕ににげるのに其の日に限って私の足は南に向ってにげて行き、其の間にも二度三度攻撃にあい石のドブのミゾにもぐり飛行機の過ぎるを待ちました。

　周りは火の海です。どこに行こうか。体は熱いし、其の時フッとそうだ国鉄の南は三月に焼け攻撃は無いと思い南へ南へと妹を背負ってにげました。手がだるく何べんも落ちそうになりましたが、思い直しまたにげて行き其の途中妹の背中に火がつきどこかのおばあちゃんが消してくれました。妹に命があったのでしょう。必死で三宮駅の高架下迄にげホッと一息つきました。

途中老夫婦連れ奥さんが主人をオンブしてにげていましたが、フッと力がぬけたか肩をはずされました。多分御主人は其のまま焼け死んだと思います。奥さん一生懸命二人でにげたが力つきたのでしょう。世の中が平和になりきっと悔んでおられると思います。でも仕方ないです。自分が自分でなくなるのですから。私は一七歳で若かったから妹を背負ってにげても捨てて行くとは思いませんでした。

私達は南ににげて行き命が助かりましたが、布引の方ににげた方は全部焼死しました。入口に焼夷弾が落ちたら奥ににげられませんのでむし焼です。私は足がなぜか南に向いたのも六ケ月前に亡くなった母が行かせてくれたと思っています。

空爆が終るのをジッと三宮の高架下で待ち皆のウワサで近くの二宮小学校に皆が行ってると聞き行きました。大勢の人で自分のスペースはコシカケ一ツ分です。食べる物もなく三日間のまず食わずです。其の頃、三日目に父が現れ再会しました。布引の山の防空壕の死体の山を一人一人私達二人の顔を探していたそうです。三日目に他県からおにぎりが配給されました。くさっていましたが皆何も食べてないので井戸が有った所（トラヤ）の焼けた所に行き、バケツの焼残りで井戸水で御飯を洗い私は妹に食べさせました。またその頃には死体の山ですので石を積みトタンを横にして多くの死体を焼きました。

二宮小学校には一週間しか置いて下さいませんでした。それぞれ焼あとに小屋を建てるかどこかに行かねばならなかったのです。私達は父の兄の所（京都）に行きました。其の頃日本は敗戦真近ですのに誰も知りません。政府はまた満州行を進めていました。父がそれを希望しましたが、私が反対しました。あの時満州に行っていたらと思うとゾッと致します。生死の境はちょっとの事からとつくづく思います。命を下さったことに感謝して筆を置きます。

焼け出されて…〈明石〉

兵庫県明石市　青木幸子（六七歳）

私は小学一年生でした。忘れもしませんいつもの通り学校へ行きすぐ警戒警放が鳴り、今とちがってあわてて学校を後に家にとんで帰る日々が続きました。その日も家の入口に入るなり、飛行機が屋根すれすれにとび「バクダン」を川崎航空機に落して行きました。

あっと思う間もなく破片がバラバラとんできました。母が早く早く防空壕へ早くといっているのが聞こえ、入るなり家の屋根も外もバクダンの破片とカワラ、カベツチ、ガラス、バラバラと云う音と共に落ちて来た、もう少しおそかったら命は亡くなっていました。あたりが静かになりそっと外にみんなで出て見ると家の前の道を浜の病院に向かってけが人をのせたタンカが列をつくって走って行きました。あまりのむごさにその場に座ってしまい大声で泣いている自分がかわいそうで、かつがれていった人々もかわいそうで私の一番の悲しみのはじまりでした。

しばらくして又たいへんだの声、警報の音に皆のみている方を、東の空を見てびっくり真赤な空とけむりとがもえている様子がはっきりとわかりその場に立ちつくしました。誰一人家の中に入れと叱る人はいませんでした。それほど東の空が明るく赤くもえていたのです。あとでしったのですが神戸が空襲でもえているんだとわかりました。

その後、赤くもえていた空にサーチライトが四方から照されその真中に飛行機らしき物体がはさまれた時は、ワァーと云うかんせいがきこえ、まるで映画を見ているような、でも真実なんです。それからしばらくして今度は忘れもしない明石が空襲になり、なにももつことが出来ない早さで防空壕に入らなければならない、じょうたいでした。

「ごう」の中では井上のおばあさんが数珠を持って一心に神仏に拝んで下さっていました。しかし、一人が大へんだなんだか明るいよ、しまった照明だんを明石川に落としたんとちがうか、その声が終らないうちに「ごう」の後の家がもえだしました。

大へんだここに居たらみんなやけ死んでしまうぞの男の人の声に母と兄と私は水そうにズキンと足を水につけて火の中を西へ西へと走りました。とちゅう足もとがやけて来るのです。又今度はみぞに足をつっこんで家のない方へ西へとにげました。幸いここらは田うえがすんだばかりで周りは田んぼが多く水が流れていましたので、ズキンも足も又ぬらした手ぬぐいで目と鼻と口をふさぎ、にげていると、親切な人がここに入りなさいと云って私達親子を「ごう」の中に入れて下さいました。思わず助かった、でも中は地面がぬれてむし暑く息が苦しく涙をぽろぽろこぼしながらじっとしているよりなく、夜が明けるのを待つしかしかたがありませんでした。

赤ちゃんが大声で泣きわめき大へんな時だったので、誰かが泣かせば敵がくる、泣くのなら出ていけという声が頭の上を通って行きました。その時馬が二、三頭かけて西へ走って行きました。あれは松野牧場の馬か、では牛はどうしているんだみんなやけ死んでしまう、そういってだれか外へ出ていきました。空は少し明るく夜が明けてきました。そして明るくなってから見た物は、あっと息をのみました。あの広い水田の田んぼに「しょいだん」が立ちならんでつきささっていたからです。あのヒューンヒューンと音を立てて落ちて来た「しょいだん」あんなにタクサンまあー言葉が出てきませんでした。もし「防空ごう」に入れてもらってなかったら今頃私達四人は。思わず母の手を兄の手をしっかりにぎっていました。夜が明けてとぼとぼと家に向かって歩きだしました。なんせ着の身着のままで身一つの私達は顔も真黒け、手も足も土と灰で真黒で見るかげもありませんでした。家もなにもかもすべてもえてしまっていました。自分が立っている場所（田町、今はダルマ薬局の車庫になっている）から東はすとんーといったい全部もえつくして、立花湯のエントツ一つが立っていました。つかれきって南王子に帰って来ると松野の奥様がおにぎりを下さり、そしてとなりの柳沢のおばさん達が、まあ、ぶじでしたか、私もみんな助かったんやね、どこに行っていたといってお互いに手を取り合って泣きました。

そして二、三日してから親類の家をめざして力なく親子が今の浜国道を歩いて、坂道を通りかかった時、やーいやけだされの子きたないあっちへ行け、石をぶつけてくるんです。悲しかったですね。戦争がにくい、私達をこんな姿にした戦争が、そう思っても声を出すことも出来ないぐらいつかれきってただ母の方へ歩いていく。みじめな自分、お国のために戦っている父は今どうしているのか、生きているのか、死んでいるのかそれさえもわからずなにもしらない人達が私達のうすよごれた姿を見たらびっくりしてにげだすでしょうね。

あたりまえのことですがやはり、くやしくてみじめであんなつらいおもいは私達でもうタクサンです。暑さとつかれとですわっていると一人の男の人が空襲大へんでしたね。そういって、竹の皮につつんだジャガイモの入ったおむすびを下さいました。じごくで仏とはあのことを云うのかもわかりません。世の中にはこんな親切な人がいらっしゃるんだなと母と兄と泣きながらそれをいただきました。

夕方ついたが、親類の家も三家族が来ていていっぱいで居る場所がないぐらいで小さくなっていました。なんや明石来たんか、どこでねるんやの声がきこえて来て明くる日、また別のところへ引きあげました。しかし、ここも居る所では有りませんでした。やっぱり子供達はやけだされの子とはやしたて、しまいにはどろぼうよばわりされ、毎日泣いて暮しました。学校ではいじめられ、きたないあっちいけと云われ、そういってるうちに父が戦死と云う悲しいしらせに私達は一年たらずで又なつかしい明石へ帰って来ました。でも、貧しすぎ学校も行くことが出来ませんでした。

なんのための戦争。父の命を返せ、もえた家を返せ、いくらさけんでももどっては来ません。あまりにも貧しすぎ、私は学校も行くことは出来ず子供らしい遊びもしらず、一二歳になるかならないかで京都へお手つだいと云えばきこえはいいですが、子守女として行かされました。子供をおんぶして子守をしながら学校の黒板に書いてある字を見て地面に字を書いておぼえたんです。一人ぼっちで悲しくて淋しくて家に帰りたいそう思っても帰る所もなく辛抱するより道はありませんでした。

少し大きくなって仕事をと思いましたが、くやしいかな父親の居ない者はだめだとことわられ、なんでやのなにが悪いの父はお国のため戦って戦死なんです。でもだめだって、母子家庭ではどうしてだめなの。なにが悪いのどうして母親だけではいけないの。私は父をうばった戦争をにくみました。世間ではセーラ服を着てみんな学校に行っているのに自分は、もって行きようのない苦しみ、くやしさ、悲しさそれ見てみ、片親だけの子は不良になる、そう私は云われないように歯をくいしばってまじめに生きて来たのに二度と戦争を起してほしくない。戦争ほどみじめで残こくなものはないと私は思います。

今は平和です。でもどこかくるっているように思います。物がありすぎお金さえあればそんな思いで辛抱する、他人を思いやる心がないように思います。早いですね、年月が過ぎ去って行くのは。六〇年だなんて自分の六七歳の年も忘れて昔此の明石がもえた、そんなこと、夢のようで、苦しみだけは頭がしっかりおぼえて忘れることが出来ないなんて、それほどたたきこまれたような想いです。

兄は私と同じ他県へ仕事に行かされ、病気になって亡くなりました。今思えば大きく育つ時にたべるものが無かったからかもわかりません。母も私も兄もみんなばらばらの生活でつかれて、父も母も兄も亡くなり私一人ぽっちになってしまいました、年を重ねて生きてけっきょく一人ぽっちになってしまいましたよ。今は一人ですが平和で心しずかで倖せです。二度と戦争だけはしてほしくない。

空襲、姉の死〈御坊〉

大阪狭山市　東陽史

昭和二〇年六月二二日、和歌山県日高郡御坊町（現在御坊市）の名屋地区がB29による空爆に襲われました。当日の同地区の死者は二〇数名とのことですが、その中におそらく最年少と思われる一三歳の一人の少女がいました。私の姉です。

昭和一六年四月、私は御坊国民学校、一年丁組に入学した。満六歳いわゆる七つ学校である。担任は女性の辻浦先生、野口村岩内より自転車で通勤していた。日焼けした丸顔の先生だった。学校の入口には忠魂碑があり一礼して教室に向かうことになっていた。講堂の前面右側に二宮金次郎の銅像があった。のちに銃弾に充てるとのことで持ち去られた。私は学校に行くことには何の楽しみもなかった。むしろ初めての学校生活に不安と緊張感を抱いていた。

同年一二月八日、太平洋戦争が勃発した。当時の戦況については、全くと言っていいほど無関心で覚えていない。ただシンガポール陥落で提灯行列の光景が朧気に記憶の向こうにある。その他、隣保班による防空演習、寒稽古、乾布摩擦、また二年生の書き初めは「大空あらわし」であった等々の記憶がある。

昭和一八年私が三年生の初めと思う。アッツ島が玉砕、この年、山本五十六元帥が戦死した。私は玉砕の意味がわからず母に尋ねたこと、また山本元帥については、ご家族が御坊の隣村、塩屋に住まれていたので比較的記憶に残っている。アッツ島の部隊長は、山崎大佐であったと思うが定かでない。開戦後初めて耳にした暗いニュースであった。この後サイパン、硫黄島と玉砕が続くが、アッツ島の時点ではあまり不安を感じていなかった。

小学三年生の中頃だろうか、私は初めて敵機を見た。その日は快晴、空は限りなく晴れ渡っていた。青い空に細く長い線、それは純白の煙のように見え高空を南から北へと飛んだ。私は広い田んぼの畦道で、その方向に右腕を指し、悠々と機体を追っていた。

やがて「警戒警報」、「空襲警報」が発令されることとなる。警戒警報は潮岬南方海上に敵機発見、空襲警報は敵機紀伊水道を北上接近中がその基準であったと思う。サイレンは、警戒警報が長く一度、空襲警報は短く何度も繰り返し鳴り響く。

学校では警戒警報が出ると授業を止め、本やノート、セルロイドの筆箱を風呂敷に包み急いで御坊町の南端名屋の自宅に帰る。

私は勉強はあまり好きでなかったので、最初の頃は、むしろそれを心待ちにしていた。

昭和二〇年に入ると戦況は次第に悪化して来た。両親や兄の心配そうな暗い表情より私は敏感に悟っていた。黒い厚い雲の固りが覆い被さって来るような圧迫感を抱いていた。警報の頻度は次第に多くなり、間隔も短くなって来た。

やがて同年六月七日、名屋の源行寺にB29による一トン爆弾が投下された。寺は跡形もなく消失し、池のような深い大きな穴が出来ていた。この寺の同級生、湯川和美ちゃんがお母さんご兄弟ともども亡くなった。住職のお父さんは将校として出征中でお婆さんのみ辛うじて助かった。近くにある飛行機部品の製造をしている日本アルミ工場を狙ったが逸れたものと思料される。その他何人かの犠牲者が出た。御坊に最初に投下された爆弾だった。この時より人々に衝撃が走り、表情がこわばっていたのは小学生の私にもわかった。これで終わりではない、次があるであろうと予測していたからであろう。

そして昭和二〇年六月二二日が来た。

私達家族は六人であるが、当日父は町役場の用で県庁に出張、兄は和歌山工業に汽車通学、妹は既に母の実家野口村上野口に疎開、姉は日高高等女学校一年花組（現在の中学一年生）であったがこの日はたまたま休校日で母とともに自宅にいた。私は小学校の五年生で学校で警戒警報を聞き校庭を走り出し西町の通りに入った途端空襲警報に切り替わった。私は一生懸命自宅に向け南に走った。汗が流れ磨り減った粗末な藁草履は何度も脱げた。自宅に着いた時にはもうＢ29が編隊を成し飛んでいた。母と姉、私の三人は防空頭巾を深く被り防空壕の中にとびこんだ。父が造った頑丈な壕だった。

やがて周囲が騒々しくなり、誰が言い始めたのか「危ない、直撃される」と言う声が波紋のように聞こえて来た。私たち親子三人は防空壕を抜け出し、極度の緊迫感のなか逃避行が始まった。目的は安珍清姫で有名な日高川に架かる天田橋を渡り、塩屋村に逃げ込むことであった。Ｂ29の視野に入らぬよう気遣いながら、石垣や板塀沿いに走ってはうずくまりまた走った。坂道を登り天田橋のたもとに出た。そして小走りに渡りはじめたが、橋の中央部分を過ぎた所で警防団の人が両手を広げて止めた。「機銃掃射を受けるからあかん」とのことである。私達は押し戻された形となり、やむを得ず御坊側に引き返し堤防の内側の斜面即ち川べりに身を伏せた。体を隠せるほど草は生えていなかった。

Ｂ29の爆弾投下の図式は次の通りである。先ず機体が一瞬停止するように見え、次に後尾より白い煙を吐く。そしてゴーという音が鳴り始め、地表に近づくにつれてその音が大きくなり轟音とともに破裂、爆弾はほぼ四五度前面の地上に落下する。従って機体が四五度目前に入った時が一番危険で、真上九〇度に来ればもう安全である。この点私はあの空爆より既に認識していた。

この日私達を襲ったＢ29は、その四五度と思われる所で煙を吐いた。〃危ない〃と思った。叫んだかもわからない。私達は伏せていた堤防の内側より逃げ出し、外側の住宅地の方に避難しようとした。そこに従来の音の他に「シャシャシャ」という音とともに爆弾が投下され炸裂した。その音は爆心のためと思う。

私は一瞬気を失った。気がついた時、うつ伏せになった体の上に、重たい瓦礫と土砂がのしかかっていた。それを私は両手と両膝で支えていた。この時自分でも驚く程冷静になっていた。「ここで死ぬんだなあ」と思った。少し時が過ぎ背中の部分が、ずれ動いた感じがした。私は激しく背中を左右に動かし始めた。もう冷静さは失せて必死だった。まさに必死だった。そして埋まったまま叫んだ、「助けて、助けて」と叫び続けた。生への執着だった。後で母が言った。「陽史の助けを呼ぶ声が聞こえていた」と。その時母も埋まったままで、どうすることも出来なかった。

私が大人になり、子の親になった時、母の焦燥感が痛いほどわかった。助けを呼ばなかった方が良かったと思うほどに。

どのくらい時が過ぎたかわからない。私が自力で地上に這い出した時、黒い噴煙が風に流れ薄くなりつつあった。その中に母の姿を見つけた。それは形容できない程惨めなものであった。衣服はもちろん、口、鼻、目に爆弾でえぐりとられた地下水を含んだ土がへばりついていた。もちろん私も同様であった。私はそんな母に駆け寄り、手を握りしめた。

しかし姉の姿はなかった、どこにも。母は叫んだ、「弘子、弘子、弘子」と。私達二人は付近を探し歩いた、祈るような気持だったが見つけ出すことは出来なかった。母の必死に叫ぶ、「弘子」の声は空しく流れていた。

私と母は、ひょっとしたら姉は自宅に帰っているかもしれないと一縷の願いを託し、西町の通りを北上、自宅に向かった。母に右手を引かれ黙々と歩いた。母の心配そうな横顔を見上げながら。左手では、目や口、鼻にへばりついた泥土を剥がしていた。

途中、元町長の伏木さんの前の松本さん宅に立ち寄った。そこのご主人の遺体が運ばれて来たからである。その方は日本一短い鉄道で有名な御坊臨港鉄道の終着駅「日高川駅」の手前、中央貨物と言う運送会社に勤めており、そこにも爆弾が投下されたのである。胸、腹部は血に染まっていたが、むごくて詳しくは書けない。「南無阿弥陀仏」「南無阿弥陀仏」と、母は両手を合わせた。私は無表情に茫然として見つめていた。

私達は自宅に急いだ。帰り着くと同時に防空壕の扉を開けたが、姉の姿はなかった。防空壕は何の被害も無かった。姉は自宅の中にもそして何処にもいなかった。後で判ったことだが瓦二枚程度の爆弾の破片が、屋根を突き破り、天井で止まっていたのを兄が見つけた。我が家の物の被害はただそれだけだった。

夕暮近く姉の遺体は掘り出され運ばれて来た。倒れて来た柱に当たり即死ということであった。おそらく爆発で跳ね上がった柱が、姉の顔側面を直撃、強打したものと私は推察する。

母は泣き崩れ、泣き叫んだ。「弘子」、「弘子」、「弘子」と気が狂ったように叫び続けた。私はそんな母の姿をどうしようもなく、悲しい顔をして見つめるだけだった。県庁から父が帰り言葉少なげに母を慰めていたと思う。

私は泣かなかった。泣かなかったのではなく恐怖のあまり、泣くことすら出来なかったのである。

私は姉の顔をそっと見た。左側面が少し陥没しているように見えた。口からは一すじの血が出ていた。防空頭巾は何の役にも立たなかった。

当日死者が多かったのであろう。姉の遺体は母の実家に大八車で運ばれ、露天の火葬場で、藁と木で荼毘に付された。

この時姉の同級生である藤田村の小池さんと言う方がお悔やみに来られ、私が応対に出たらしいが、おそらく一言のお礼も言えなかったのではないかと思う、かすかに記憶に残っている。

姉の死にはいくつもの、「不運」が重なっていた。それだけに悔やみきれない無念さも残る。

まず直撃だという流言で、防空壕から逃げ出したことである。誰かが自分の思いを口に出したことが、真実性を帯び、広がり伝わって来たものと思う。その時の人々の心は切迫の極限状態にあった。正否の判断を出来る精神状態ではなかった。爆撃の目的、場所は、敵機しかわからない筈であるのに。逃げ出したのは私達だけではなかった。ただ私の家より南東二〇メートルぐらいの清水さんの家に爆弾が落ち、防空壕の中で、奥さんが亡くなった。従って結果的には必ずしも流言ばかりとも言えなかった。

　二つ目は天田橋の途中で止められたこと。それを振り切ってでも渡りきれば良かった。その時父や兄がいたらと思うが、私達にはそんな勇気がなかった。従うしかなかった。グラマン戦闘機であればいざ知らず、B29には機銃掃射はある筈がない。私達を止めた人は善意でなしたことと思うしかない。

　三つ目は堤防の内側より、外側に逃げ込んだことであるが、私はやむを得なかったことと思うし、そう信じたい。

　四つ目はB29が、天田橋を狙ったものが、誤って私達を襲ったと思われること。当時の空爆の精度は現在程高くなかったのであろう。

　姉が死ぬ少し前、燈火管制で納戸の窓ガラスに仲良く二人で、くの字型の紙を貼ったのが、最後の思い出となった。

　母が姉の小さな写真を置いた仏壇の前で泣いているのをよく見かけた。何年も何年も。おそらく自分を責め続けていたのであろう。昭和三二年一一月、私は勤務先の三和銀行御坊支店より大阪の支店に転勤したので、その後見かけていない。

　姉の血に染まった着衣を処分もせず、風呂の焚き口の奥に長い間置いていたが、私はその理由を聞けなかった。

　姉の死後、家族五人は、母の実家に疎開した。もうその頃にはB29は昼夜を問わず飛んで来た。私は夜眠ることも出来ず防空頭巾を被り軒下の縁台に座り、黒く沈んだトンビ山を越えて来る敵機を見上げていた。爆音と機体の赤いランプでその位置を確認していた。

　母は、栄養不足と心労のためか心臓脚気を患った。丁度私たちのいた隠居の傍らの寺に兵隊が駐屯していた。下野口と熊野の間の山に、本土決戦に備え、砲台を造るためと聞いた覚えがある。その隊の軍医を伯母（母の兄嫁）が呼んでくれ、注射等をして母は助かった。空爆はその後も続いた。主に日本アルミ工場を狙ったものと思うが、煙樹ケ浜の松林の中にも投下され、大きな穴がいくつも出来ていたのを覚えている。

　私は戦後、石臼をひき始めるゴーという音を爆弾投下と錯覚し、庭に身を伏せたことが何度かあった。

　空爆の記録は、本とか、映像でよく見かける。でもその時の独特の匂いは体験者しかわからない。私は生涯忘れないだろう。

毎年八月六日と九日、広島、長崎の原爆追悼式典が厳粛に行われる。

でも名もない、御坊町名屋の片隅でのことは、当地の人々にさえあまり知られず、記憶も次第に消え去ってしまうであろう。しかし原爆ではないにしても同じようにB29の爆弾で、阪神大震災のような天災ではなく人間が惹き起こした戦争が、無抵抗で恐怖に怯え逃げまどう一三歳の少女の命を無惨にも奪った。私、私達家族には、あまりにも無念、悲惨な出来事だった。

姉と私は同じ場所で、おそらく五メートルも離れていなかったであろう。

私は恐かった、姉もそうであったに違いない。姉は死に、私は生きた。

たった一つの救いは、姉があまり苦しまずに死んだ、即死であったこと、私は無理にでもそう信じたかったし、そう信じた。

昭和二〇年八月一五日戦争は敗れて終わった。

私はB29やアメリカが憎かった。でも……私の家の近くに、南新地があった。戦後すぐ米兵がジープに乗って何のためらいもなく、誇らしげに遊びに来た。そのジープを取り巻いた。薄汚れた十数人の子供達が一つ覚えの英語で、片手を伸ばし、一生懸命物乞いをしていた。「ハローチューインガム」、「ハローチューインガム」と叫んでいた。その中の一人が私だった。私は一度も貰うことが出来なかった。不思議なことに、兄がどこからともなく持ち帰り、私と妹に分け与えてくれた。その甘味な香りは今も忘れていない。

平成六年九月一三日、母「静枝」は死んだ。九四歳だった。財部の北出病院だった。父の時と同じように、私は母の最後を見守ることは出来なかった。

私はつくづく思った。「母の戦後がやっと終わった」と。そして唇を噛みしめた、涙をこらえるために。

私にはどうしてもはっきりと思い出せない光景がある。空爆の折堤防の内側より外側に逃げ込んだ時のことである。親子三人一斉であったと思うが、もしも私が危いと叫び走り出したため、母や姉がその後に続いたのであれば、私は姉を死に導いたことになる。私は母に尋ねようと思ったが聞けなかった。仮にそうであったとしても母は真実を話さなかったと思う。ただ今も私の心の中に、わだかまりのようなものが、残っているのは事実である。

塩釜の空襲

大阪市　秦光子（七二歳）

昭和一九年一二月二九日、冬の東北の小さな町、朝まだき午前四時頃。

一晩中つけっ放しの茶だんすの上のラジオが、突然けたたましく、ピーピーピーと鳴りだした。まだ空は真っ暗、それまで夜は、こそとも音を出していなかったラジオが、突然、「塩釜第?軍管区……」発表、「只今敵Ｂ29が、東北地方を秋田方面に向って北上中」其の言葉を二度ほど繰り返して切れてしまった。部屋に切り炬燵をして、両親と姉、そして小学六年生だった私との四人が暖をとって炬燵に丸くなって足を突っ込んで寝ていた時だった。両親が「どうしたんでしょうね、こんな所に」と云っていた。

小学校四年生位から、学校へ行っても、勉強も余り無く、毎日、防空壕掘りを手伝ったり、赤十字病院にお見舞いに行ったり、講堂で慰問袋を作ったりの毎日でした。世の中は、何かザワザワと騒がしく戦局の話が大人達の話の種だった様です。そんなお正月の三日前、所々で気持ちばかりの餅つきをしている所もあった様です。

両親がラジオが止まったすぐ後、「二人共早く起きて洋服に着替えなさい」と云ったので、姉はまだ横になっていましたが、私は起きて、すぐ洋服に着替え始めました。其の時ラジオが又「Ｂ29が秋田方面から引き返して来た様です」と云い終らぬうちに、頭の上で「キンキンキン、と云うそれ迄聞いた事の無い金属音が聞こえました。

その音を聞くなり、私が「何かしら」と、廊下に出て雨戸を開けて空を見上げ、思わず「ウヮー綺麗」と云ってしまいました。それが空襲のＢ29が落した焼夷弾とも知らず、まだ真っ暗な空一杯に広がって散って落ちて来る「火」の流れが只美しく、思わず「ウヮー綺麗」と声に出てしまったのでした。すぐ母が、其の気配を感じたらしく「危ない、布団を被りなさい」と云う声で暫《しばら》く、と云っても、三分くらいでは無かったか、と思うのですが、布団を被っていました。炬燵の上に黒い布をかぶせて周りに灯りが洩れない様につけていた電燈がすぐ切れて、真黒になった部屋に、あちこちからすぐ、「バチ、バチ、バチ」と云う音が聞こえます。両親が「光子、学校のカバンを持って、すぐ裏の防空壕に逃げなさい」と云うので、枕もとに置いて寝ていたランドセルを持って、手さぐりで玄関にあった長靴をはいて、家の前の細い路地を通って線路伝いにあるもう一つの細い路地を通り、密集している人家の裏にある「東園寺」という山を造成して建てた古いお寺にある、二ケ所の防空壕に向って走りました。

路地の片側は前の家の壁が並び、逃げる路地のもう一方は家々の縁側が並んでいました。其の時、家々の天井が燃えているのは見えましたが、まだ顔に当る風も冷たく、恐怖感はありませんでした。お寺に二つある防空壕の下にある方の壕に入り、壕の片隅にランドセルを置いたのでしたが、中はもう周りの家が燃える煙で一杯でした。それでも、逃げる道々、逃げまどう近所の人達とぶつかりながら、「もう今晩から寝る所が無いんだ」と思う気持の中に、寒いから布団でも持って来なければ……と思う気持が起り、其の細い路地を通ってまだ火のまわって居なかった家に戻り、長靴をはいたまま部屋に入ると、何か一度に「ああもう此の家には戻れないんだ」という思いが胸一杯になりました。

それから昔の東北の重い掛け布団をかついで防空壕に戻ると、防空壕の前の家の人達が荷物を壕に入れようとしている所で、身体の小さい私は「邪魔だ、向うに行け」と押しのけられ、それでも必死で運んだ布団を壕に入れ、もう一度家に布団を運ぶべく戻り、布団をまたかかえて細い路地に出たのでしたけれど、其の帰りにはもう家々からふき出して来た炎が顔に当り始め、「ああ、もう終りだ」と思ったのを思い出します。

それからも壕に布団を運び入れるのがやっと、壕の外に出ると、近所の小母さん達が舞い上る炎を見て泣きわめいていました。家を逃げ出して数時間、六時頃だった様な気がします。それまで姉にも両親にも合はず、「私って一人っきりになってしまったのかな」と思っていたやさき、父が私を探しに来てくれて、姉も母も無事だったとの事、安心したのでしたけれど、其の父が其の時防空頭巾から血を流していて驚きました。

後で聞いた所では、路地に出た折、道に焼夷弾が落ちていて、私達が逃げられなくなっては、と、焼夷弾を振りかぶって投げた時焼夷弾の油に火がついて、頭が半分も焼けただれたのだとの事でした。その夜から四二度の熱で、母と私で知り合いのお家にお世話になり、家の周りの雪を取って来て四、五日、ずっと冷やし続け、お医者様が打って下さった注射がきいて、助かりました。

小さな東北の町だったため、荷物の疎開もせずに居て、次の日から着るものもなく――。それから東京大空襲、仙台、エトセトラ、エトセトラ。不穏な出来事続きに、裸で両親の生まれた福島のそれも小さな町に疎開をして、女学校に入る事も出来ず、戦争が終る八月一五日を過ぎ、一〇月頃まで、高等科に入っておりました。

八月一五日の夜の電燈のかさから黒い布の覆いをはずした時の部屋の輝きがどんなに嬉しかったか。もう本当に戦争は嫌です。世界中が平和でありますす様、祈ります。

爆弾が我が家に命中〈岡山〉

兵庫県加西市　亀山貞夫

その時、私は岡山市内の小学校の一年生だった。今でも部分的だがその日のことは鮮明に憶えている。昭和二〇年六月二九日。我が家にとってはすべてが狂いはじめた一日となった。そのいまわしい空襲の前日西の方角でドドーという地鳴りのような音が聞こえていた。近所の人たちが集まって「あれは呉（広島県）辺りが空襲にやられているのでは？」と騒いでいた。その頃昼夜を問わず頻繁に空襲警報が鳴り響き、その都度胸騒ぎがしていた。

当時父は身体が弱く徴兵検査で外され銀行員として家に居り、父母と兄と私の四人で暮らしていた。空襲に備え、枕元にはいつも避難用一式が置かれていた。

まだ夜明け前のぐっすり寝込んでいる時だった。突然父の「起きろ」という声にとび起きると、横の窓ガラスが轟音と共に真っ赤に揺らいでいた。今までに見たことのない鮮烈な赤色だった。そして起きると同時にただちに身を整え避難となったが、暗闇の中手探りで玄関に向かったものの投爆で家がねじれ扉も窓も開かなくなっていた。

市街地はほとんど焼夷弾だったが、すぐ裏に絹糸紡績の工場があったため、爆弾が投下され、周辺の家々はその衝撃でねじれが生じたようだ。予期していたのか突然父が金鎚を持ち、窓を壊しにかかった。ようやく窓の外に出て避難をしようとしたが今度は母が居ない。大声で叫んでいるうちにやっと髪を振り乱して出てきた（一週間前に他界した姑の遺影の入った写真を持っていた。したがって私の祖母の写真が残っているのはこの一枚だけだ）。こうして父が表玄関で逃げる方向を探し、残る三人が内玄関で布団を被り、父の避難の合図を待っていた。このあとその爆弾が我が家に命中することになる。

突然衝撃を感じ目の前が真っ暗になった。これは後に父に聞いた話だが、表玄関にいた父が突然の轟音に振り向くと、家がつぶれ三人の姿が消えていた。そして、よく見ると偶然にも三人の手ががれきの下からのぞいており、引っぱり出したそうだ。

その後、父は何度となくこの偶然を奇跡だと云っていた。

そして三人が防空頭巾（父は当時定番の戦闘帽）をかぶり避難が始まる。裏に小さな川（地蔵川といった）があり、その川に沿って逃げる予定だったが、人や流れてきた物であふれ、父が「表にまわろう」と云った。そして表の広い道路に出ると二〇～三〇人収容できる防空壕があり、とりあえずそこに入るつもりが既に多くの人で溢れていた。仕方なく各家の前に備えられていた防火用の水を頭から幾度もかぶりながら大通りの端をとにかく走った。すぐ横を焼夷弾から吹出す燃料の炎が何度も襲ってきた。

どうにか二キロほど離れた田んぼに辿り着き、やっとの思いでそこの一メートル巾くらいの溝にもぐり込んだ。厚さ一〇センチくらいのコンクリートの蓋がしてあった。

その蓋の下にもぐり時折顔をだし市街地を覗いてみると、真っ赤に燃えさかる炎の中にまるで小さな米粒ほどの数珠のれんが上空から下がって行くように爆弾や焼夷弾が落ちて行っていた。物凄い量だと思った。この光景は今でも脳裏に焼きついている。

この時B29とグラマンの音の違いを知った。B29はゴーといった空を揺るがす轟音、グラマンが低空に降りてくるとキーンという金属音、機銃掃射だ。いずれも無気味な音だった。あの地上の轟音の中では、はっきりと聞き取れた。

裏山では逃げる人たちをグラマンが何回も旋回し機銃掃射で狙ったと話していた。私の友人の母子が蜂の巣のようになっていたと、後で聞いた。この弾はコンクリートのビルをも破壊するらしい……。

何百機にも思えた米軍の飛行機が去った後、日本の哨戒機であろうか小さなトンボのような飛行機が一機 何ともたよりなげに飛んできて二〜三回上空をブーンと旋回した後去って行った。

町内のアナウンスが（といっても手持ちの拡声器）「敵機は去った、もう大丈夫だ」とまるで追い払ったかのごとく叫んでいた。子供心に変な状況だと感じた。

その夜は空襲を免れた親戚の家に泊まったが、妙に静かで大人の話声もほとんどなかった。父もこの避難で貴重品の入ったリュックサックを失い、家族以外はすべて失ったことになる。それにしてもあの状況の中でよく生き残ったものだと思う。

一夜明け家の近くに戻ると、そこには見なれた風景はまったくなく、残骸もほとんどないまったく文字通りの焼け野原だった。逃げ込む予定だった防空壕の周りに数人の人が集まっていたが、そこに逃げ込んだ人々は全員蒸し焼き状態で亡くなったそうだ。

また、我が家の隣二軒目の家の前で消防団の人たちが集まって何か丸太ん棒のようなものを掘り出しているのが見えた。手には長い棒を持っており、その棒の先には手かぎのような物がつき、それらを引き出していた。父が私には見せないようにしたが、それは黒焦げの遺体だった。その家には確か女性ばかりの成人にちかい八人姉妹が住んでいたはずで、全員死亡とのこと。おそらく爆撃の衝撃で開かなくなった扉を打ち破ることができず脱出できなかったのであろう。

疎開先だけ決っていた地に行くため、当時の国鉄岡山駅まで歩いたが、頭の中が真っ白の状態で道中のことはなにも憶えていない。駅に着いた途端、周囲のざわめきが伝わってきたが、そこに群がる人の多さに驚いた。

駅の玄関先には身体中包帯だらけの人々がうずくまっ

ている一角があったが、そこは妙に静かで死んでいるのかと思うと血走った眼だけが人影を追うように妙に皆ギョロギョロしていたのが強烈な印象として残っている。すし詰めの汽車に揺られ疎開先に着いたのが夕方だったが、駅前に降り立ったとき母が涙を流していたが理由は分からずじまいだった。

この後長崎・広島と想像を絶する大空襲が展開されることになるが、凡人には何のための戦争なのか、命の代償を考えると今もって解らない。が、なさけない。

その後数年間、味のないすいとんやイモのつるの食事など疎開者の苦渋の生活が始まるが、生き残ったことさらに当時の親の気持ちを考えると不満は言えない。

一番怖かった一日〈明石〉

和歌山市　石井美智子

私達は学業半ばにして学徒動員で明石川崎航空機で働いて居りました。

もうあれから六〇年ですね。昭和二〇年六月でした。むし暑い朝で、前夜もあまり寝られませんでしたが毎朝寮から会社まで皆で、〝銀翼つらねて南の前戦……〟と「ラバウル航空隊」を唄いながらの出勤でございます。何故「ラバウル航空隊」だったか分りません。私達の寮は明石公園のすぐ傍で会社まで歩いての出勤でございました。

会社に着いた途端サイレンの音で空襲警報発令でした。毎日の事でしたので又かと思いつつ今来た道を一目散に走って走って、寮の壕にたどりついた時は皆汗びっしょりでした。七人くらいの入る壕でしたので、皆でワイワイ言って居りましたら、ゴウーゴウーと何とも言えない無気味な音で敵機襲来です。そのうちザァーザァードカーンドカーンと地ひびきと共に、頭の上に砂か石か分からぬものがいっぱい落ちて来ました。私達は耳をおさえてうずくまりながらああ近くへ落ちた落ちた。お母さん、お母さんとわめきながら大きな声で泣きました。しばらくして先生が〝大丈夫か、けがはないか〟とのぞいて下さった時はワアー助けて助けてと叫んだのを覚えて居ります。

やがて空襲が解除されましたけど、誰一人として出ようとしませんでした。唯ふるえて泣いて皆グチャグチャの顔でした。先生が〝もう大丈夫だ出ていいぞ〟と言って下さったので、出て公園の方を眺めた時はまたびっくりして足がガクガクしてとまりませんでした。

その光景はまるで地獄絵の様でした。たくさんの亡くなられた方、けがされた方、運び出されて行くのです。やがて私達の寮にも運ばれて来ました。六月の事ですので傷口にハエがとまっているのですが私達にはそれを追う事も出来ず、唯何が起っているのか分からない位、ボウーとして居りました。

その時一人の中学生らしき方が運ばれて来ました。腰の辺りか足の方かズボンが真赤になって真白い顔に帽子を置いてグッタリしてました。ああこの子も駄目かなと思うとまた友達と抱き合って泣きました。

寮の広間はもう亡くなった人でいっぱいでした。先生が白い布をたくさんさげて、亡くなった人の上にかぶせるから切ってほしいとの事に、私達は言葉もなく泣きじゃくりながら何枚も切りました。私達の寮は庭も広かったし、隅々に草花もあったのでお休みの日は皆と四ツ葉のクローバーを探しては幸せ幸せと喜んだものでした。その場所が一瞬にして戦場と化してしまうなんてむごい出来事で悲しい事でした。

そのうち亡くなられた人達は白い箱に納められて、トラックで何台と運ばれて行きました。動員中に起った一番怖かった一日であったと思います。

その夜、久し振りに肉じゃがの夕食でしたけど唯一人として手をつけなかった様に思います。おひるも食事抜きでした。お月様がきれいな夜は敵機が現われるのではないかと一晩中坐ってた事もありました。でもお国の為にと頑張った動員時代でした。今お月様を見れば、ああ今日も無事すみました。また明日も宜しくねと笑顔で手を合わせて居ります。

今神様が一つ何か叶えてあげましょうと言って下されば、一番たのしくそして思い出作りの貴重な学生時代を返して下さいと御願いする積りでございます。

私の戦災救出活動について〈神戸〉

兵庫県神崎郡　藤尾八郎（七九歳）

六〇年前の昭和二〇年三月一七日は、神戸大空襲の日である。

当時のことが、昨日のようによみがえり悪夢となって私の頭をよぎる。

思い起せば、東京、大阪に続いて神戸が米空軍Ｂ29らにねらわれ、未明から神戸市一帯が火災となったとき現職警察官として救助活動をした出来ごとである。

（1）　私は当時一九歳で、兵庫県警察官を拝命しており、新日鉄正門前派出所（現在は存在しない）で勤務していた時のことである。

本署（飾磨警察署）より至急電話で「新日鉄会社へ、一万食の弁当をつくるよう至急手配すると同時に上署せよ」との命を受けた。

弁当の手配終了とともにラジオのスイッチを入れたところ、神戸大空襲を報じていた。

（2）　自転車に乗って大急ぎ上署したところ、既に十数人の警察官がトラックに乗車して待機しており急ぎ作業服に着替え菊水の鉢巻姿で、私も乗車した。

目的は、神戸空襲により、現地で負傷者等の救助活動の出動であると指示された。

全員乗車とともにトラックはフルスピードで神戸市内めざし疾走した。

須磨付近まで行ったところ国道二号線上の電線が寸断され、青い閃光が至るところ花火をちらつかし、垂れ下った電線のためトラックに乗っていた私達の首をひっかける危険が迫った。

道路両方の街は大火災で、トラックが東進するに従って火災は大火災となり、修羅場のように地獄と化していた。

神戸の中心地にある県庁舎付近で下車する予定であったが、切断された電線と大火災でトラックは進行不能となりやむなく、われわれは、下車し速がけで県庁舎めざしかけ出した。

（3）　県庁前に責任者から「死にかけている人から救出し、三宮三角公園まで各自で運べ」と命令を受けていたので、県庁前に到着後は、各自でひん死の人達の救助を開始した。

県庁横の大きな暗渠の中に多数の女性郵便局員が、枕を並べるかのように横たわっていた。一見するだけで窒息しているであろうことは察っせられた。

大火災のため大半が既に絶命していると直感したが、暗渠の中へ入ると虫の息となっていた若い女性局員が、カバンを大切そうにかかえ込んでいた。局のマークも入っており宝物を脇にかかえる姿は、職務に徹する人達だと思った。

このような人を、私に与えられた人命救出活動だと思った。

一人で多数の人を一挙に救出出来ないので、一人ずつ暗渠から出し肩車で三角公園まで運んだものだ。
（4） 兵庫県県庁舎から三角公園でたかだか二～三〇分の行程であるが、街全体が猛火と化しているので直線で行けない。あの時おそらく一時間以上もかけて医療チームが待機している三角公園へ担ぎ込んだものである。
体から瀧のように汗がふき出した。道路は、逃げまどう市民でとても目的地に行くのに困難を極めた。その上路上に、二重三重に絶命したと思われる老若男女は、この世の出来ごとでなく修羅場のような雰囲気と化していた。
（5） 幸い私は、当時若く、足腰も特別頑丈であったので、三角公園まで何回も往復した。
ある時、あまりの暑さで大汗をかき、熱風などで私は、気絶状態となり女性もろともその場の路上へ倒れてしまった。気がつくと肩車で担いでいる女性と折重なるように倒れているのに気付き、又その場に立ち上り三角公園へ向った。

そのようなことは、生涯忘れられぬ記録となった。

三日ばかり続いた救出活動を終え、帰署したことは、忘却の彼方にとじ込めたいことだが、終生忘れることは出来ない事実となった。

焼野原になった鹿児島

奈良県北葛城郡　原口美津子

二〇年六月一八日、鹿児島大空襲の夜、一生忘れられない思い出です。

当時私は市電の車掌をしておりました。高見馬場交差店で最終電車を七人位で待って居りました。突然空高くパーッと明るくなり運転手が照明弾と言っている。間もなく西鹿児島駅方面がパーッと明るく燃え上りました。

敵機は全然音なくサイレンも鳴らずでした。一面火の海に化し、私達は銀行の防空壕へと入り雨上りだったので腰まで水につかりました。

銀行の二階からはトランクを五、六ケくらい投げていました。お金だなと思いました。

時折敵機の音がしていましたが皆ゾロゾロと周辺の人達も逃げて、照国神社の方へ急ぎました。広い境内は人人で泣き声や名前を呼び合ふ声、それは生地獄の様でした。

また敵機が来たら皆やられると思い城山を目ざしてトンネルの上へと急ぎました。雨上りの山路は焼夷弾が竹の子の様に一面にささっていました。

頂上まで登り鹿児島市内一面火の海でただ〳〵呆然と眺めるだけでした。夜明けを待って城下の後側へ下り市内を歩いて交通局迄帰りました。

途中、新聞社の窓からは、メラメラと燃える火が外まで出ていました。熱くて熱くて歩けないくらいでした。南林寺公園には、怪我している人やまた、死んでいるのか一〇人くらい寝かされていました。無事に交通局まで帰り家族とも無事逢ふ事が出来ました。

この思いが忘れられなくて、今までにも戦争の思い出として、大空襲の夜のことを話して来ました。

終戦当時、軍隊より帰った友人も西駅に下りたち、錦江湾まで見えたと、驚いて話してました。それ程市内、焼野原になって居りました。

終戦後でも飛行機の音には私は逃げて居りました。

手や足が土砂の中から〈名古屋〉

大阪市　榊原不二子（七三歳）

昭和二〇年三月一九日、名古屋市立第三高等女学校二年生だった私達は、校舎を工場とし「神風」のハチマキをしめ、学徒動員航空用メータを作って居たのです。粗末な弁当の後ほっとしたのも束の間、空襲警報のサイレンで、急ぎ防空壕に入りました。皆で元気付けようと「春の歌」を唱って居た時、ものすごい音と共に土砂がくずれ悲鳴が起ったのです。

どれ程の時間がたったのでしょうか。防空壕からようよう這い出した私の目には、地獄が見えました。苦しみもがいた、手や足が土砂の中から空をつかんで居たのです。

異様にお腹の膨らんだ死体が民家の屋根まで吹き飛ばされて居ました。こうして同窓生四二名が爆死。やがて名古屋城と共に校舎は焼け三菱電機の工場も爆撃にあい、山深い坂下と落合村（中央線）に工場と共に逃げ、寺の本堂に雑魚寝、小学校の教室を工場とし働いて居ました。

とうとうと泡立ち流れる落合川ダム、山々の緑が目前に迫る静かな村、空襲のない毎日は安らぎを与えてはくれましたが、空襲の悲しさに、母恋しさに、布団をかぶって、涙を流したものです。

戦争だけは、どんな事があっても地上から消さなければいけないのです。私共が最後の戦争の語り部として機会ある度に反戦を訴え、この平和を大切にしなければならないと心新たに願って居ります。

原爆で兄は即死、妹は…〈広島〉

兵庫県西宮市　林静枝（八〇歳）

八月六日広島に原爆が落されました。兄は即死、妹は中学一年生、場所ははっきりわかりませんが現在の中区の南の方で学徒動員で建物疎開に行っていました。私は両親と中島本町（現在碑の立っている）から古江に疎開して住んでいました。病気療養中で安静の日々を過していました。父はたまたま商用でJR広島の北方にいて奇蹟的に軽いヤケドで夕方帰ってきましたが兄と妹が帰らないので心配でたまりません。

　その頃家のまわりは大ヤケドした人達が大勢市内から逃げてきて、その様子は何とも云いようがない程目もあてられない状態でした。父は疲れていましたが、兄と妹が心配ですぐ自転車で市内に向いました。市内は炎に包まれてあつくて入ることはできませんでした。家の近くに大きな病院がありましたが、足のふみ場もない程のケガ人でそれがつぎつぎと亡くなりました。父は翌日も朝早くから市内の収容所をはじめ、あちこち兄と妹をさがしましたが見つかりません。

　八日の夕方です。近くの草津町に住んでいる方が似島（宇品の沖にあります）へ行かれ、妹がいると教えに来て下さいました。妹のズボンのポケットが少し焼け残りそこに電車の通学定期券が入っていて、住所がわかり来て下さったとのことです。妹は顔がはれあがり、お母ちゃん〳〵と泣いていたそうです。

　父はすぐ草津から船を拾い母の作ったおかゆを持って似島へでかけました。しかしすでにおそく妹の姿は見つからないと九日の夕方帰って来ました。母は妹の名を呼びながら大声で泣きました。せめて死ぬ前一目でも家族に会うことができたらと涙があふれます。折につけ似島へでかけ妹の冥福を祈りました。

　たしか一九九四年頃だったと思うのですが、広島市が似島で慰霊祭をするというのででかけました。その時、当時似島で負傷者の世話をしていたという軍関係の方のお話しがありました。毎日々々大勢の人が死んでゆくので処置に大変だったとのこと。でもなかには、はっきり確かめないで死体を積みあげ、火をつけると中で悲鳴をあげる遺体もあったそうです。私の妹もその中にいたのかと思うと耳をおおいたくなりました。六〇年前のことですが、一二歳の妹がその中で死んでいったのです。六〇年前のことですが、忘れることはできません。

　私はいまだ生きてここに暮らしています。兄や妹に申しわけなくてたまりません。兄は爆心地近くの疎開する前の元の家で白い粉々になったお骨でみつかりました。でも私共は幸せなのです。死に場所がわかっただけでも。行方不明の方が大勢います。何卒戦争はやめて下さい。

母を探して泣いた一〇歳の夏〈広島〉

兵庫県尼崎市　山家好子（七〇歳）

私は広島市西観音町一丁に住んでいました。

小さい頃は広い道路を挟んで両側に街路樹があり、しだれ柳、イチョウ、ポプラがあり、青葉の頃紅葉の頃と大変美しく車の往来も少なく静かな町並みでした。お正月は、きれいな着物をきせてもらい羽根をつき男の子は凧あげ、コマ廻しと楽しいものでした。

お節句には母が早くからご馳走作り、お重につめ、近所の家に集まり白酒や、おひな様の唄をうたい一日中楽しく遊んだりしました。夏が来れば夕方、縁台を出し、近所のお年寄りに面白い話、怖い話と夜の更けるのも忘れ、よく母に玄関の鍵をかけられ、お父さんの帰りを待ち一緒に家に入った事もありました。良い時代でした。

この様なのどかな暮しも、だんだんと、戦況が激しくなり、ラジオから聞こえる東京大空襲や、大阪もＢ29が爆弾を雨嵐の様に落としているとの情報も入ってくる様になり、広島の町も警戒警報のサイレンが鳴り、防空壕に隠れたり、夜は電燈に黒い布をかぶせ、灯がもれない様にしたり、息をひそめたりしたものです。のちにあの様な、地獄がこようと誰が想像したでしょうか。

昭和二〇年八月六日、当時私は一〇歳でした。

父は旧満州いまの中国の東北地方で軍属として仕事に従事。上の兄は軍隊に入隊、大分に駐屯していました。下の兄は、その頃日本の一部であった朝鮮の元山で日本政府の研修所で勉学中、姉は学徒動員され、第二司令部の方で働いていました。男手のない心細い生活が続いていました。

戦争が激しくなり、小学生は学童が農村の方に集団疎開していました。私は父の実家のある宮島近くの田舎の学校に一時間余りかけ、通学していました。

その日は気が進まず休みたいと母に云いましたが、母は許して呉れません。しぶしぶと天満町の停留所より己斐の駅までゆきました。

山陽電車宮島行きのホームで電車を待っていました。

突然ピカッーとものすごい閃光が走り、大きな炸裂音が鳴りひびき何がなにやら、わからないまま、あたり一面、上を下への大騒ぎになり、あちらこちらと逃げまどい、私も無我夢中で大人の後から必死の思いで逃げました。逃げる途中、黒い雨が降りました。不思議でした。駅の近くに小高い丘があり、沢山の木々が繁っていました。みんな木の陰に隠れ、私は、がたがた、がたがた震えながら、「どうしょう〳〵お母さん」本当に心臓が止まりそうでした。??? 地球が爆発したのかとも思いました。

あたりは、まるで時間が止まったように静寂が、つづきます。

どれくらい経ったでしょうか?

人々は、もとの駅の方面に歩き出しました。

みんな顔は青ざめ、怪我をした人も沢山います。

人々は無言で……線路づたいに町の中心地……わが家の方へとただ黙々と歩いています。途中、道みちに直射のやけどで、死んでいる人、黒こげの死体が、あちらこちら全裸でやけどをした皮膚が、ぼろ切れの様にぶらさがった人々。私はあまりの恐しさで泣きながら歩きました。

途中、川にさしかかり鉄橋を渡らなければなりません。小さな私は、枕木の間隔が広くて恐ろしくて、中々渡れません。足を出しては、ひっこめの、くり返しでしたが、これを渡らなければ、家に帰る事も母に逢う事も出来ません。必死に這う様に渡るのですが、所々、ピカッーと光った閃光で枕木がチョロチョロ燃えています。それを、よけながら死に物狂いで渡りました。私が振り返ると、馬が何頭かふくれあがってプカプカ浮いていました。

二ツ目くらいの駅を歩き、やっと天満町の停留所に着きました。そこは黒山の人だかりで溢れんばかりです。

静かな町並みだったのが跡形もありません。

倒壊した家の間から、沢山の人々が着のみ着のまま命からがら逃げて来ます。怪我をした人、火傷の人、息も絶え絶えの人が逃げて来る光景は、まさに地獄の様でした。

私の家は、三分くらいの所にあるのですが、近寄る事も出来ません。人々に混じって唖然と逃げてくる人を見ながら「お母ちゃん〳〵早く出て来て」と何度も何度も叫んでいました。

必死なまなこで探し続けました。

その内、火の手が上がり遠くの方から次第に私の近く迄、真赤な炎が悪魔の様に、荒れ狂います。地獄の炎に染まった空と夕日がギラギラと光っています。あの不気味な色とともに、放心状態の人々の姿が今でも思い出されます。

私が眺めている内に、日も暮れ、気が付けば昼間たくさんいた人々は何処にいったのでしょうか。？？？　急に私は気も狂わんばかりに「お母ちゃん〳〵今夜どうしたらええん」と走り廻っていました。あの時の心細さは、大変なものでした。道端に人々が寝ています。幸い防空壕がありやっと、一人入れました。

全身ヤケドで寝転ぶこともできず、座ってもたれる事も出来ない人々、子供心に可哀想な人と思ったりしていましたが、昼間の疲れでウトウト寝込んでしまいました。低いうめき声で目を覚ますと全身ヤケドの人が「水をくれ〳〵」と、うめいていましたが、水も何もないのです。朝まで寝込んでいました。目を覚ますと、水をと云っていた人は、死んでいました。今でも思います。水を一杯呑ましてあげる事ができたらと涙が出ます。

防空壕を出た私は目を見張りました。

全市が巨大な力でつぶされ、炎の中に包み込まれ、ぼろ切の様になった死体が至る所でころがり目をおおうばかりでした。

昨日は、母を探し周囲が目に入らず道端で寝てると思ってた人々は死体だったのです。「ミズミズミズ」という声があふれ、まさに生き地獄でした。二日目も長い時間母を待ちましたが、とうとう来ませんでした。「そうだ田舎のおばあさんの所へ帰ろう。お母ちゃんも先に帰っているかも」と思い昨日通った道を線路づたいに己斐方面に歩きました。川の中は昨日よりたくさんの人がプカ・プカと浮いていました。みんな水が欲しくて？火傷であつく飛び込んだのでしょうか。己斐《こい》からの山陽電車は幸いにも、動いていました。

たくさんの郊外に避難する人達で、なかなか乗れません。やっと満員電車に乗り、人に押されながら思わず痛さで大声をあげました。見ると左腕全体ヤケドで水ぶくれになり人に押され、それがつぶれ、赤身が出たとこを、又押され激痛が走り思わず声が出たのです。母を探し必死だったのでヤケドも、気がつかなかったのです。

良く見ると、服もボロボロ上は裸同様でした。ボロ切れが、ひっついている状態でした。田舎に帰り何日も待ちましたが、姉は疲れ切りヤケドをして帰って来ましたが、母はとうとう帰って来ませんでした。

のち、父が中国より帰り家族で何度も〳〵焼け跡に行き、やっと母の金歯とひと握りのもろい骨を見つけました。

「お母さんに、もう一度会いたい。お母さんに会いたい」と姉とだき合い泣いた事をきのうの様に、はっきりと憶えています。

この時一〇歳だった私も今は七〇歳になりましたが、一瞬にして倒壊した家屋の下敷きになり焼死したであろう母の事を思うと、探しに来てくれない母を恨んだ事を申しわけなく「お母さんゴメンネゴメンネ」と幾たび涙を流した事でしょう。

本当に思い出すのも辛く、悲しい体験ですが、半世紀を過ぎてもあの時の地獄の様な恐ろしい思い出が、よみがえります。

この平和で物の有り余る時代の陰には、こんな残酷で悲惨な時代があったのかと、平和の陰にはたくさんの犠牲者が出たこと、平和がいかに尊いものであるかを、戦争を知らない世代に知っていただきたいと思います。

生きたくても、生きられなかったたくさんの人々、夢ある人生を奪われ、大切な肉親を奪われ亡くなった人達、二度と戦争が、あってはならないと、叫びます。

生命を大切にしましょう。

被爆者を見たショック〈広島〉

大阪府八尾市　西川桂子（六五歳）

私の戦争体験、四歳から五歳にかけての今でもしっかりと記憶の中にきざみ込まれている貴重な体験を、この機会に、甦らせたいとペンを取る事にしました。

当事私達母と妹と私の三人は大阪市内で暮らしていました。父は戦争のため駆り出され、当事は未だ数少ない大形車輌のバストラックの運転免許を持っていたので、山口県岩国から広島、大阪へ食料品を運搬する任務に着いていて、母は、年も若く四歳と二歳の娘を抱えて大変だった様です。いつとは云わず空襲警報のサイレンが鳴ると防空壕に入りました。夜中にサイレンが鳴ると起こされて眠たい目をこすりながら防空壕に入ったものです。

そこで私達母娘は母の故郷である広島県佐伯郡廿日市町（今は市になっている、広島市から宮島寄りの所）へ、母の母（祖母）と兄夫婦の家族が住んでいる所へ疎開する事になりました。大阪の家は、母の姉が家を守ってくれる事になりました。当事母の兄は戦争が始まってまもなく召集され、外地に行ったそうです。三人目の子供の顔も見ないまま外地で戦死したそうです。箱の中には誰のものかわからないひとかけらのお骨と共に戦死の知らせが入っていたそうです。祖母はその箱を見て息子の骨ではないとずっと云っていたそうです。伯母は三人の子供を抱え生活のため男の人に混じり肉体労働（米俵を担ぎ運ぶ仕事）をしていました。

ある朝大阪にいる伯母がまっ黒な顔をして、大きな鉢を一つ持って玄関に立っていました。大阪の家が丸焼けになり命からがら逃げて来たそうです。もう私達の家はなくなりました。そして忘れもしないその日、私はまだ布団の上でごろごろしていました。従妹の明美ちゃん（四歳）が来ました。明美ちゃんは、私が広島に行ってから毎日遊んでいた大の仲良です。お母さんが仕事に出掛けたら、いつも私の所へ来るのです。その時空が明るく光った様に思いました。私と明美ちゃんは窓にかけ寄り外を見ました。向かいの家のブロック塀がスローモーションでも見ている様に、ゆっくり音もなく、くずれ落ちました。私の記憶の中では、音のない静かな世界の出来事の様に思われました。

それから時間はどれ位経ったのかわかりませんがたぶんお昼前だと思いますが、私達子供も大人に混じり道路脇に並んで、広島市内から途切れる事なく連なって来る人達を見つめていました。ほとんどの人が下着姿で裸足です。くぎを踏んだり、手や足に怪我をしていました。沿道の人達は声をかけます。歩いて来る人達は口々に「ピカドン」にやられたと云っていました。私は朝見た光景、明るく光ったのが「ピカドン」と云うものなんだと思いました。続々と近くの小学校に詰めかけていました。歩けない重傷の人達はバスに乗って来ました。スピードはなく歩いている人達に混じって進んでいるので、中に乗っている人達の顔はよく見えるのです。

バスの中からこちらを見ている顔、私は飛んで逃げました。あまりにも強烈で今迄見たこともない光景です。

子供心に本当に恐ろしくショックなものでした。夜皆食事が喉を通りません。五歳の私でさえ食欲がなくなったのです。今でもバスの中からこちらを見ていた顔、顔、顔、忘れようと思ってもすぐ思い出せます。この事は人にはわからない私の痛みなのです。

翌日から学校に避難して来た人達のお世話、お手伝いの当番が決められ毎日行く事になりました。当番初日の夜、母はあまりのむごさに逃げ帰って来たのです。それは被爆された方が身体を起こしたいので手伝ってほしいと云われ、起こそうとしたら背中の皮膚が全部剥げてしまったのです。母はそのむごさに堪えられなくて二度と行けないと云って姉に代わってもらったのです。

当事の私にとっても強烈に覚えていて子供心に、大人でも逃げていいんだ、大人でも恐いんだと思いました。

ある日皆外に集まりラジオの置かれている前に立ちました。私は何が何だかわかりませんでしたが、母がこれから大事なお話があるので静かにしておく様にと云われました。そしてラジオから声が流れ、聞き終ると母は、云いました。「戦争に負けたんだよ」と。翌年、私は国民学校一年生になりました。

六〇年前のこと〈沖縄〉

大阪府高槻市　城間恒人（六五歳）

私は昭和一五年生まれである。真珠湾攻撃が昭和一六年一二月八日だから、私が生まれた時には、すでに物価統制が施かれており、自分で作った米も砂糖も全部供出させられ、さつま芋ばかりの食事をする毎日だったらしい。でも子供が生まれたら、米一斗が支給されたらしく、家族は私が生まれたことよりも、配給の米に大喜びしたとのことである。

というのも、私は一二人兄弟の一一番目の九男坊だったから、「また生まれた」ぐらいの気持ちであり、あまり感激も喜びもなかったのである。でも父は、男の子が生まれたということで、近隣の村を歩きまわり、やっと泡盛の二合を手に入れ、私のお七夜の祝いをしたと言う。

戦争が終って後、私は五人兄弟の五男坊になっていた。戸籍が焼けてなくなり戦死した七人の兄弟たちは、新戸籍には載らなかったのである。

五月一五日、朝晩飛び交うトンボ機（偵察機）もなく、グラマンやB29の姿もない静かな日だった。

小学校の校長だった伯父は、家に置いたままにしてきた学校の書類やら何やらを、今のうちに防空壕に運ぶんだと言って伯母さんと二人出かけていった。

狙ったとしたか思われない。突然、糸数バンタの方から飛んできたロケット弾の直撃を受け、家もろともふっとばされてしまった。このときの伯父さんの様子は覚えていない。私の記憶の中にあるのは、白眼を剥いて金歯をむき出しにした伯母さんの顔だけである。後で母に聞かされて知ったことであるが、伯父さんの死体には頭部がなかったという。

戦火が激しくなり、村のすぐ上の城跡にまで米軍がやってきたので、私たち一家は、みんなにならって避難することにした。とりあえず垣花の叔父さんの所へ行ってみようと夜中に壕を出た。

はっきりした日付はわからないが、たぶん五月三一日か六月一日だったのではないかと思う。小雨の中を手をつなぎ合って歩いた。

父五三歳、母四七歳、兄一三歳、姉七歳、妹二歳、祖母七九歳、従姉一四歳、そして私五歳の八人である。

隣の喜良原まで行き、父が見つけてきた防空壕の中で、夜が明けるのを待とうと、濡れた髪や体をふいていたら、突然表で女のかなきり声がした。入口で男の人がナタをふりまわしていた。敵がせめてきたのかと思ったが壕の持ち主で、父の知り合いの人だった。

この人たちも、いったん壕を出たものの、行き場がなく、もどってきたとのことであった。私たちが行こうとする叔父さんとこの垣花は、すでに米軍に占領されて近づけないという。

私たちは糸数へ向かった。ここには親類の田元の家があったが、この頃はもうどこの村も同じで焼け野原になっていた。翌朝、当山の自然壕（洞穴）にやっとたどりついたのだが、そこはもう入口まで人々がつめており、とうてい入れなかった。奥は軍の野戦病院になっており、あるいは看護婦をしている加美姉さんがいるかもしれないと思ったが、連絡のつけようがなかった。

私たちは一キロほど西にある門中墓に隠れようと思った。沖縄の墓は大きいのは中が四、五畳ほどもあるので、防空壕みたいなものである。でも、前方の港川の海には敵艦がひしめいており、私たちの行こうとする前川や新城に艦砲を打ち込んでいた。

祖母は「年寄りは足手まといになるし、どうせ死ぬなら村で死にたい」と言って、一人大城に帰ることになった。おばあさん子だった姉の末子は、別れるのは嫌だと泣いたが、どうなるものでもない。

門中墓には、すでに他の人たちが入っていた。行くあてのないまま、私たちは人々の後について近くのガラガラーガマにかくれた。通称、前川ガラガラーと呼ばれている鍾乳洞で現在はその一部が竜泉洞という名で観光地になっているが、昔はグソーの入口（あの世の入口）と呼ばれ誰も入ったことのない洞穴であった。雨が降ったらまわりから水が流れ込み地底へ呑み込まれてしまうからである。現にこの洞穴で何百人もの人が死んだと言われている。

私たちは入口近くに、丸太で組んだ桟敷のような所にいたように思う。夕方、炊事のため外に出ていた兵隊五、六人が艦砲を受けて死んだ。ごはんを炊く煙めがけて打ち込んできたのである。この時、従姉の泰子姉さんが爆風にとばされ、桟敷から落ちた。ぬかるみの中に顔をつっこんだまま動かないので死んだのかと思ったが、気絶しただけであり手首にささった砲片も小さいものであった。

ケガをした兵隊の中に左腕をつけねから無くしたのがいた。私たちの所へきて「水をくれ」と言った。でも、みんなこわがってこの兵隊を近づけないように、てんびん棒で対抗していた。片腕だけになったその手で、日本刀を振り回してあばれていたからである。

父は出血多量でどうせ助からない命なら、早く楽にさせたほうがいいと言って、この兵隊に水をわけてやった。

兵隊は水を飲み終わると、ぬかるみの中に倒れるように横たわった。でも、しばらくするとまた起き上がり「水をくれ」と言うのである。そのように何度か起きては水を飲み、そして気を失っては倒れた。

翌日は大雨だった。入口近くにいた私たちは、すぐにこの洞窟を出た。兵隊はまだ虫の息ながら生きていたが、もう動ける状態ではなかったからじきに死んだにちがいない。あるいは洞穴の奥にいて出るに出られなくなった人たちと同じように地底に呑み込まれたのかもしれない。

これは後で母に聞かされて知ったことであるが、この洞穴で島袋のおじさんにであったのだという。島袋のおじさんというのは父の姉の夫であるが、おばさんはこの洞穴に逃げてくる途中死んだということであった。洞穴を出たとたん、艦砲射撃を受けた。あちこちに土砂が舞い上がる。離れた所に落ちたそれはまるで大きな杉の木が地面からムクムクと生え出るようであった。隠れる所のない焼け野原を人々が右往左往している。どこかのおばあさんがちぎれた手首をもう一方の手に持って「私の手が、私の手が」と泣き叫んでいた。

いっしょに洞穴を出たはずの島袋のおじさんとはこの時はぐれてしまったという。どこで死んだのかわからないので遺骨はなく、お墓には近くで拾った小石を納めた。

艦砲射撃をのがれ、私たちは新城、具志頭、与座、中座、そして摩文仁、大渡、米須と雨の中を歩き続けた。こんな長い距離を子供の私に歩けるはずがない。途中、摩文仁の手前、ちょうど今、平和記念公園にあたる所で私はこごえて歩けなくなり垣盛兄さんに負ぶわれた。二つ年上の末子姉さんは従姉の泰子姉さんに助けられながら歩いた。

米須には日本軍の壕があった。ここで私たちは泰子姉さんと別れた。泰子姉さんだけがこの壕に入れてもらえたのである。

長女の加美姉さん同様、怪我をした兵隊の看護をするとのことであった。父は加美姉さんとめぐり合えるかもしれないと話していたそうだが、泰子姉さんにしてみれば、先に両親を亡くしており、自分も玉砕する覚悟で軍と行動を共にしたのかもしれない。

泰子姉さんと別れて私たちは小さな山羊小屋を見つけそこに隠れた。二日間この小屋で過ごしたようである。でも空爆で小屋はぶっこわされ、父が左のこめかみを耳ごとえぐりとられて大怪我をした。

隠れる場所もなく、行くあてもないまま、私たちは村にもどろうと思った。

来た道をもどるか、別の道を行くか、思案している間、私はこわれた馬車の上に坐っていたように思う。艦砲も空爆もなく西の空がだいだい色に染まって、きれいに夕焼けていた。

この時、私たちはいつも世話になっていたお医者さん（仲村渠さん）一家に出会った。さっそく、父の傷の手当てをしてもらった。そして一緒に、今のひめゆりの塔のある伊佐良まで行き、そこで私たちは一三日間過ごしたという。

瓦屋根の大きな家で、私たち以外に兵隊も含めて三、四〇人ほど隠れていたのではないだろうか。何度か砲弾を受け、死人やけが人が出たけれど、家は壊れることもなく、私たちもお医者さん一家も無事だった。

伊佐良での八日目か九日目頃、やはり村に帰ろうということで私たちはこの家を出た。

米須、大渡と来た道を戻ったが、それ以上は砲弾が激しくとても前に進めなかった。

今にして思えば摩文仁は沖縄戦の最後の地であったわけで、私たちはそのまっただ中を行ったり来たりしていたことになる。いつしかお医者さん一家とはぐれてしまい、私たちはまた伊佐良の家に戻った。お医者さん一家はたぶんそのまま進み、摩文仁の地で亡くなったにちがいない。戦後その消息を聞くことはなかった。

艦砲や空爆の中を、私たちは二つに分かれて進んだ。かたまって歩いていたら爆弾が落ちたとき、一度にみんなが死ぬからである。妹の冴子は母に負ぶわれ、私と姉は母の手にひかれた。四、五〇メートルほど離れて父と兄が歩いた。

「一歩先でも遅れても死ぬときには死ぬ。だから一歩でも先に行け」と父は言った。

そして、そこここに転がっている死体に「もし、私が死んでもかまわず行け。おまえらが先に死んだら、ちゃんと埋めてやるから」と言い、父はショベルまで持ち歩いていた。

死体といえば、焼けこげたのは見た目にもいいが、なぜか大きくふくらんでいる死体はとてもこわいと思った。道に転がっている死体は子供の足ではまたぐこともできず、母に抱かれて渡してもらった。

どこでのことだっただろう。私と同じくらいの女の子とその妹であろうよちよち歩きの子が、子連れの私たちを見て後をついてきた。両親は死んでしまったのであろう、二人とも素裸である。歩をゆるめ二人が来るのを待つのだが、よちよち歩きの妹についてこれるはずがない。私たちに追いつこうとして姉が手を離すと、妹はその場に座り込み、じっと見つめていた。姉はひっかえし妹の手をとり、再び歩き始める。そんなことを何度も何度もくりかえした。

砲弾の飛び交う中を小走りに過ぎていく。誰もその姉妹を助けようとする人はいない。みんな逃げるのに必死である。そのうち姉妹はついてくるのをあきらめ、道端に座り込んでしまった。

あの時あの姉妹は一言もことばを発せず泣いてもいなかった。泣いていたのは母だけである。母は振り返りふりかえりしながら「かあちゃんから離れるんじゃないよ。死ぬときはいっしょだからな」と言った。この事があったためかもしれない。私は終戦後、幼稚園に行くようになっても、一人では遊ぶことができなかった。遊戯も歌も母と一緒でなければしなかった。

これもどこでのことだったかはわからない。石垣の側で四、五人立っている兵隊から乾パンを一個もらった。おいしかった。壕を出てから三週間近くさまよったことになるが不思議と食事をした記憶がない。この乾パンのことを憶えているのは初めて食べるビスケット？だったためだろうか。

後で母に聞かされて知ったことであるが、この時、父が持っていた食糧の大半をこの兵隊たちに取り上げられたのだという。息子たちが中国や南方に出征していたこともあり、父はこの兵隊たちに息子を見たのかもしれない。

「同じように飲まずくわずで戦っているのかもしれない」とつぶやいて、兵隊たちの好きなようにさせたらしい。

摩文仁を大渡にひきかえす途中、私は砲弾の破片をおしりに受けた。でも破片は横からとんできたらしく、服をひきさき肉をえぐっただけだった。落ちている破片を見て父は、「小さい奴だからたいしたケガじゃない。ひきずってでも行け」とどなった。

泣きながら歩いていたら、「泣くな、うち殺すぞ」というどなり声がした。びっくりして振り向いたら岩かげから日本兵が銃をかまえていた。ずきずきする傷の痛さも忘れて私はびっこをひきながら走った。でも今に撃たれるんじゃないかと思うとこわくてならなかった。兵隊は私の泣き声で米軍に気づかれるんじゃないかと恐れたのである。

泣き声といえば伊佐良での最後の日、妹の冴子が水を欲しがって泣いたことがある。

これは、実際に体験した者でないとわからないだろう。艦砲や空爆のあとの喉のかわきは、どう表現したらいいか、苦しいの一言につきる。

爆弾が落ちると土砂が舞い上がる。目などとうていあけておれない。岩の焼けるにおいがする。ただでさえ乾燥しきった空気がさらに熱くなり、全身を包む。ほこりが目、口、鼻に入ってくる。たちまち口の中がからからになる。喉がかわくというより鼻も口も皮膚も、全身が痛くて苦しいのである。

だから人々は水を求めて井戸や川に向かう。でもそこを目がけて爆弾が落とされる。

井戸のまわりは死人の山である。井戸の中にも死体が浮いている。水は血のまざった水であり、腐れかかっている。その水を飲むのである。

伊佐良での一三日間、何度か父と兄が砲弾の中を水を汲みに行っていたが、あいにくその時はやかんには一滴の水も残っていなかった。水がわりの砂糖きびも食いつくしてなかった。

二歳の妹にはどうしても我慢できなかったのだろう。ドロドロの米のとぎ汁の入ったナベを指して訴えた。でも、たとえ米のとぎ汁であろうと命と同じくらいに大切なものなのである。もらえるわけがなかった。妹は泣いた。

泣いたと言っても涙なんか出ない。汗でもいい、小便でもいい、とにかく水分であれば何でも口に入れたいと思う状況の中である。かすれ声で叫んだのである。米のとぎ汁の持ち主である兵隊は、母から妹を奪い取り首をしめた。

「泣くな、絞め殺すぞ」と言って、妹の首に手をかけたのである。この兵隊もまた泣き声で米軍に気づかれることをおそれたのである。

気を失った妹は、この後死ぬまで口をきくことがなかった。今でいう失語症、失声症のまま死んでいったのである。

この日六月一八日、私たちが隠れていた伊佐良の家はついに吹きとばされてしまった。沢山の人が死んだ。私は石柱の下敷きになったが、隣にいた大人の死体が支えになって助かった。

伊佐良を出て、私たちは名城を通り、真栄里の南の砂糖きび畑に身をひそめた。

夕方喜屋武岬へ打ち込まれる艦砲の音が、太鼓をたたくようにボンボンボン聞こえた。遠くから見るそれは無数の光の帯となって、まるで花火でもみているようできれいだった。夜中、私たちは村へ帰るため、海岸沿いに糸満へ向かった。子供の私には海は歩けないので、父に負ぶわれた。末子姉さんは垣盛兄さんに助けられながら渡った。

しばらく行った所で、向こうからやって来た二人連れにであった。どこかのおばさんとその娘である。娘は兄と同じ一二、三歳ぐらいのようだった。

「こっちからは行けない。アメリカ兵がいっぱいいて近づけない。うちのおとうちゃんもやられてしまった」

いう。よく見ると海の中に男の死体が浮いていた。水の上をひもで引っ張って運んできたのである。

糸満の空は明るかった。それが電気だったということは後でわかったことである。ラジオの音だったのだろう、音楽も鳴っていた。米軍がキャンプを張っているようだ。

私たちは行くのを諦め、ひっかえして、またもとの砂糖きび畑に身をひそめた。

翌日六月一九日は米軍が総攻撃をかけた日だったのかもしれない。沖縄戦終了の日は六月二三日である。一晩中歩き疲れたせいもあろう、うつらうつらしていた午前一〇時頃、大砲の音に目がさめたら、戦車が走り、火炎放射器が薮やしげみを焼き払っていた。そして、私たちの隠れている砂糖きび畑におしかけてきた。

まっさきに隣の末子姉さんが撃たれた。どこに当たったのかは知らない。一言母を呼んで息絶えた。

きび畑が燃えた。離れて隠れていた父がとんできて、まわりの火を消しはじめた。姉の髪の毛が燃えているのを見て「早く起こせ」とどなる。母が「この子はもうダメ」と答えるが、先に耳をふきとばされ包帯でぐるぐるまきにしている父には聞こえない。なんとかまわりの火を消し終え、立ち上がったところを撃たれた。声もなく父はぶっ倒れた。

何年か後、骨を拾いに行ったとき、頭骨がバラバラになっていたから、たぶん頭に弾が当たったのだろう。

初めて見る米兵はあまりにも大きくヒーザーミー（山羊のような目）をしており、とてもおそろしかった。銃をつきつけられ追い立てられて道に出たら、昨夜の母娘連れがいた。娘は腹部をやられたらしく、はらわたがはみ出るのを両手で押さえながら、母親に抱えられていた。じきに死んだのかもしれない。トラックに乗せられ、普天間に連れて行かれた（米軍が上陸したカデナ海岸はすぐそこである）。

トラックを降ろされ、広場に集められたとき、いよいよ殺されるんだと思った。捕虜になったら戦車で轢き殺されると教えこまれていたので、いよいよその時がきたんだと思った。兄は他の男たちと一緒にされていたが、逃げて私たちの所に駆けてきた。アメリカ兵が何かどなっていたが、私たちは抱き合って離れなかった。母が手を合わせて拝むので私も同じように手を合わせた。

助かったとわかったのは、この後、隣村の野嵩へ連れて行かれてからである。そこにはまだ燃えずに残っている家があり、先に捕らえられた人たちがいた。その人たちの話を聞いて、初めて助かったことを知った。

数日後、妹の冴子はもの言わぬまま死んだ。首をしめられたことがよっぽどショックだったのだろう。「もう大丈夫だから、いっぱい飲んでいいんだよ」と言っても、自らは決してその水さえ飲もうとしなかった。先の住人たちを拝みたおして芋をわけてもらい、芋がゆにして口に流し込み、なんとか回復させようとしたが、そのまま衰弱死してしまった。

妹が死んだ時、母は下痢と嘔吐、高熱のため寝込んでいた。赤痢だったのか腸チフスだったのか、母の枕元に坐りこんで動こうとしない私を、兄は無理矢理に表へ連れ出した。「冴子は死んだ。アンマーもじき死ぬ。おまえまで死んだら、おれは一人ぼっちになる」と言って、いやがる私の手を引いて食い物さがしにでかけたのである。食い物をさがすといっても、まわりを鉄条網で囲まれた収容所の中だけである。鉄条網の向こうには畑があり、芋や砂糖きびがあるが、アメリカ兵が五〇メートルおきに立っており一歩でも出たら撃ち殺された。

よもぎ、はこべ、おおばこ、念仏華、桑やれいごの葉、とにかく山羊が食べる物は何でも摘んで食べた。そして、トンボ、バッタ、セミ、かえる、ミミズ、ねずみ、へび、何でも食べたのである。

たった一本の小指ほどのささ竹の子を、よその人に盗られないように、朝早くから、日の暮れるまで番をしていたこともある。少しでも大きくしてから食べるためである。

しばらくして、兄が米軍の作業に出るようになった。本当は一五歳以上でないと作業に出してもらえなかったが、兄は年をごまかして作業に出た。

作業に出るとケースが配られた。ケースというのは兵隊用の非常食で、チーズ、バター、ビスケット、チョコレート、ガムなどが入っていた。兄はそれを食べずに持って帰って、私と母にくれた。また作業に出ると米軍のごみすて場からいろんなものを拾ってくることができた。残飯はもちろん、メリケン粉や砂糖などの食料品や缶詰、そして迷彩服や毛布まで拾ってきた。

米軍の薬が効いたのか、母の病気も治った。

Ⅲ　銃後の生活・疎開・学徒動員

誰も文句を言わなかった

和歌山市　吉備喜美子（七四歳）

私は昭和六年生れです。戦争中の出来事を聞いて下さるのでしたら、記憶にある事をお話ししたいです。五年生の頃から音楽の時間に敵国の言葉が言えなくなり、ドレミもいけない。ハニホヘトイロハと教えられました。たとへば「お馬の親子」と言う歌は、

ホトトトイトトト　イハハニハイト
おうまのおやこは　なかよしこよし
いつでも　いっしょに
ト　ホ　ト　ホ　ニニハ
ぽっくりぽっくりあるく

と言ったように、記憶は少なく忘れていますが「ハホト」「ハヘイ」と教えられ、野球もホームランと言ってはいけない、本塁打。ピッチャーは投手、キャッチャーは捕手と言うように、パーマネントもしてはいけない。とにかく横文字は使ってはいけない。その頃からだんだん物資が少なくなり、帳面も鉛筆も靴も服も買えなくなり、お菓子屋さんも戸をしめて、キャラメルなどもなくなりました。

六年生の時、お伊勢参り旅行。修学旅行です。

長町の果物屋さんに朝四時から並んでりんご七ツ五〇銭で買い、酢こんぶ一箱とお米二合を持って参りました。電車に乗って少し居眠りをしている間に全部取られてしまいました。旅館の食事は、朝いなごのつくだにと、とろろこんぶのお吸物、漬物二切でした。旅館のお弁当は、塩こぶ少々と、小梅一つ乗っていました。それでも不足など思いません。ほしがりません、勝つまでは、ですから。

お米もだんだん少なくなり毎日大根をお米粒くらいの大きさにきざむのです。小さい時からお手伝いしていますので、お前が切れば上手だと言われ、得意げにおひつに半分切るのです。大根ごはんは良い方でむしいもがお皿に二つ、代用食です。南瓜のむしたもの、玉ねぎのむしたもの、なすびだけ、れんこんのむしたもの、これは、案外おいしかった。おからのだんごもおいしかった。

大根の葉はもちろん、さつまいものつる、南瓜のつる、

天草だけの時もありました。しぶ柿の皮も袋に入れて売ってました。教科書も、姉と兄の二年間使ったものを、三年目に父に白い紙を貼って名前を書いていただくのです。それでも進学の時は嬉しいものでした。

大きな声で国語の本を読みました。姉も兄も教科書はきれいに使ってくれてましたので不足に思った事もありません。服も全部、お古です。お砂糖など薬のようなものので見たくてもありませんです。サッカリンと言うものがありました。山に行って草をつんで来て食べました。寸度、今の北朝鮮のようです。毎朝、護國神社のおそうじにお参りに行きました。学校の先生にいわれて、学校へ行く時、折れた釘など持って行きました。かんなど一つもありません。馬力引さんが通ったあと、急いで馬ふんを拾って学校へ持って行きました。学校の南運動場にさつまいもを植えたり、ヒマを植えたりしていました。夏休みなど水やり草とりに行きました。

高等小学校に入学しました。服も本もかばんも全部お古です。でも喜んで学校に一日も休まず八年間通いました。

二年生の三学期は学徒動員で和歌山の工場へ働きに行きました。私達の仕事は、気球を作るための紙に少しまじりものがある所へ繕うために別の小さい紙を貼りつける仕事でした。来る日も来る日も、同じ仕事でした。誰も文句を言ったりしません。お午の休憩の時、珍しく雪が積って美しかった事を憶えています。少しおませの子、佐藤よう子さんと言う子が「かごの鳥」と言う歌を教えてくれました。かごの鳥でも知恵ある鳥は人目をしのんで会いに来るというような歌でした。

和歌山公園にヒマを植えに行きました。ひまし油を作って、軍隊に持って行くのだと先生がおっしゃいました。「ほしがりません勝つまでは。撃ちてしやまん」の時代でした。

「兵隊さんよ、有難う。兵隊さんよ有難う。かたを並べて兄さんと今日も学校へ行けるのも、兵隊さんのおかげです。兵隊さんよ有難う有難う。勝って来るぞと勇ましく誓って国を出たからは手柄たてずに死なれよか、進軍ラッパ聞く度にまぶたに浮かぶ敵の陣」と、軍歌ですネ。今、思い出して口ずさめばとても悲しくて、涙が静かに流れますが、その頃は何も知らず何とも思わず歌ってました。

朝早く起き町内を子供達でおそうじしました。その頃は、ゴミはありません。ボロもありません。紙もありません。カンもありません。町内はいつもきれいでした。落葉くらいです。学校を卒業して、二〇年四月国鉄に就職しました。東和歌山駅の駅長室務めでした。大阪方面から負傷している方が大勢来られました。

七月九日、お休みでした。叔母と下津の山の上の森さんという知人の所に行き梅を買って来ました。三貫目程、私は風呂敷に包んで帰って来ました。東和歌山駅を降り、市電に乗り途中、北ノ新地という所で警報が出ましたので電車は止ってしまいました。仕方なく歩きました。一時間程歩いて家にたどり着きました。玄関に梅を置き防空壕に入りました。しばらくするとB29から焼夷弾が落ちて来ました。近くももえて来ました。

私は六歳の神戸から預かっている子供を連れて逃げました。抜山という小高山に行きました。シューウシューウと焼夷弾が落ちて来ました。山の中腹から森先生の妹さんが必死で「森茂子、森しょうぞう」と叫んでいました。何回も叫んでいました。六〇年経た今も耳についています。あとで聞いたのですが私がいたすぐ近くで直撃だったそうです。私のすぐ近くで私の耳の近くで焼夷弾の音を聞いていたのです。

もえている家の近くを必死の思いでくぐり抜け、人が動いている方に流れて行きました。そこは練兵場の広場でした。兵舎が美しくもえていました。女学校の校舎もとても美しくもえていました。何故、そんな時現実にもえているものを見て、美しく思ったのか、自分でも不思議に思うのですが、人間の感覚が変なのかな、戦争てそうなるのかな。

夜が明けて、歩いて駅に行く途中、お城の石垣のふもとに何百人という死体がロウ人形のように焼けて、とたんやむしろの上に並べられてました。側を通りながら、何とも感じないで、ひたすらか、とぼとぼか、記憶にないのです。

あとになって、お堀に重ね合って死んでいたのだと聞かされて、心が痛みました。公園の入口近くでおにぎりをもらうために大勢並んでいたけどその列に並ぶ事もせず駅へ歩いてました。北ノ新地の所に昨夜停った電車がガラガラになって、線路の上にありました。私は、夕《ゆうべ》この電車に乗っていたのだなと思いました。駅に着いた私に、溝根きよ子さんと言う同僚年上のお方ですが、白米のお弁当を私にくれました。私ははじめて涙をぽろぽろ流しながらそのお弁当をいただきました。溝根さんの優しさに、暖かさに泣けたのです。嬉し泣きしたのです。

駅長室で終戦の玉音を聞きました。もう敵の飛行機が飛んで来ないのだと心の中で少し嬉しく思った事でした。何も言えない時代でした。

舞鶴で見た日本兵と米兵

大阪府豊中市　前嶋伸子（七三歳）

当時西舞鶴には国民学校と言うのが、五、六校ありました。高等科一年、二年に上がりますと、すぐ、大和航空機工場と言う大きな工場に各校の男女は行きました。女の子は決戦服を着て、朝は、門衛さんに「全体止まれ、かしら右」と大声で、そして工場の中に、又、中に入ってから、工場長に「中筋小学校、かしら右いい」と大声で、そして、「何月何日事故三名、現在員四四名!! かしら右」で終り仕事にかかるのでした。

何ケ月働いたかはおぼえておりませんが、兄二人も其の間に陸軍と海軍に出征し、家の中は灯下管制で黒い布を豆球に巻いて、其の下に箱ぜんを並べて食事をしました。

学徒動員で唯一嬉しかったのは、家より工場の方が食べ物が少しはよかったと言う事でしたが、一四歳くらいの幼い手で、熱処理室から下げて帰ったテーブルの上で、木ハンマーで「若い血潮の予科練の――」と歌いながら飛行機の機材ジュラルミンのひずみ取りをするのです。それからローラーで伸ばしにゆきます。一年上の女の子は、軍手共にローラー（直径一〇センチくらい）にはさまれ機械を止めた時、手は真白でブラーとしていました。又、小さな手でジュラルミンにドリルで穴をあけたり、押え方が弱いと材料が廻って、手袋共に真赤に血を流す子。朝工場に行ったら、天井まであるようなベルトコンベアーに、長い三つ編みの子が毛をはさまれて、ブラ下っていたり……。今から思えば、あれはノイローゼになった男の子だったんだと思いますが、共同作業はせず、かにの様に横歩きを一日中、一歩、二歩と歩いているのです。

家に帰ると、「何とかの何兵工員が明日出征や、お国の為に」万才、万才と何人の見送りしたでしょう。ですから、工場の中にも若い男の人の姿を見かける事はなく、舞鶴には、〝朝代さん〟と言って女郎の人がいた所が有ったのですが、顔を真白くぬり立てた女の人が、きものので決戦服作って着ていまして、工場に来るようになりました。

工場を出るとすぐ右は陸軍の兵舎が有り、高いへいに囲まれていましたが、朝夕ザクザクと行進してる力強い足音に、胸高鳴る思いでした。たまに学校に行くと、ワラ人形を鬼畜、米英、打ちてし止まんと叫んで、ルーズベルトとチャーチルの顔を、竹やりでつき差すのです。

食事の時は、「夕たのしい御飯時、家内揃ってたべるのも兵隊さんのおかげです。お国の為に戦った兵隊さんよ、ありがとう……」と手を合わして、御飯つぶを探すようなメリケン粉のドロドロを食べました。岩の様な大きな固まりの黒っぽい岩塩を、包丁で少しずつけずり、道ばたのたべられる草をきれいに洗って、大きな鍋で少しだけお米を入れて、ワーと煮るんです。お米がふくれた頃に配給のメリケン粉をお鍋でドロドロにといて大鍋に入れます。それをドンブリに一杯ずつ、フーフーと言っていただきました。

ある日工場の帰りにまた、ザクザクと兵隊さんの行進です。いつもと違います。高いへいですが、真ん中に一本の柱が立ててあり、お尻出した兵隊さんが上の方にしがみついています。そしたら下から上官の声が……「コラ!!　セミ、ミーンミーンと泣いて、ションベンセンカ!!」と言ってるではありませんか。友達と固くなって見ていました。兵隊さんは「ミーンミーン」と鳴きながら、片足を棒からはなして本当にオシッコをしたのでした!!

尊敬してました。兵隊さんはエライ人と信じてた私は、夕日に映える葉げいとうの赤い色と共に、その光景を六〇年たった今でもまぶたから消える事はありません。

舞鶴は、軍港の有る町です。学校で教えてもらうように父に教えられるように、現在の中学生くらいの私には、「今に神風が吹く、必ず勝つ、兵隊さんはつよいんだ!!」それ以外に思う事は、私方は田舎に住んでましたが、畠だけで百姓ではありませんでしたから……黒マメの中に白い御飯粒が一つ二つとか、豆かすの中に白いお米が一粒二粒、そして前記のドロドロおやつ。配給の砂糖をむぎわらストローで、シューと吸って、そんな日々でしたから、ああ白い御飯が食べたい!! その欲望は大でした。

そんなある日、大阪からもう一人の姉が帰って来ました。私に、お人形あそびのキレイなしぼりの赤や青や黄の絹のおふとんをくれました。そして、こう話してくれたのです。「特攻のお兄ちゃん達（一九、二〇歳の方々）が、明日突ゲキと言う前の夜に、女の人と一緒に寝はるオフトンの残りギレやで……」、それが当時の私には、どう言う意味かは知りませんでしたが、とにかく「私等は毎日特攻隊の乗るヒコーキ作ってンネンで!!」

人間ばくだんとしてつっ込んで、いわゆる自ばくするとは実感としてなかった!! それはとてもえらい人や、「天皇陛下様の為に……と死んでゆく人はエライ人や」……としか思えませんでした。

工場から帰ると、「畠にバケツ持って、釘や、はり金を拾って持ってゆき、売ったら、米、英やっつける丸になるし、小使いももらえるで……」と父に言われ、畠に行き、折小釘や、びんのふた、はり金、大分重い位拾って帰りました。当時は、どこも五右ェ門風呂、古家をつぶした木材なんかで沸かしてまして、灰を畠にまきましたから、お小使いには嬉しかった思い出がありますが、あんなもんで、米、英、やっつけること本当に出来んのかなーと思っていました。

また、工場から帰って見ると、各家に昔から伝わる宝物と言われる物が、玄関の所に出してあるのです。父は「供出や!!」ポツリと言いました。床の間にいつも大切に置いてあった刃二本、お客様用の鉄火鉢、ほり込みもよう入りの上等五個でした。

長じてから思うに、日本は、そんな物まで国民から出させて、良い物はすべて上官達が全部私物にしたとも聞きましたが、もう負け戦に入っていたんですネー。

また、工場へ行く時、夏の白い花を手でちぎりながら歩いて来る。淋しそうな顔の脱走者らしき人に会いました。

その日帰ったら、母が「ノブコ、向うの線路に人が汽車にひかれてるで!!」私は怖いもの見たさで飛んでゆきました。「アッ。今朝会った人やッ」国鉄の線路のわきに胴と足と首がはなれて、ぷくぷくにはれ上って、軍医らが縫い合わせている所でした。夏に咲くあの白い花を見る度思い出します。

その内、選ばれて一人だけ西舞鶴駅に動員に行く様にと言われ、今度は少し遠くなりましたが、男の車掌さんもいなくなり、すべて女性、駅長さんは、白い頭のおじいさんでした。昔の国鉄の記章のついた黒い帽子をかぶり、ホームの掃除、列車受け、点呼、アナウンス等をやりました。「西舞鶴〳〵。天の橋立方面の方はお乗り替え下さい」等々、或る日、「世話係のお姉さんが、今日は、アメさんのホリョが、たくさん宮津のホリョ収容所に行くので、此のホームで列車が出る迄待つから、決して戸を明けないように、歯を出して笑わないようにひどい事されるから……」と注意されました。

……が友達と戸を少しだけあけて見てビックリ……本当に……「頭に角生えてーへんよー」「ハンサムやナー」「鬼やなかったナー」。今思えば馬鹿の様な話ですが、本気で信じていましたから。たまに学校にゆくと、打ちてしやまん……ですし、「もしアメリカ兵に会っても、アイドント、ノー」と言いなさいと教えられてはいましたが、腰に銃けんはなく、皮ベルトに両のお尻に洋皿をかけていました。後につき出たお尻、長い足、外国人と言うより、白人を見たはじめての日でした。

駅の動員は、今風に言えば、エリートみたいなもの、里いも五個程ゆがいたお弁当を持って行っても、必ずお昼には全員に真白の食べ切れない様な大きな銀めし（白御飯）のおにぎりが出るのです。本当に嬉しかった。そして帰りには、ピーナツ、お米、麦を沢山積んだ貨車が駅構内に止まっています。それを、みんな食べ物には困っていましたから、竹の先をとがらして袋にさし込んで、自分の袋に入れて盗んで帰るのです。私は幸いにして、線路の上を歩いて帰ると、一里程の道にその穴からピーナツ、お米、色々白い細い道の様に落ちているのです。石コロも一緒に非常袋に重い程一杯拾い、終いに、防空頭巾もぬいで、一様に……列車に気をつけながら。母がとても喜んで「今日のドロドロは、ノブコのおかげでお米が多いナー」と、兄達は腹がへるから笑うな〳〵と言っておりました。

間もなく駅にも飛行機が急降下、バクゲキでひなんラッパをふいていた同期の男の子をうち殺しました。なにしろ、軍港の近い西舞鶴でしたから……。

ある日、着物を着て、大やけどの背中を全部出した女の人が、人につれられて、汽車から降り迎えの大八車にのって帰られました。「ピカドンでやられた人やって」「へーエ」、恐怖心もありませんでした。

また、海の近く舟がたくさん波にゆられてる所に作業に行った時はびっくりしました。あの、あの尊敬してた兵隊さんが、腰ベルトもなく、お尻を丸出しにして、生の大豆をかじって、ガリガリと恥も何も有りません。ここにも、あそこにも、その兵隊さん達が私達に、「この手紙、京都に出して下さいませんか」。声もかすれて……そこまで日本が負け戦をしてるとはまったく思いませんでした。幼かったですもの……。

「神風は吹くんや必ず」。何と間違った思想の恐ろしさ、知るよしもありませんでした。

「駅長室に全員集合」との声がかかり、天皇陛下のお声が……周囲の大人の人達は、ススリ泣いている人もいました。

終ったんだ……との感も余りありませんでした。只、家に帰ると父が「もう黒い布取るナー」と一度に家中明るくなりました。

「もうすぐ兄ちゃん、二人帰って来るで!!」。父が嬉しそうにつぶやきました。

白昼夢

大阪府豊中市　浦西茂（七五歳）

昭和二〇年春頃だったと思います。

敗戦も間近くなり、大阪にもアメリカ軍のB29爆撃機がよく飛んで来ました。その頃中学三年生だった私は、勉強どころではなく勤労動員という名目で、土方仕事に駆り出されていました。

雑草を乾燥して粉にしたものに小麦粉を入れて団子状にしたものを蒸した、色も形も大きさも馬糞そっくりの馬糞パン（私達は自嘲気味にそうよんでいました）欲しさに私達は一日も休まず出動していました。

その日はB29が落した爆弾にえぐられた、淀川の堤防の穴埋めに行っていました。汗を流しながら土を運んでいた時、B29が飛んで来ました。皆われ先にと近くの防空壕にとび込みました。逃げ遅れた私は、どこの壕に行っても満員で入れてもらえませんでした。仕方なく私は堤防の斜面にうつ伏せになって爆弾が落ちてこないように祈っていました。

B29が頭の上を通りすぎた（音で判りました）ようなので、私は頭を上げて飛び去って行くB29を見ました。その時、下からB29迎撃用の日本の小さな飛行機が猛スピードで、垂直に近い角度で上って行き、B29に体当たりしたと思った瞬間、バラバラになった飛行機の破片と思われる物体がキラキラと光りながら落ちて来ました。私は「やった!!」と思ったのですが、B29はなに事もなかったかのように悠々と飛んで行きました。「体当たりされたのに……?」と私は白昼夢を見ているように呆然としていました。

我にかえった私は堤防上に上がりました。そして川原を見てビックリしました。目の前に長さ五メートルくらいの大きな爆弾が落ちていたのです。何の音も、地響きもしなかったのに……。

今考えれば、あれは以前に落とされた爆弾が不発で、そのまま残っていたものだと思います。

少国民だった頃

兵庫県神戸市　車木蓉子（七〇歳）

一九四一年（昭和一六年）三月、一家六人は明石市相生町の海辺の街に移り住んだ。

初めて目にした寄せ返す波の風景に強く動揺したのを覚えている。凪の強い日だった。

四月、慌ただしく人丸国民学校に入学。校舎は高台の造成地にあり急勾配の進学路はきつかった。伐り倒された大木が転がっていた。

その年の一二月八日朝、ラジオの臨時ニュース。アナウンサーの高揚した声が「大本営発表、我が帝国陸海軍は米英軍と戦闘状態に入れり」と繰り返した。今も耳に鮮やかだ。

学校は急変。校長以下、先生らの言動は暴力的になり殺気に満ち、一糸乱れぬ「撃チテシ止マン」「欲シガリマセン勝ツ迄ハ」に貫かれ、「天皇陛下の御命令で始められた正しい戦争だから少国民として戦争に参加し一命を陛下に捧げる事が最高の名誉である」と天皇のために死ぬ覚悟を日々教えられた。

校門正面に白い奉安殿があり天皇皇后の御真影が安置されていて、最敬礼が命じられていた。朝礼は軍隊式の分列行進で始まる。六年生を先頭に「歩調をとれ」「頭右ィ。奉安殿に敬礼」。教頭先生の号令で動き、止まり、整列し、いつも「気をつけ」の姿勢だった。憲兵の鋭い視線が監視していた。一年生といえど罵声と鉄拳制裁の恐怖と緊張の日々。オシッコを洩らしてしまう子もいた。

時間表は運動場の防空壕堀り、芋畠開墾に変わった。土運び、防火用の砂は海岸まで。井戸水の汲み上げに坂下の民家へ何度も往復した。机に向う事はなかった。国語教科書は「ススメ　ススメ　ヘイタイ　ススメ」。音楽も図画も軍国の授業だった。決められた通りになぞった。教育勅語と歴代天皇の名前を暗記の毎日。八の日は近くの神社参拝で武運長久を祈って行進した。

衣服の胸には、住所・血液型を記した名札を縫い付けていた。うすい色彩の物は敵機に見つかるからと墨汁で染めた。五十六人学級で赤白青黄組には朝鮮人生徒も何人かいた。日本人生徒も栄養失調と貧乏で継ぎはぎの服装の子が多かったが、彼らは穴のあいたままの父親か兄の衣服をまとっていた。手足は汚れた枯枝のようだった。すべてが哀しかった。

あの頃の先生を、温もりをもって懐かしく思い出すことはない。誰一人として。不幸なことだ。弁当を持って来れず運動場で昼休みを過ごす子も多かった。先生は何で運動場に出るんだと叱りつけた。弁当といっても米飯ではない。ジャガ芋か大豆の非常食だった。

物資の配給はいよいよ乏しく、マッチ一〇本石ケン二分の一という程度だった。食料はドングリの粉、水漬り豆カス。ひもじく飢えに苦しんだ。タンポポや雑草、食べられるものは何でも口に入れた。不平不満は語れなかった。隣保制度のもと老若男女、子ども達も互いに監視と密告が強いられていた。防火用水からのバケツリレー。火たたき棒訓練にも参加した。少国民は空腹を抱え銃後の守りを覚悟した。

灯火管制の暗闇のなか、モンペ姿のまま横になり、警報が鳴ると避難する連夜。頭髪はシラミの巣。肋骨が数えられる痩せた体は化膿したトビヒだらけ。気にかけられもしない。

深夜の空襲が頻繁になった。二キロ先に川崎航空機工場、関連の発動機・真空管・防毒マスク製造と軍需工場目標の爆弾の空襲は凄じかった。五〇〇キロの爆風から身を守るには、親指で耳を残りの指で目を塞ぎ地に伏せよ、と教えられていたが吹き飛ばされれば終りだった。防空壕に避難し生き埋め焼死も免れなかった。

憲兵は「皆に言っておく、被害状況、処置について一切、話しても聞いてもならない」と脅した。町内東の中崎公会堂や鍛冶屋町の浜光明寺・朝顔光明寺には、手足や首が吹き飛ばされた死体が積み上げられた。神風と染めぬかれたハチマキをしめた顔があった。

登校下校の途中でも警報が鳴ると帰宅せねばならず、艦載機の低空飛行の機銃掃射は怖かった。友達は背中を打たれウサギのように死んだ。通学路の坂の倒れたままの大木の側に身をよせ私は助かった。午前は生きていても午後は死ぬかも。そんな毎日だった。

四五年七月七日〇時一五分、短く警報が出た。数人の白い軍服姿が家の前の土堤を西から東へ駆けぬけた。淡路島上空、両翼にランプを灯したB29の編隊が北上して来た。夜空に絣《かすり》模様のようだった。いきなりの照明弾投下。ピューと音が流れ辺りは真昼の明るさに照らし出された。続いて六角形の焼夷弾筒が布片をなびかせ燃えながら次から次に落下してきた。防空壕に逃げる猶予はもちろん、日頃の隣り組の防火訓練どころでない。警防団員らは我先に逃げていた。隣接の錦江ホテルの窓から炎が吹き出ていた。巨きな煙突が倒れて来た。母が絶叫した「早く海へ海へお逃げ」。

どちらが南で海なのか方向感覚がなかった。私の背には三歳の弟がくくりつけられ、腕に生まれて一週間の妹が抱かされていた。産後の母は立ち上がれず、祖母が金タライを被せてかばっていた。縦横の炎の波をどうくぐりぬけたのか。我先にとひしめく大人達の間をどう逃げおおせたのか。海辺にたどりついたがザァザァと止む事なく頭上から投下される油脂焼夷弾。海上にのがれた漁船も直撃を受け炎柱を上げマッ赤だ。波も燃えていた。

私は波の間に倒れてしまった。起き上がろうにも九歳児にはあまりにも重たかった。妹を抱いたまま渚を這って石崖の僅かな隙間に身を置いた。頭上からの弾筒を防がねばと必死だった。またも大人に突き出され、その勢いで腕の中の妹を海に落としてしまった。アアーと赤ン坊は泣声をあげた。生きていてくれたのだ。「オイッ、コラッ、泣きやめ。敵機に見つかる」と大人は怒鳴った。おびただしい火の粉が舞い散り、油煙に巻かれ窒息を恐れた。しかたなく砂浜のボートの影に行った。手拭いをツバで濡らし鼻を押さえ、背中の弟の鼻もぬらしてやった。ボートにも焼夷弾が落ち燃え上がった。逃れて来た老婆のモンペに炎が燃えうつり火ダルマに。助けを求める手が私の足を掴んだ。靴が脱げた。砂は焼ける熱さ。あまりの惨事と衝撃は物音が聞こえなくなるのだろうか。

どれくらい時間が経ったか。編隊は去った。霧雨が灰が降り注いだ。煙の中に夜明けが――。

忠度町まで一面の焼野原。水道管から水が吹き出していた。家々の柱が大きな炭となって転がり燻っていた。米屋はいつ迄も黒煙を上げていた。

ふと我にかえり背に向って弟の名を呼ぶと「アイッ」と小さく答えた。怖かっただろう。腕にも妹の鼓動が伝わった。

八歳の妹も五歳の弟も、それぞれ別々に一人で逃れて戻って来た。ボロ布のような姿で立ちつくしていた。

駐在の巡査が「一人一個」と叫びながらオニギリを配っていた。今まで何をしていたのか。人も建物も火の玉となり、町の六三パーセントが瓦礫となった、何にも無しのどこに居たのだろう。

明石市資料には、じゅうたん爆撃で投下された油脂焼夷弾七万発。五〇〇キロ級爆弾八六五発とある。死者は。行方不明は。重軽傷者は。

生き残った人は灰燼のなかからどう立ち上がったのか。あの深夜、白い軍服姿はどこに居たのか。漁夫は釣った魚を食することもなく楼に運んでいたのは何故。あのオニギリの米はどこにあったのか。巡査の子の弁当箱はどうして白飯がギッシリだったのか。なんでやなんでやと黒い霧は後からあとから渦巻いて。

鬼畜米英、一人一〇殺、と殺人と憎悪を叩きこまれた教育。六〇年過ぎて今どうだ。

二〇〇五年七月、妹は六〇歳になる。あの朝の父三七歳の混迷。母二九歳の悲嘆。祖母六二歳の絶望。私九歳の腕の祈りを思いおこせるだろうか。

「パーマネントに火がついて」

奈良県大和郡山市　奥村和子（七一歳）

昭和一九年。当時、北陸地方の国民学校五年生だった。毎朝行われる全校集会には必ず校長先生の訓示があり「本日の大本営発表」が告げられ、米、英の被害情況など話され、銃後を守る少国民としての戦意高揚を促された。

閲覧式、分列式といった軍隊のまねごとようなことも行ったが、冬の寒稽古などは、ハダシで遠くから走って行って思い切り「撃ちてし止まん」と大声でさけぶと、ワラ人形で作られた、チャーチル、ルーズベルトの頭をめがけ木刀でたたきつけるといった練習もくり返した。

下校後は宿題の「どんぐり拾い」であった。軍用機の燃料に使うとかで、また松の木にも傷をつけ「松やに」を採取することも生徒の奉仕として頑張った。

しかし、勉強といっても学用品が不自由でノートを書き了えると、一度消して、次はインクをつけたペンでその上から書くこともした。先生方はテスト用紙もないということから、たまたま、父が出征するまで経営していた会社の用箋を寄贈することとなり、ある時テスト用紙の裏にはだれか頓狂な声で教室を賑わせた。テスト用紙の裏には父の会社の名前が入っていたため「Kちゃんのお父さんの会社の紙よ」と言ったのである。私は恥ずかしくてうつむいていたことが思い出される。

そしてふだん使っているカタカナ文字は（例えば、バケツ、ビール、アイロンなど）敵性語であるということで使わないようにという注意もされた。母親達がパーマネントをすることも、袖の長い和服も禁じられ、長い袂《たもと》は短かく切られ、モンペ着用ということになった。女学生達はセーラカラーからヘチマ衿になるなど、すべて簡素化されて行った。

ところでそのころよく歌った歌で「パーマネントを止めましょう」とたばこの歌を歌っていた。

　パーマネントに火がついて
　見る見るうちにハゲ頭
　ハゲた頭に毛が三本
　ああ、恥ずかしや、恥ずかしや

パーマネントは止めましょう

金鵄上って一五銭
栄《はえ》ある光三〇銭
それより高い鵬翼《ほうよく》は
甘くて辛くて五〇銭
ああ一億の火が燃える

音楽の時間、楽譜が「ドレミ」から「ハニホヘトイロ」だった。例えば、「春の小川」は「ミソラソミソドド」を「ホトイトホトハハ」と読み、今でも歌える「水師営の会見」「広瀬中佐」「日本海々戦」など数々の歌は斉唱で覚えた。

ともかく「欲しがりません勝つまでは」「足らぬ、足らぬ、工夫が足らぬ」などのキャッチフレーズをよく守り、軍国少女として成長した一人である。

甘いものから遠ざかり、おやつといえば夏なら畑へ行って採ってくる、きゅうり、トマトを井戸水につけ冷たくなると塩をふって食べた。時たま、祖父の作ってくれる、さつまいもの「茶巾しぼり」のまんじゅうは、ほのかな甘みがあっておいしかった。食事は毎食白いごはんは食べられず、大豆、じゃがいもなど入ったごはんが、一般の家庭でどこでも同じような代用食を用いられたようだ。

絵の具まで食べちゃった

京都府長岡京市　五十嵐和美（七一歳）

六〇年前私は一一歳国民学校六年生でした。

終戦の日は集団疎開先、島根県の山奥のお寺で迎えました。楽しい想い出はなかったわけではありませんが、ひもじい毎日であったことは今でも頭からはなれません。その頃の同窓生とは時々集まります。その時に話の出るのはきまって食べもののことです。

「農家のお手伝いに行かされたね。桑の木の皮をむいたり――あれは軍服の材料にするってことだったね。松の木を切り倒してその枝をはらわされたり――あれ戦闘機の燃料にするってことだったね。松根油とか言ったね。お茶の新芽をつみに行ったね。おやつにおにぎりや塩昆布もらったり、さつま芋のふかしたの、もらったりおいしかったね。今売ってるチョコレートやビスケットよりずっとずっとおいしかったね」

「おじゃみ（お手玉）をほどいて中の小豆を出して弁当箱のふたに入れて火鉢の上で煎って食べたね。あと空になったおじゃみには砂を入れたり小石を入れたりしたけど小豆程当りは軽くも柔らかくもなくて、あれっきりおじゃみしなくなったね」

「お寺の方丈様（和尚様）はよく人形芝居をして下さったね。方丈様に教わって人形の頭を作ったね。新聞紙をぬらして粘土みたいに固めて、目鼻をつけて絵の具を塗って乾かすのにその辺にごろごろ転がしておいたら、皆気味悪がって女子の部屋へは来なくなったね」

「その絵の具まで食べちゃったね。白や黄色は甘くって黒や茶色はまずかったね」

「学校へ行く道には、へび苺が沢山あったね。あれは毒だから食べちゃいけないって言われてたのに男子がよく食べて身体中湿疹だらけになって寮母さんに叱られてたね」

「土屋さんて寮母さんいたね。若くてきれいで男子らの憧れの的だったね。遊びに行ったら、紅茶やビスケット出してくれて目を丸くしてたね。あの人の家の庭には黄バラが沢山咲いててずい分ハイカラなおうちだなあと感心したね」

「あの頃の庭という庭はみんな畑になってたものね。お寺の境内も全部掘りかえして芋畑だの菜畑にしちゃったね」

きりがありませんね。私達は昭和一九年七月から翌二〇年一一月迄、島根県大原郡木次町の洞光寺というお寺に疎開しておりました。父母とは遠く離れ再会出来るかどうかわかりませんでした。女子一〇名男子三〇数名、同学年でした。

あれから六〇年、今は遠き――と言いたいのですが、またあのおぞましい時代の再来を思わせるきなくさい政情です。絶対絶対くり返してはならないあの頃、なつかしいとか楽しかったとは思えないあの頃、切に願う今日この頃です。

子供、先生をも戦争は狂わせる

徳島県那賀郡　田村道廣（七一歳）

国民学校四年秋のことである。

当時大東亜戦争で少しずつ日本は、米英に不利な戦況に向っていた。

私達、約一五〇名。大阪市港区の国民学校児童は、香川県の寺社に分散して、一寺社二〇名、三〇名ずつ寄宿することになった。

戦時中とはいえ、九歳から一一歳の子供が親から引き離され集団生活することは、哀惜絶するものが有った。

電車路をゆっくり動く市電に、小さい体の母と一四歳の姉が、市電の窓を叩き泣き叫ぶ別れは、七一歳の今も眼に焼き付いている。

私は其の日、風邪をひき熱があった。しかし、出発の日、そんなことを言える状態の世界ではなかった。子供なりに母にも言えず、ふらつきながらも足を踏み支え、泣き叫ぶ母と姉を見ていた。

私の地獄の生きざまの始まる出発の日である。

分散し別れ別れになった学童の寺社は聞いていないので、近辺に居るのだが、深く知らなかった。また知ろうともしなかった。ただ心細く淋しかった。

私達の当てられた寺は、二年の間に二ケ所変った。最初はお寺の本堂が寝起きをするところとなった。トイレは庭の隅にあり、夜小用に立つのは初めは恐ろしかったが、半年も過ぎた頃には暗夜が大変な喜びになっていた。

四ケ月も過ぎた時は、母も姉も完全なまでに頭から消え、思い出しもしなくなっていた。其の時期には既に餓鬼の世界に蠢く虫のような生活と化して生きながらえていた。

戦時中とは言え、疎開児童には、最低限の食糧は配給されていたのだが、日毎に私達にあてがわれる麦、芋の量が減り続けた。

当初はカラツ食器で食べていたのが、何時しか丸い小さな木の盆に変った。

木製の盆であれば、洗うも取り扱いにも便利とも思えるが、そう言う簡単な発想ではない。カラツで出す程、食種がないからである。

主食は芋の切り干を煮てすり潰したのを、ペタリと盆にすり付けたものになった。質素倹約と言う言葉は、毎日先生、寮母から聞かされた。何を質素倹約をするのだろう。一匙芋を貪る子供に。

六ケ月も過ぎた頃には、大半の子供は飢えて、栄養失調になって来ていた。

餓鬼の世界が此の頃から始まって来た。

大人の監獄は想像に余るが、まさしく此の頃から、監獄の施設の中である。

三度の食事は、二度の芋になり、二回の食事の内一度は、先生に言い付けられた、野草を取って来たのを、すり潰し塩味で食べた。いくら飢えても喉を通り兼ねた。

どんな世界も、最後は腕力が勝つ。

毎日毎日、暴力に明け暮れ、腕力に勝る者が、二食の芋と、草のすった物を取り上げ始めた。

痩せ細る者は、骨と皮になり、よろけて歩いた。仲間内ではさほど気にも止めないが、路を歩くと町の人がよけて通った。

私達の中で太った子供は、三人居た。その三人の子供は、丸く太っている。

先生と寮母は、食事の度に怒った。三人の太った子供は、模範と称えた。良く咬んで食べるからと。

寮母、先生が去ると、没収が始まるとも知らずに。中には、辛抱出来ずに自分の盆の草を取られまいと、頬張る者が出る。その子供は、食事の後、裏の土塀の影に引きずられ、仲の好い者に殴らせた。殴る方も殴られる方も共に泣いて、叩き叩かれた。

子供が、何故其処まで残忍な行為を思いつき、強制を強いるのだろう。

人間は、生と死の境に至ると、大人も子供も鬼畜になるのでは。

私達は芋を転がしたように寝た。

寮母二人は、飾った部屋に寝た。先生二人は、各自個室に住まう。

朝昼晩、食事時、離れ座敷で、寮母がよそう給仕で米を盛った飯を食う先生が、戸を開け放ち食事していた。子供達によく見えた。

先生は、一人は筋肉隆々な人で、もう一人は、血色の良い人だった。ついでだが、寮母二人は、丸々と太り、歩くと畳が軋んだ。

私の隣で寝ている、ヒョロ、ヒョロとした青い骸骨君が、朝起きる時、妙な素振りを最近する。上蒲団をめくらずに起きる。するりと横え体を転がせて出る。不思議に思って、聞いてみる。骸骨君は、慌てて蒲団の上に座った。心配するな、と言って上蒲団を剥いで見る。

人間が寝た状態の形で、虱が何万という数で蠢いていた。死人に湧くと聞いたことがある。其の頃の子供皆が、日向ぼっこすると、襟足、袖口に真白く虱が這っていた。

この頃から私の口の中が、朝起きると羊羹のようになった血の塊が出来るようになっていた。ブヨブヨと気持悪いのだが、他の者に気付かれぬよう、土を掘って埋めた。何がどう悪く病んでいるのか知らない。

二度目の寮変えをする。

先生も、寮母も相変らず、別室に住む。

病気、虱を考えてのことと、子供ながらに気付く。

食糧難は増々困窮するが、先生、寮母は肉がだぶついている。

夜中、二、三人が組んで起き、寮の横に行く。昼に見た蜜柑の皮が干してあったのを盗み、寝間に持ち込み、ホクホクと喰う。

毎日二時間、二列縦隊を組み、決められた行程を行軍と呼ぶもとに進む。

街の人は、骸骨隊列を避けて通る。

路を行くと、さまざまな食糧に授かる。

空豆が一ケ、砂に埋れて見えた。同時に見付けた、四、五人が、一ケの豆に飛び付く。捕らえた子供が砂も払わず口に放り込む。

雑魚を干す側を隊列が通る。過ぎ去った後に筵だけが残った。

海に行くと、土地の子供達が、海水浴に遊ぶ。疎開の子供は、青藻をかく。岩の上に拡げ、時間の許す限り天日干し、乾くと、両のポッケに捻じ込み、少しずつ出しては食べる。小魚を追う。何人かが並び砂地に寄せ掴む、熱く照った石に、爪で腹を開き、裏、表を干す。半乾きになると、口に頬張り骨ごとに食べる。取れずに居る友が、羨ましがって、口元を見る。

ある日、私の母と姉が、会いに来た（大阪の家は空襲にあい、何十万の焼夷弾をB29とやらの爆撃で落とされ、死人の山の中を逃げ惑ったと言う。小さな母と、小さい姉が、母の里、橘町に帰るため、私を迎えに来たのである）。

泣く私を寮母が、二階に連れて行き、「日本男子は、最期の一人になっても、残って戦う」。唾を飛ばし私に言う。二時間後、母と姉は、私に会いも出来ず帰された。

小学校五年の秋近い時期であった。あと、半年一年もこの状態が続けば、私はどうなっただろう。

戦争は大人だけのものではない。女も子供も共に辛苦を舐める。大東亜戦争で、何百万の犠牲者が出たか。指導者が誤ることで、人生すべてが芥と化す。

GHQにより、警察予備隊が出来、保安部隊と改編され、一九五四年、自衛隊に至るが、自主防衛なる起りが今や海外に派兵している。理屈は何とでも付こうが、二度と戦火には見舞れたくはない。

私の疎開先が悪かったのか、先生、寮母が悪人だったのか知れないが、何れも、戦争によって狂った人間達であることは、間違いない。

明る年、玉音の僅かを漏れ聞く。

「忍び難きを忍び」のくだりだが、五年生の私には、その意味するところが解らなかった。

二日置いて、母が迎えに来た時は、またも帰れないものと思った。

母の里、田舎に向かう。叔父の家の納屋に住む。丸太小屋で三畳半程の処だが、親子三人にとって宮殿である。

長兄が満州から帰るが、マラリヤが元で、三〇歳で死す。次兄は、九州に行き、炭坑で動くが時世の移りで職を失い、病んで死す。

父は戦時中に病むが、栄養不足で死す。

母は貧乏ながら、天寿を全うするが、死んだ父を想い、満足な栄養を与えられなかったのを、自分の「せい」と生涯悩み続けて死す。

この稿を寄せるのは、私は戦争で死なず平和に死にたいからである。

家屋疎開と父の死

大阪府吹田市　尾浦貞子（七九歳）

戦争という文字、言葉、私にとって、怖かったこと辛かったこと悲しいことの思いが、つぎつぎと頭の中をかけめぐり、涙が出ます。

当時、私達四人姉妹は、両親と大阪市北区佐藤町に住んでいました。戦争が激しくなり、わが家が大阪駅とダイハツの軍需工場の近くにあるという理由から、五日間による強制家屋疎開の通知があり、家を立ち退く事になりました。どの様にして父が家を探して来たか、よく分かりませんが、一家は住吉へ疎開することになりました。

現在の様な運送の車などなく、また女ばかりで、父も大変だったと思います。大八車に家財を積み、私達は父の後押しをして出発しました。

梅田から御堂筋を歩き、難波、そして堺の方へ、とても辛かった一日でした。

父は疎開して間もなく、腎臓病にかかり、寝込むようになりました。顔や手足がむくんできました。戦時中のことですから、食事、安静等、十分できません。母は、腎臓病には西瓜が良いと聞き、農家へ着物と交換に、西瓜を求めて出かけました。帰途、何度も空襲警報にあい、防空壕に避難、お米はなくしましたが、西瓜だけは死んでも離さない、と持ち帰りました。父がおいしそうに西瓜を食べるのを見て母が泣き、私達も泣きました。しかし父は回復せず、昭和二〇年八月、終戦を聞き、もう壕へは入らなくて良いんだとホッとしたのか、終戦から二週間後の八月末に亡くなりました。

父の死、それからが大変でした。敗戦で、日本中が混乱していて、お葬式がなかなか出せなかったのです。焼場へ行っても燃料が無いので、誰かもうお一人なくなられたら車を出しますとの返事、考えられない霊柩車の相乗りなのです。

「仏様を焼く薪割りもして下さい。もし出来ないのでしたら、薪割りをして貰う方のお金を払って下さい」とのこと。女ばかりでとても困りました。真夏の事ですから、仏様も放っておけません。頼んで頼んで、やっと亡父一人の車を廻して貰い、薪割りのお金を出しました。ドライアイス等もちろんなく、仏様は、四日も五日もそのままでしたので、お棺に納めた後、ふとんを通し、畳まで汚れていました。今考えても、亡父の最後が哀れでなりません。

葬儀場には、赤ちゃんや子供さんは、ミカン箱等に納められ、自転車、リヤカーで運んで来られた方もあり、遺族は泣くことより、お葬式を出せるかどうかで、走り廻っておられたのだと思います。

戦争では多くの人々の尊い生命が奪われました。海軍軍人だった叔父、それに級友だった仲良しもそのなかの一人です。私は、病死とはいえ、亡父も戦争の犠牲者だと思っています。苦労した母もなくなりました。

「戦争さえなければ、お父さんはもっと長生きできたはず、戦争がお父さんの命を縮めた」と、いつも泣いていた母。母の心には、あの時の西瓜を食べていた亡父が焼きついていたのではないでしょうか。

滑走路という名の田んぼ

大阪府堺市　松尾勝子（六八歳）

学校から帰ると母屋がハンマーでたたきつぶされ土ぼこりが舞い上がっていた。近所の人達がたくさん手伝ってくれていた。香川県の西、三豊平野の柞田《くにた》村（現在は観音寺市と合併）に戦闘機が飛びたつための飛行場を作るので家を移転しなければならないからだ。

昭和一八年国民学校一年生の時だったと思う。私は釜屋のおくどさんの前にしゃがんで御飯を食べたのをおぼえている。土葬されたお墓も掘り返し移した。友達とよくお墓を掘るのを見に行った。頭蓋骨や骨をたくさん見た。母乳が出なくて亡くなったそうな兄の墓からは牛乳びんが出てきた。死ぬのがとてもこわかった。

親類をたより隣村の大野原村へひっこした。父母は荷車で、墓石も家の柱も壁土も植木も、毎日毎日アリの様に運んだ。私は転校がいやで、一人反対方向の元の学校へかよった。淋しかった。

近所に兵舎があり、よく遊びに行った。丹生ヨネヒコさん、玉井スナオさんと言う兵隊さんの名前を今もおぼえている。

戦後飛行場はいらなくなり区画整理され返された。コンクリートの割れや、草ぼうぼうの荒れはてた土地を、父母達は毎日弁当を持って行って開墾して、イモや大豆を植え、何年もかかってやっと水田に変えた。私は学校から帰ってもいつも留守でずっとカギッ子だった。サツマイモを食べながら前庭に写った納屋の屋根の影を棒きれでなぞって一人遊んだ。

私が中学の時ぐらいから村人達はあちらこちらからま

た元の村へ帰ってきた。二度も母屋、納屋、お墓を動かし親達は本当に大変な一生だったと思う。母はからだを悪くし私が一八歳の時亡くなってしまった。こんなに苦労して作った飛行場もあまり使われなかった様に思う。

高校（前は三豊中学と女学校だった）の同窓会誌を読んでいると「昭和一九年戦局ますます苛烈、名古屋や柞田飛行場への学徒勤労動員されていた」という三豊中学四〇回卒業の方の学生時代の思い出の文章があった。（昭和三年二四回卒業に大平正芳総理のお名前もある）。

実家では兄が農業を継いでいるが、美しい水田が碁盤の目の様に並んでいる中に今も「滑走路」という名のついた田んぼがある。

八月一五日午前に倒した家

大阪府豊中市　嶋中尚一（七三歳）

昭和二〇年八月一五日、旧制中学一年生の私は、一週間前から疎開家屋の倒壊作業に従事していました。グラマン機の機銃掃射の合間をぬっての作業でした。疎開家屋の倒壊は、大黒柱にロープを巻き付け、数一〇人の生徒が引っ張って倒す作業です。

この日は、雲一つない青空で、流れる汗は滝のようでした。作業にかかる前に、あらかじめ先生から「今日正午に天皇陛下から重大な放送がある」と聞かされていました。

この日倒す家は当時の住宅としては庭もある立派な大きな家でした。午前九時すぎからとりかかりました。今までの倒した家に較べて一際大きいだけに、なかなか倒れず、流れる汗を拭くこともできず、たびたび休憩を入れながらの作業でした。この時、作業近くの電信柱の陰でじーっと眺めているお婆さんが、私の眼に止まりました。この時は別に、なんの思いも持たず、早く倒して昼めしを食べたいとの思いでした。昼めしといっても、弁当箱には煎った大豆が入っているだけの昼めしでした。この煎った大豆をかじりながら、倒した家から流れ出ている水道の蛇口に口をあてるだけのお粗末なものでした。

正午、玉音放送は雑音で聞き取りにくい中で、当時は旧制の中学だけに、何回も受験して入学してきた生徒もあり、その生徒の一人が「日本は負けた」といいました。この瞬間私は「あぁこれで今夜から電気を点けることが出来る」との思いが頭をよぎりました。と、同時に「先程倒した家は、電信柱の陰にたたずんでいたお婆さんの家ではなかったか」と思うと、あと僅かの時間で倒さずに済んだのにとの思いがよぎりました。六〇年たった今でも事あるごとに脳裏から消え去ることはありません。

このあと、戦後の混乱期、学制改革や未曾有の就職難と当時一三歳の中学生には大波のように押し寄せて来ましたが、貧しくとも、空にはまた星がまたたき、未来に向けての希望も持て、平和を満喫出来た時代でした。戦争と平和を体験したわたしにとって憲法の改正論議には、今ほど危ない時代はないと危惧しております。

銃後はまかせて下さい

兵庫県朝来市　浦野澄江（七五歳）

昭和四年大阪に生を受け、昭和九年の水害時はおぼろな記憶だけで、平和と思って暮らしていました。

小学五年生一二月八日、大戦が始まり、大人たちには、いよいよやったか、との声がありました。小学校は国民学校と名称が変わり、授業時間には日本軍の勝利の筋書きを教わり、私達はそれを信じていました。

私の家の前には、銭湯があり、移動の為、私達の小学校に宿泊されていた大勢の兵隊さんたちが、その銭湯に小隊ごとに入浴に来られていました。全員が揃うまでの間、道路に並んでいらっしゃって、夏の暑い日、顔から汗が流れているようだったので、お茶でもと思い、お盆に湯飲みと共に出しましたが、「結構であります」とおっしゃって、口にされませんでした。

校舎のそれぞれの教室に帰られると、窓は皆閉められていました。内部が見えないようにかと思いました。軍隊の移動で、大人たちは何か変わったことがあるのでは、と話し合っていたようです。

女学生生活になり、今は環状線ですが当時は省線と言われていた野田駅から京橋駅まで乗り、京阪電車に乗り換えての通学でした。

学校の窓はすべて、空襲時の爆風対策として、白いテープが貼られていました。教科の中で、英語は敵国の言葉だと排除され、一学期間だけで終わり、「ヂス、イズ、ア、ペン」の学びでした。高齢になった今思っても、残念です。

そのうち戦況は思うにまかせず、敵機B29の空襲や艦載機来襲が烈しくなり、防空壕に入る日が続きました。

その防空壕も、公園などには町内の多くの人が入れる様な長いものがあり、個人で家族だけ入れるもの等、大きさも様々でした。私達は、三人が入れて中で座った姿勢でようやく頭がつかえないくらいの高さで、何か台になる箱を置ける広さのものを、ささやかながらあった裏庭に慣れない手で汗して掘りました。また、隣人が親切で、二軒一緒の方が心強いからと、両家から入れる壕も掘りました。防空壕の中には、非常食として、乾パンやいり米、いり豆、缶詰、梅干等を入れていました。雨の多い時期は、スノコもこしらえました。

敵機が日本近海に来た時は、警戒警報のサイレンが鳴り、敵機が近畿地区に向かって来る時は、サイレンが空襲警報に変わり、夜中でもすぐに防空壕にとんで入ります。もちろん、家の電灯は皆消さなければいけません。町内ごとに、見回りがあるのです。豆球はまわりを黒く塗って、真下の部分に少しだけ丸く明かりが取れる状態です。夜に勉強しようと思っても、ほんの少しの明かりだけです。窓には皆、黒幕を張りめぐらさなければいけません。家の外には、僅かな明かりも漏れてはいけないのです。

ところが、敵機は照明弾を落とすため、灯火管制は、何の意味もありませんでした。

またB29等が、自分の頭上に来れば、爆弾も自分の所には落ちてこないと教わったので、昼間は外に出て見上げたりもしました。飛行の高度により、加速で四五度が危険だとか、前方から落ちかけると危険だとか、飛行機の高度を見極める方法等も学びました。夜寝る時には、非常用リュックと走ってもぬげない編み上げの靴を傍に置いて、空襲に備えます。

私の住んでいた近くの小学校の屋上には、監視所があり、その場から、敵機来襲状況、情報をメガホンで言われるのが、よく聞こえていました。

その頃には学校には行けず、森ノ宮の軍需工場に出勤の日々でした。学徒報国隊として、朝私達は森ノ宮駅に集合し、並んで薬品会社に出社していました。戦地に送る為の製品が主になっていて、日本語と外国語の説明書が入れられていました。

会社の従業員の方で、主任クラスだったと思いますが、容姿端麗の尊敬できる○○姉さんと呼ばれている方がいました。ある日、従業員の方達の様子がさわがしいので聞くと、○○姉さんの婚約者の方が、戦地に向かわれる事になり、航空隊員のその方が、今日出発時に会社の上空を飛行されるとの事。それが、お二人の挨拶で、窓から見送られるのだと聞きました。私達も、窓から飛行の姿を見ました。目を赤くしていらした姉さんの顔は、正視出来ませんでした。

個人的に私の身内には出征者が少なく、肩身が狭い思いもあり、毎週土曜日には出来るだけ戦地に便りを出していました。「銃後はまかせて下さい」と兵隊さんに、宛名を書かずに出すのです。

はじめ、住所は分からないので、北方の兵隊さんへ、中国の兵隊さんへ、南方の兵隊さんへ、と表書きをすると送る事が出来たのです。その手紙は、家族から便りのない兵隊さんに渡されていて、私は受け取られた方から航空便で返事を頂きました。

「内地（日本国内）には年老いた親だけなのに、誰が手紙をくれたのかと思った。隊長が自分の名を呼んで渡され、とても嬉しくびっくりした」との事でした。わずかなお手当ての中から、航空便は高かったと思いますが、返事を下さった方とは、その後も文通が出来ました。鳥取の連隊から、感謝状を頂いた事もありました。

戦争が進むにつれ、家の近くでもあちらこちらで、戦死の方の知らせが入っていました。そのお宅は〝誉れの家〟と言われていましたが、物静かな時間に家の前を歩いていると、戦死の方のお嫁さんがしのび声で泣いておられるのが聞こえて、足が重くなったものです。

生活の面では、衣類、食品、お菓子は皆、切符制になり、衣料切符が各家庭に配布され、家族分だけの点数しか買う事が出来ませんでした。

年頃になった姉にはせめて娘らしい衣類があればと、母は、家族の切符を集めてようやく一枚の和服を買うことが出来ました。それでも、人造絹糸の布地がやっとの事でした。人絹の布地は、今では店頭に見かけません。すぐにボロボロになるものです。

食べ物も、なかなか口に入らず、種類もいろいろ無く、豆類を受け取ればその分お米が差し引かれるのです。

三人の男の子がいるお母さんの話では、子供達がご飯のおかわりの時、兄が大盛だとか弟が大盛だとか言い合うのだと、よく聞きました。親が、どの子供にもお腹いっぱい食べさせたいのは、変わらないことだと思います。

心斎橋の大丸百貨店で丼物が食べられると聞き、親戚の人と食堂に入りましたが、中身は、お米の代用に干しうどんを細かくした物で、それに具がのせてありました。菓子類は、幼児と老人優先で、決められた日だけの販売でした。

当時学生は、制服を見てどの学校か見分けがついていたものが、文部省から一律のヘチマ襟の白襟を掛けた上着とズボンかモンペになりました。それもやはり、布地は上質の物は許されません。

片方の肩には、救急袋をかけます。中身は、空襲時誰でも怪我人の手当てをしてあげられる用具、例えば薬や三角巾、それと乾パンや水等を入れます。

もう片方には、昼休みの少しの時間に学習する為のノート等を入れました。もちろんどちらも、手縫いの袋です。

会社の仕事の合間に、看護の方法も教わり、看護婦の資格も受けられるようにと言われました。このことは、戦地に従軍看護婦として、女子も出征につながるものと思いました。現実に戦地に出向かれる看護婦さんを見て、あこがれたものでした。

そんな生活も家屋疎開と言われて、焼夷弾による延焼を防ぐ為、またいざという時の為に道路が広く使えるようにと、立ち退きを迫られました。田舎に家のある人は大阪から出るように言われ、私達は但馬の父の家で暮らす事になり、女学校も転校になりました。

但馬では、学徒動員で航空機の部品工場で働く毎日でした。同じ部品工場でも、都会では機械化でしたが田舎では手作業でした。

その後、数ケ月で終戦になり、学校に通えると思いましたが、今度は〝食糧増産〟と、鍬を持って五〇分の汽車通学でした。

使った事もない鍬での一日中の仕事は、手にマメができました。それでも開墾のない日には、転校生が多いため皆が揃わないそれぞれの教科書や、筆箱を鞄に入れていました。

　通学の汽車もままならず、貨物でも石炭車でも、屋根のない場所でも乗っての通学でした。客車なら窓からの乗り降りで、ホームのない線路の上に飛び降りると、鞄の中も筆箱の中もめちゃくちゃでした。ある時には心あるお客様に、鞄を後からほり落としてもらう事もありました。

　稲作農家では、玄米は政府に多く出さなければならないので、戦時中はもちろんのことでしたが路肩にでも一すじずつ土を盛り上げ、さつまいもを作ったりして少しでも主食のお米の代用になる作物を作りました。稲の裏作には皆麦を作っていたので、現在のように、多くの野菜は作付け出来ません。

　米と麦を混ぜた麦御飯が主食で、米と言っても七分搗きならよい方です。麦を入れると炊き上がりは黒みがかり、どの家庭でも同じだったと思いますが、お弁当など人に見せられるものではありませんでした。御飯の中には、さつまいもの茎や大根を刻み込み、量を増やします。朝御飯の用意をするのに、夜は毎日、必ず大根切りでした。

　畑のさつまいもや大根を収穫したあと、非農家の方が、掘り残りの小さな芋や茎、葉を拾いにこられることがよくありました。また、田舎では玄米の糠を取るのに水車を利用していましたが、畑の中にある水車小屋の米は、よく盗まれていたものです。

　上質の玄米の供出を割り当てられ、その残りの保有米では、家族分の年中の量は足りる事はありません。今では安価で出荷しているくず米を粉にして、だんごにしたり、さつまいもの葉も利用したりいろいろ考えて料理したものです。山にあるリョウブの葉も取ってきて、御飯に入れました。

　調味料は、家で作った味噌や醤油を使うだけです。蒸しただけのさつまいもは食事の前に食べるので、御飯の量が少なくてすむのです。しかし、栄養など考える余裕もなく、すぐ空腹になるのは当たり前のことでした。

　近年、戦時中の料理を再現して試食会がある事を聞きますが、その時一食分だけではとても理解出来ないと思います。何日も続けての同じ食事生活でなければ、味わいが違うと思います。

私は今の幸せを、表現できる言葉を知りません。そのうえで、私達国民一人一人が皆、戦争の犠牲者だったのだと、思い返します。

次の世代の子供達には、平和を祈るのみです。

校長先生と御真影

大阪市　木林節子（七四歳）

太平洋戦争の前に、（中国と）日華事変（支那事変）が始まり、小学一年生に入学したばかりの私の許から、父は応召され一兵卒として中国に従軍していきました。

小売の酒屋を営んでいた当時、母は二八歳で働き手を奪われ、でも父の残していった得意先を頼りに、高等小学校を出たばかりの少年の域をまだ抜けきらない小僧さん（店員）三人を使って、髪ふりみだしながら必死で働いておりました。当時大阪には二つの聯隊があって今の国立病院の所に三・七、向い側に八聯隊と道をへだてて隣接していました。


私の父は八聯隊でしたが、元々大阪出身者がほとんどで中国山地の起伏の多い土地は苦手で、田舎者（淡路島）出身の父は、伝令（今の様に無線機が発達していないので）に走らされたり行軍の際、馴れてない都会人や体の弱い一行についてゆけない体力のない人の分の背嚢まで背負って進んだそうで、後々内地に一旦復員して来た際、その方々が熱いお礼を言いに来ておられたのを子供心に覚えております。

だって外地ですからそこで落後すれば敵に捕えられ、軍の機密を吐かされ、揚句処刑されるのですから、何としても連れて行かねばならなかった様です。もちろん、一発ずつ小さな爆弾（手りゅう弾）を持たされ万一の時は、それを抱えて道に体を投げつけ、こっぱみじんになる事によって皆に迷惑をかけない様、指導されていた様です。

最初の頃（中国に進攻直後）は、南京陥落や破竹の勢いで、次々にもたらされる報道に町は沸き立ち、夜になると提灯行列など家族を（戦地に）送り出していない家は浮かれていましたが、私達一家は、同調する気になれず、明日にでも入るかもしれない戦死の公報にびくびくしながら息をひそめていました。到底うかれた気持ちにはなれませんでした。

小学校四年生になった時（昭和一六年一二月八日）、生徒一同校庭に整列してラジオのスピーカーを通じて太平洋戦争の開戦を伝えられました。「本八日未明太平洋において米・英軍と戦闘状態に入れり」をくり返し聞かされ、先生方の深刻な顔にただならぬ事態がおきた事を感じとりました。

日中戦争では、大隊本部が襲撃され、幸い父は戦死は免れましたが、鉄砲の玉の破片が腕に入ったまま（野戦病院の技術では無理）一応復員し大きな喜びでした。が、大阪大空襲で家が焼失し、焼けのこった母の実家に家族が身を寄せている時、又々太平洋戦争の召集令状が舞いこみ、二度応召する事になります。でも昭和二〇年ですでに外地へいく船も燃料もなく内地勤務となりました。日本国もよく（人使いが荒い）使ってくれました。

小学五年生の時、衆議院選挙があり、ポスター節約のためか、小学生が毛筆で厚紙に書いて街角に貼りました。五年生は「選べ適材、貫け聖戦」の言葉でした。

後年、良質の紙に候補者の顔の入った美しいポスターを見るたび、当時の自分達の書いたものと比べて今昔の感があります。うそだらけの大本営発表を何の疑いもなく信じて喜んでいた善良な国民の姿もこの時代でした。

学校ではダグラスやグラマン等、各戦闘機の写真を厚紙に貼って先生がぱっと皆の前に出された瞬間、いち早く叫ばないと駄目だという教育も、何の意味があったのだろうと今もって納得出来ません。高射砲隊の隊員ならまだしも、でもこちらから打った砲撃は、高度で飛んでいる敵機のはるか下の方で炸裂して、多分あざ笑っていた事でしょう。

でも一日々々と戦局が激しくなって三月一三日の大阪大空襲の恐ろしさは忘れられません。大阪市内は街並みが碁盤の目に並んでいるので、アメリカにとってはまことに効率のよい攻撃で大阪の中心部の機能が全く麻痺してしまうやり方で、頭脳的でした。教えられた通り消火活動に努力しましたが、まったく通用せず、炎が各家の窓から渦巻いている中、無我夢中で逃げました。建材が土と木だったからよかったものの、今の新建材ではもっともっと命を落としていた人が多かった事でしょう。真赤な空の中で淀川から北の空が黒かったので、とにかく淀川を向うへ渡りましょうという事で、三三五五北へ北へと歩きました。

堤防の上を歩いている時、潮岬（和歌山）沖の航空母艦から出発したＢ29の編隊が、又々並んで飛んできました。〝伏せろ〟と誰かの声に一斉に草むらに伏せました。今思うと目的地に向っている編隊（大きな図態の）が人影に向って急降下するなんて常識では考えられませんが、何もわからない時には、不安と恐怖のみでした。命からがら三国の天理教会までたどりつき、大豆入りのおむすびを一ケずついただいた時の有難さは、今もって忘れる事が出来ません。

翌日、肥後橋の所から家の焼跡を始めてみた時、呆然自失、浦島太郎ではありませんが、今ここにいるのが夢か、それとも昨日までが夢だったのか、一滴の涙も出ませんでした。ショックが大きければ大きい程……。親戚の人間達は、私達が駄目だった可哀想な事になってしまったと嘆いていたそうです。

こうして一命はかろうじて取り止めましたが、六月一日、六月一五日と、大阪大空襲は続きました。女学校の会議室の机の下にもぐりながら轟音と地ひびきに震えながらもう駄目だと何度か観念しました。悔しさで一杯でした。友達の誰かが叫びました。私達一人じゃないのよ。皆で一緒に死ねるだけまだ救われるよね。私もそう思いました。心の中で〝お母ちゃん〟と叫びました。だってまだ一三や、一四歳なのですから……。

校長先生が励ましに来て下さいました〝皆さん学校は大丈夫ですからね〟お父さんの様に心強く思いました。嬉しかったです。

それと、空襲警報の最中、校庭の隅にある奉安殿から天皇陛下の御真影の額ぶちを胸に抱いてうろうろして居られる校長先生の御姿に、今まで「我々は天皇陛下の赤子」であると教育されてきたマインドコントロールが一度にふっとんでしまって、ただの一人の人間にかえっていました。あんな写真より校長先生のお体の方がよっぽど大切なのにと瞬間頭をよぎって、心配でたまりませんでした。

〝また複製すればどうって事ないのに〟私は今でも当時の神津省三郎さんという校長先生が大好きです。爆撃の最中、我が身もかえりみず私達をはげまして下さったその時の心強かった事、この世にいらっしゃらないのが悔しいですが、心からお礼を申し上げたい気持ちで一杯です。

今でも同窓会を年に一度やっておりますが、久しぶりで出て来られた方と再会した人が、「貴女あの時、どの道を通って逃げたの？」との会話にぷっと吹き出しそうになりました。逃げてからその後六〇年になるのに、昨日の事の様に脳裏からはなれないのでしょう。

とにかく私達の年代は、逃げた〳〵人生です。無事に逃げる事が出来たから、今日があるのです。悔しいけれどどうにもならない時は逃げるしかありません。

死を見ても何の感情も湧かなかった

大阪市　西村和子（七五歳）

私が一一歳の時、大東亜戦争が勃発しました。兄がおりましたが、密かに私は、兄が兵隊に行ったらどうしよう、死んだらどうしようと思っておりました。

両親にも友達にもそんな事は絶対に云えません。非国民と云われるからです。

毎日のようにあちらこちらで出征兵士を送る万才万才の声がきこえてきました。母はモンペ姿に白のエプロン、肩からは国防婦人会と記したたすきをかけて、日の丸の旗を持って参加していました。

「国の為、天皇陛下の御為に戦って来ます。銃後の皆さんも頑張って下さい。家族をよろしくお願いします」と軍歌に送られて入団し、戦地へ皆出動されました。そして「出世兵士の家」と表札の横に記した紙が貼ってありました。

毎朝学校には頭巾を持ち、胸には住所、氏名、血液型を書いた名札をつけて「行って来ます」と家を出ますが、果して家族が顔を合わせられるかどうかわかりません。何時、何処で警報が出て爆弾が落下されるかわかりません。

そして食糧もなく、毎日大豆、芋のつるなど、僅かな食物の配給で飢餓をしのんでおりました。あちこちで栄養失調で亡くなっておられました。

毎日の防火訓練、井戸掘りと大人の手伝いをしました。学校の帰りに警報が出たら、すぐ防空壕に飛び込める様に、あちらこちらで壕を掘っていました。学校では、上級生は皆軍事工場へ学徒動員として働きに行きました。

兄も徴兵検査を受ける時が来ましたが、結核にかかったため、第三乙種になりました。甲種合格でしたらすぐ出征です。私は心で兄が乙種であった事を喜んでおりましたが、両親、兄は、近所の人たちに肩身のせまい思いをしていた事をおぼえております。

その内に兄も出征の通知（赤紙）が来ました。その時私は「乙種だのに戦地に行くの」と不足に思い、「日本負けるのと違うやろか」と密かに思いました。

朝近所の方々に見送られ私たち家族は、大阪駅まで付いて行きました。その時空襲警報が鳴り、まもなく爆弾が落下され、ものすごい地響がして皆地下に入りました。

軍人さんは、皆一ケ所に集り、シャッターを下して（四方）まるで囚人扱いの様に思ったものです。私は、「兄ちゃん兄ちゃん」と呼びましたが、声もとどかぬ内に、憲兵と書いた腕章をした兵隊さんがこわい顔をして私をにらみました。母は早く頭巾をかぶってとさけびながら、手を引っぱって上に出ました。

空襲警報は解除されていましたが、その時びっくりしました。スコールが降って、建物、電信柱、家屋、すべて火の海となり、雨が降っていても消える事なく燃え続き、あたりは暗く、人のさけび声、子供、親を呼ぶ声、泣き声、地獄そのものでした。

「どうせ帰っても家も燃えてないやろな」――と云いながら、どこをどうして歩いた事か、気が付いたら、我が家あたりにいました。道もなく、燃えくすぶっているのを踏みながら――。

当時、運搬用に車はないので皆馬車を使っておりましたが、馬があちこちで爆弾に当って死んで、親方も側で死んでいました。あの時、色々な死を見ても、何の感情も湧きませんでした。私自身、鬼の様になっていたと思います。隣のおじさん、おばさんも防空壕で亡くなり、火で燃えて雨でくすぼり、異臭がただよい、その側で子供三人が親の名を呼びながら半狂人になっていた事をはっきり憶えています。市電もあちこちでポッポポッポとくすぼり、熱くて側にも寄れません。あの臭気は、いまだに鼻の奥にはっきり残っております。

戦死の公報が届いてもお骨もなく、その戦地の石ころが入っておりました。そして表札の横に「名誉の家」と記した紙が貼ってありましたが、そんな家も燃えてありません。

今ではそんな家族の方も数少なくなりました。今の人たちにこんな話を色々しても響くものがありません。でも私は、何時も子供たちがまた同じ様な苦しみを味あわない様にただ祈るのみです。

孫が男の子を出産しました。嬉しい半面、又どうぞこの子があのような思いをしない世の中になってほしいと只々願います。

彼のポケットにあった私の写真

大阪府門真市　米村小夜子（八二歳）

二二歳で終戦、空襲警報がなくなり明るい夜が迎えられたあの日の六〇ワットの明るかった事。私は関東大震災の年に生れました。一九三一年に満州事変がおこり、次々と戦時色濃いなか、私の青春はありませんでした。「ほしがりません勝つまでは」とか「ぜいたくは敵だ」の標語があり、配給制度となりました。マッチが無くなり母がこまって、あんなにお店の棚に有ったのにどこへいったんか、なんでやろうと、その時は、しりませんでした。

木綿物には切符の点数を多く渡さなくてはならず、お米お酒砂糖塩炭も配給になり、お肉は妊婦の人にだけ一回、お酒はのむ人だけ。地方によりちがったかもしれません。大変な時代でした。

女学校一年生の時、学校より慰問袋を送る事になり千人針も入れようと、四條の橋に立ちました。初めての事ではずかしかったのですが、皆様進んで協力して下さってうれしかったです。㈣死線を越えて五銭と言って中央に五銭玉を縫付けました。送った慰問袋は北支の兵隊さんに渡りお礼のお便りをいただきました。それから時々お便りを二年ばかり続きましたが、お返事がなくなり、なにか軍の事ゆえただす事も出来ず今日になります。

二年生の時に、町内から慰問袋を送る事になり、内地も品不足で送ってあげたいけれど何にもなく、配給のおすそわけで少しで申訳なくて、そこで雑誌と京都新聞を入れました。その後、二人の兵隊さんの連名でお礼状が来ました。二人に一つの袋だったのです。雑誌と新聞を大変喜んで、すみからすみまで読んだとの事でした。赤道直下南十字星の見える一孤島よりとありました。

私の従兄も二人戦死しています。一人は北支で一人は（南方の）小島で輸送船の道もとざされ餓死だったんではないかと思っています。

私の彼も召集になり、帰還の暁には結婚しようと便りにありましたが、スマトラ島で二四歳で戦死いたしました。戦死の公報でスマトラ島とわかったのです。それまでは南支派遣軍何々隊とだけでしたので、まさかスマトラ島なんて夢にも思いませんでした。

私は一九歳で、喪服で白布に包んだ箱を胸にだき、帰った時の悲しかった事、箱の中には軍服の上衣だけでその上衣のポケットに、私が一枚だけ送った私の写真一枚が入っていました。六三年たった今も忘れられません。戦争はいやです。誰でもですが。

木炭で走る円タクなどありました。今、考えると色々とつらい事やかなしい事が有りましたが今日までいかされました事は、多くの戦争犠牲となられました方々のおかげにてと、感謝で毎日を送っています今日此頃です。

赤紙兵のくやしさ

京都市　山本規紗子（六四歳）

昭和二〇年八月一五日敗戦の日から毎日、私当時四歳は「お母様泣かずにねんねいたしましょ。明日の朝は浜に出て帰るお舟を待ちましょう」と毎日唄い出征した父の帰りを待ち続けましたが昭和二一年三月九日に父の戦死を知りました。何でも日本へ外地から帰る船だと言われて乗った船がロシアのシベリアに行ったとの事を後々知る事が出来ました。父の遺骨も無ければ何もありませんでした。只々くやしかった事を今もおぼえています。

私の家は代々続いた商家で手広く商売をし、お上の御用をしていた家柄でございます。したがって敗戦色が濃くなったぎりぎりに赤紙で出征いたしました。皆様は赤紙の事について本当に御存知でしょうか。志願なさった職業軍人とちがい家族には何の補償も無かった事を。そのうえ遅くから無理矢理入隊したので階級は低く本当に父は苦労をした事と存じます。

まだ京都の隊へ入っていた際、私は祖母と共に父に面会に行きました。まだ三歳の私でしたが、この事は本当に良くおぼえています。その時は沢山差し入れを作り届けましたが父は少ししか箸をつけず、あんぱんを軍服のポケットに忍ばせ、私に言いました。「お父さんはこうして家族に逢えて幸せなのに誰一人面会に来ない人がいるので、その人にこのパンを食べてもらうんだよ」と。

そのやさしい言葉が今も忘れられません。こんな父の尊い生命をうばうなんて本当に戦争は許せません。私の家は幸い戦火にはあいませんでしたが、残された私は本当につらい少女時代を過ごしました。「小公女セーラ」を読みながら両親を失なった子供がどうして少女時代を過ごしたか、たよる人も無く甘える人もなく、人を疑う事しか出来ませんでした。

今、拉致被害者の方が大変手厚い保護を受けてられますが、親が子供を思うのと子供が一人で生きて行くのとどちらが大変か親のある人にはわからないでしょう。

今でも本当に私の大切な人をうばった国をうらみます。それから私の二〇歳過ぎの事でした。国から戦死者に叙勲の知らせが届き、役所に出向きました。役所に着くと階級の上の方（志願兵）から順番に賞状がおくられ、赤紙の父は勲八等でした。

私はこの勲章をどうしても父の仏前にお供えする事が出来ませんでした。

志願兵の方は給料も家族に渡され軍隊では良い生活をし、そして勲章も上の位に。この不自然さは今でも腹が立ちます。「本当は赤紙の方がえらいんだ」と心に言い聞かせながら父に申訳ない、本当なら「自分の家で幸せに生きられたのに」と。このくやしさは六四歳の今もぬぐう事は出来ません。

色々の戦中戦後の記事を見ても赤紙と志願兵の差別についてのべている記事は余りありませんが、この点のくやしさについて、一度赤紙の遺児についてＡＢＣの方でお調べいただいて報道していただければ大変うれしく思います。

私の父は勝手につれさられたのではなく、日本国の命令で死んだ事を最後につけ加えさせていただきます。この文を書いていると怒りで手がふるえ乱筆乱文失礼致します。

ギブ・ミー・ア・チョコレート‼

大阪府東大阪市　後藤和夫（七二歳）

今年、私は七二歳になる。八歳の時に大東亜戦（第二次世界大戦）が始まった。

始めの頃は調子が良かった。南方のマレー半島（マライ）を占領したからと、そこで取れたゴムで作ったテニスボールが配られたりした。そのまっ白な弾むボールは宝物のように子供の心をとらえた。貰ったそのボールで手打野球をしようという事になったが、誰のマリを使うかとなると譲る者が無く結局皆大切に持ち帰ってしまった。

新聞やラジオは連日日本軍の勝利を謳っていた。大人達はそのニュースを上機嫌で子供に話して呉れた。

捕獲修理した米軍機Ｂ17を大阪で飛行させた事がある。教室の窓からのり出して見ていると両手を広げた大きさで飛んだ。飛行機を真下からこんなにも大きく見た事で皆喜んでバンザイを叫んでいた。

昭和一八年、私は五年生になって居た。隣家の鶏舎を改造した長屋に朝鮮人の集団が住むようになった。

私の遊び友達は彼らの子弟だった。目のクリッとした小学四年のパニ。ズングリした体型の小三、富士男。その姉で私より一歳上のオーナ。いつもダブダブのズボンをはいていた三歳ばかり上の三郎。

私の家の前の巾三メートルばかりの土道に、ヤカンの水で大きな楕円を描きジャンケンに負けた者は中央に居て、勝った者はその外側に描いた一〇センチ巾の細い道を走り抜けて向う端の宝島まで駆けこむのだ。中の者は彼等をつき出す。つき出した者と出された者が入れ替わるという遊びだった。とんぼが空をおおうような夏の夕暮、彼等と声を涸らして走り回るのは楽しいものだった。

そんな時、一つの事件が起った。

七歳くらいだったか。片足の不自由なカバーが近くの大阪測候所のプールで溺れ死んだのだ。竿竹を両手で突き入れたり独り遊びをしてバランスをくずし、落ちたものらしい。夕暮に数人の女達が抱いて戻って来た。焚火をして暖めようとしたが還らなかった。夕闇につんざくような母親の「アイゴー。カバー」の痛切の声を覚えている。

昭和一九年、私が六年生になると一人も居なくなってしまった。

広っぱで空襲に遭った時の訓練が行われた。離れた処で、発煙筒がパン！と煙を吐くと児童の集団は防空頭巾の上から目と耳を押えて素早く地面に伏せるというものだった。

学校の講堂で米軍の爆弾や焼夷弾を詳細に解説した絵図の展示が行われた。

その頃、入隊していた先生が学校を訪ねて来た事がある。

運動場で懇意な先生と二人きりのヒソヒソ話で「アレも沈められた。これも沈められた」という話が聞こえたりした。

秋になると集団疎開が行われた。私のような残留や縁故疎開を除いて級友達は生駒の旅館に暮らして居た。

年末に先生に云いつけられて私達三人程の残留者で、正月用の鮭、数の子、餅などを持って行った事がある。今は近鉄だが、当時は大軌鉄道の鶴橋駅は、寒々としたものだった。


六年生の冬、学校の近くで町家を取りこわして疎開道路を作る工事が進んでいた。

興国商業（旧）の西ぞいの現場で解体木材を貰って大八車に積み学校へ持ち帰ると、運動場のプールのへりで鋸で切り、職員室のストーブで燃やす薪を作るのが日課になって居た。もちろん、授業もあったが国語、算数、地理などの限られたものだった。学校の裏庭で野菜も作った。一二月の中頃だったか。米軍爆撃機B29一機が飛んで来た。プロペラエンジンが四つで銀色に光り、手の平くらいの大きさに見えた。ドォン、ドォンと腹にひびく爆音をさせながら澄んだ高い空を飛び去った。

昭和二〇年の正月も淋しいものだった。近所の遊び友達は誰も居ないので、朝鮮ゴマというハタキで叩いて回すコマ遊びや、走ったり跳んだりはねたり自転車を乗り回したりしての独り遊びだった。

警戒警報が発令される事が多くなった。米機が近づいて来ている報知だった。給食を食べている時に発令されると、味噌汁を一気にすすりこみ、その厚手のブリキ椀を、肩から吊った布袋に入れると、二ケのパンをその上に押し込み、坐布団代わりに敷いて居た防空頭巾をかぶって、歩いて一五分程の我が家へ息を切らせて走るのだ。

途中で空襲警報に切り替わる時もあった。敵機が真上に来ているという知らせだが、民家の屋根に造った看視所で中年の男性が見張っていて、メガフォンでどなった。

三月に大空襲があったが被害は無かった。

四月、受験志望の中学校は無試験になった。入学式に第四兄（八歳上）正雄が付き添ってくれた。

学校へ提出する書類に通学の道順を書くのに「桃谷—天王寺間上等線」と書いた。

兄は「違う。城の東と書くんや」。教えてくれたが呑み込めない私に、ニコリと笑うと、「マア、エエワ」と黙った。彼は文学者になるつもりだったか。ずい分、沢山な文芸誌、ハヴロック・エリスなどと云う人の書いた学術書、それに創作ノートが残って居た。

夏目漱石の「吾が輩は猫である」や、佐々木邦の「奇物変物」などお蔭でユーモア小説を読む楽しさを知った。

この兄は六月に召集されて、八月八日、終戦の一週間前に戦死した。乗っていた輸送船が米潜水艦の魚雷攻撃で沈められた。行年、二〇歳だった。読書とタバコだけが楽しみみたいだった。

五月に布施の高井田でB29一機が撃墜された。見に行ったら、数人の遺体がちらばっていた。彼等はペンキ塗りか、何か軽作業をして居たのがヒョイととび乗って来た感じのするツナギの作業服姿だった。

六月の大阪空襲で家にも被害があった。貴重品を入れた防空壕の屋根をつき破ってたまたま中に居た父の背中に焼夷弾が当った。命は助かったが肋骨を折って入院した。家から東南東四〇〇メートルばかりの処に軍需工場があった。それを狙って攻撃したものだが空襲のあと、家の前の畑地に百本程の六角焼夷弾が落ちていた。数発が家に流れ落ちたものらしい。

八月一四日の砲兵工廠、京橋駅が爆弾攻撃を受けた時は、凄まじいものだった。六キロ程離れた家の防空壕に坐っていてもドオッ、ドオッ、ドオッと体をゆすぶれる。壁土はバラバラはがれ落ちる、長かった。いつまでも、ゆれ続ける地震のようだった。ふるえながら、お題目を唱え続けた。

ラジオは「本日は全新鋭機が迎撃に出ています!!」と叫んで居た。合間にキューンと音がするのは高射砲弾の破片が落下する音だったか。

翌、八月一五日、日本は負けた。ラジオのガーガー雑音の中で天皇の「――忍びがたきを忍び」放送を聞いた。親も兄姉も無言だった。

九月から新学期が始まったがその内米軍が進駐して来た。学校の近所の商大を駐屯地にしていたように思う。

軍服で出歩く米兵は、ジャンパー仕立ての短か目の上着に、筋目の立ったズボンをはいていた。すれ違うと甘い匂いが体からした。

チューインガムか、チョコレートか、それ共彼等が吸うキャメルたばこのものか、今は覚えていないが。時々、私はチョコレートをねだるようになった。

今度の戦争により身内で三人の戦死者と一人の戦病死者を出した。正雄兄も、その一人だが、あの世で、彼等は私の「ギブ・ミー・ア・チョコレート」を、どんな風に聞いていたものか。

学徒勤労動員～重労働と空腹

兵庫県西宮市　岩城完之（七五歳）

空襲の始まった頃

昭和一八年、私が中学校（旧五年制中学校）二年生になった頃からぼつぼつ空襲が始まった。勤労奉仕が始まり学校はときどき数日休みになり、草刈り、貯水池掘り（火災時の放水用）、中山製鋼での国民から供出された金属の運搬整理、中之島図書館の重要書籍の疎開運搬などをさせられていたが、中学三年生になった昭和一九年四月に学徒勤労動員の通年の実施が決まった。

昭和一六年一二月八日、米英相手に開戦、大東亜戦争が始まり、これが第二次世界大戦に移行していった。日本軍は、東アジア、東南アジア太平洋地域を占領し最初は優勢であったが戦局は次第に不利になり、日本各都市は次々と空襲の被害に遭い焼失していった。級友は命を捨てて日本の将来を守るためと、陸軍幼年学校の受験、予科練（海軍飛行予科練習生）、陸軍少年飛行兵などに志願するものが増えていった。

戦局はますます日本に不利になり、中学三年生以上は全員、通年動員ということで学校へ通わず、軍需工場などへ直接毎日通勤、あるいは寮生活し、勉強はせず、もちろん、期末試験もなく仕事をすることになった。

ある日のこと、私のクラス全員四五名が校庭に整列させられ（整列はいつも身長順にすることになっていた）、番号の号令に、一、二、三……と唱えると、二〇番まで一歩前への命令で二つのグループに分けられた。

私は大柄だったので二〇番の中に入れられたのが運の尽き、この後ずっと重労働に苦しむことになった。二一番以下は軽労働であった。この時からクラス全員が揃って会えるのは数カ月先になるのであった。

学徒勤労動員は駅仲仕

私達は、日本通運に行くことが決まった。今は日通といっているが、当事は丸通と略称していた。仕事内容は仲仕で荷物の運搬であった。

最初に行ったのは大阪湊町の国鉄（JR）貨物駅であった。主な仕事は貨物列車で到着した荷物を降ろして、艀（はしけ舟）や馬力（馬が引く荷車）に積み込むことである。駅構内操車場の転轍機（レールポイント）を操作して線路上の貨車の入れ替え、連結や切り離し、貨車を押すことで、すべて人力で、まさに超の付く重労働であった。

その他、航空機、造兵廠など一カ月位の間隔で、丸通から派遣され滞貸した現場にあちらこちらと移動させられた。その中でも湊町は何回も出動し一番長く働いたようである。

航空廠（現在の八尾空港、当事は陸軍飛行場）では、飛行機関係の資材、機銃、弾薬、ガソリン補助タンクなどの運搬であったが、双発の単座戦闘機（吐龍）、赤トンボ（赤色の練習機）などの操縦席に座って、いたずらしたものである。もちろん、かくれて「見つかれば銃殺だぞ」と言いながらも好奇心には勝てず触りまくったものである。

この頃（昭和一九年五～六月頃）はまだ世間に少しの余裕があったのか、城東線（現JR環状線）の寺田町駅に集合し丸通のトラックで航空廠まで送迎してくれた。

日本一の兵器工場

造兵廠（砲兵工廠）は大規模の兵器製造工場で、現在その一部は大阪城公園になっているが当事は今の公園の三倍ぐらいの広大な日本一の兵器工場であった。幸い造兵廠に動員中は、空襲警報は何回も発令されたが、爆撃には遭わなかった。

この造兵廠で仕事中、台車で荷物を運んでいたとき、空襲警報が発令され、総員待避の命令が出たので、あわてて近くの防空壕に三人が飛び込むと、先に入っていた工員が「ここは定員が決まっている。入口に入る者の名前が書いてあるやろ……出ていけ！」といわれ、広い防空壕でまだまだ余裕があるのにと思いながらも、腹がたって壕を飛び出し、ヤケクソで歩いていると高所の監視哨から早く壕に入れと兵隊に怒鳴られ、行き場がないので、工場の軒下でうずくまっていた。学徒動員も工員でなく臨時の仲仕としての学生には入る防空壕は無かったのである。もし空爆にあっていたらクラスの多くは死んでいたのではないかと思われる。

しかし爆撃はたびたび受けていたのであちらこちらに大きな穴が開いていた。作業をサボるときに、この穴の底に隠れると周囲から見えなくなるほどの深い穴であった。昭和一九年七～八月頃でまだ大空襲が頻繁に無かったのが幸いであった。

ここでは資材の運搬、大きな砲弾を貨車に積み込むなどの仕事であったが、軍の直轄だけあって、貨車の入れ替えは人力でなく小型のタンク蒸気機関車で行っていた。

空腹の重労働

湊町貨物駅では女性の仲仕も多く働いていた。健康な男性は兵役に取られ少なくなっていたせいだと思われる。

貨車の記号、トム、トラ、トキは無蓋車（屋根無し）。ワム、ワラは有蓋車（屋根付き）、トキは二〇トン積みで積載量が多く、次の仕事はトキだと聞くと溜め息が出るほどであった。冬にはトキに満載された貨物の上に雪が積もって凍り付き、それを担いで降ろすのは辛かった。荷物はいろいろあったが、重いものは小麦俵の一四貫（五三キロ）や鉄道枕木の一二貫（四五キロ）などがあった。

貨車から降ろした荷物を担いで、岸壁から艀に渡した幅四〇センチ位の板を渡って、艀に積み込むのは体のバランスとたわむ板の反発力を膝と腰で調子を取りながら歩くので大変であった。

空腹を抱えての重労働であった。もう食料はすべて配給制度になり街では買うことはできなかった。大豆をバラ積みの貨車からシャベルですくって馬力に積み込む作業の時は、内緒で見つからないようにポケットにいっぱい詰め込んだものである。

昭和二〇年三月一四日未明の第一次大阪大空襲で湊町貨物駅が焼失し現場は天王寺貨物駅に移った。この空襲で、わが母校の中学校校舎も焼失した。

この年から五年制中学校は戦時中の特別措置で、四年で繰り上げ卒業と決まった。そのため昭和二〇年三月には、四年生と五年生は同時に卒業し、我々は四月から四年生となり最上級生となった。

横穴壕造り

日本の各都市が次々と米軍の焼夷弾攻撃で壊滅していった当時、昭和二〇年六月から七月にかけて、そのときの現場は天王寺貨物駅で夏休みも無く、休日は職人の習慣にあわせて一日と一六日の月二回であった。

このとき軍の命令で、和歌山まで行くことになり、三年生と四年生全員が集められた。全員の顔が見られたのは数カ月ぶりであった。この和歌山の穴掘り（掩蔽壕造り）には一回一週間で二回出動した。場所は貴志川線沿線と野上鉄道（今は廃線）沿線の山中であった。

作業は軍隊の指揮下に入り兵隊の監督の下に、山の中腹に横穴を掘ることであった。敵が上陸してきたときに隠れた穴から飛び出して戦うということで、入口は小さく目立たないように造り、爆撃にも耐えるように強固な岩盤を選んで横穴を掘った。

山には多くの横穴が掘られているようで、発破の音があちらこちらで聞こえていた。一つの穴には一〇人くらい割り当てられた。私達の担当した横穴はまだ掘り始めたばかりのようで数メートルの深さであった。たいへんな仕事でダイナマイトを使い、高さ二メートル幅一・五メートルくらい横穴を掘っていくのであるが、二四時間で五〇センチくらいしか掘り進めなかった。仕事は交代制で二四時間休み無しで続けられた。ツルハシを打ち込むと火花が散るだけで、ツルハシをはね返す程の硬い岩盤であった。監督の兵隊に先週来ていた中学生は発破に逃げ遅れ重傷を負ったと驚かされながら働かされた。

横穴壕はさらに補強するため、松の丸太で枠を組んでびっしりと、はめ込んでいった。その丸太は中学生の我々が担いで、山麓から中腹の横穴壕まで急坂の山道を運び上げた。二人で一本の丸太を運ぶことになっていたが、細い急な坂道のところでは、二人では運び難いので、力のある者が一人で担いで運んだ。梅雨の時期で濡れた山道で足を滑らしながら運ぶのは命がけであった。

宿泊は何カ所にも分かれ、私達三〇人くらいは部落の集会所であった。食事は婦人会の人達が世話をしてくれた。食事は雑穀混じりで量はすごく少なかったが、私達が重労働と飢えに苦しむのを見兼ねて、たぶん自前であったと思うが、大根などの野菜を入れて増やしてくれた。それでも体力は消耗し体重は減少して全員の頬の肉は落ち、目ばかりギョロギョロとやつれた顔になっていた。

中学生は昼間だけの作業で、夜間は徴用された地元の人達がやっていた。掘り進むと照明が必要になりカーバイトのカンテラで手元を照らしながら作業した。兵隊の説明では平行に掘られた二本の横穴を奥で連結し、そこに広い部屋を作るとのことであった。

寝具はワラとムシロ

第一回の穴掘りが終わり自宅に帰り、やっと体力が回復した二～三週間後、また和歌山の穴掘りに連れていかれた。二度目はもっとひどかった。今度は野上鉄道の沿線であった。

宿泊所は酒造りの蔵で、食料も無い時代のため休業中であった。その地面にほぐしたワラを少し撒いて、上に小さいムシロを敷いてその上に寝る。到着した時に兵舎に行って一人一枚の毛布をもらって、それを掛けて寝るのである。広い酒蔵でも三〇〇人くらいが寝るのであるから、一畳くらいの広さに三人ほど詰め込まれた。互い違いに寝て、こちらの足先は向こうの腋の下、向こうの足はこちら腋の下にきて、ときどきは向こうの足がこちらの腹の上にくるのであった。寝返りもできない足は閉じたまま、おまけに借りた毛布にはシラミが付いていて咬まれてかゆいかゆい、牛馬以下の扱いであった。

飢餓地獄

食事は一食に小さい握り飯が二個、握り拳の半分以下の大きさ、一日で六個、それも豆粕（大豆の油粕で肥料、飼料用）、干しうどん、大豆などが入ったもので、米は僅かしか入ってなかった。そのため少し触るとバラバラと崩れるような握り飯であった。お菜は芋のツルの佃煮が四～五本だけ。朝晩はそれに味噌汁が付いたが、それが薄くて透明な汁の底に味噌の濁りが少しある程度、味は塩水そのままで、サツマイモの葉が二〜三枚浮いていた。

朝、握り飯を四個支給され、二個は朝食として食べ、残り二個は昼用の弁当に持って行くのであるが、あまりの空腹に辛抱できず、目の前に食べるものがあれば全部食べてしまった。昼に食べるものが無くなり、飢えに苦しむのはわかっているが四個全部食べた。

穴掘りの山中では昼の休憩中はそこらにある食べられそうなものは全部食べた。青梅、山桃、夏みかん、などでこれらは持ち主がいると思うが、叱られた記憶は無い。兵隊と一緒にいるので軍隊が恐かったのか、飢えた中学生が可哀想で見逃したのか、今になって思うと農家の人達も労働に徴用され大被害であったと思う。

ハダシで風呂も着替えも無し

靴は貴重品で新品は手に入らない時代であった。山道では靴が痛むので、村の雑貨屋でワラ草履を買っていたが二日も持たないので、後はハダシで過ごした。足の裏皮も厚くなっていたので、ハダシでもなんとか山中が歩けるようになっていた。

もちろんこの一週間は風呂も入らず着替えも無く、着の身着のままのごろ寝であった。五〜六日も経つと重労働と飢えのため、目まい、体がふらつくようになってきて、やっと帰る日がやってくる。一緒に働いた兵隊は羨ましがって、俺も帰りたい、しみじみと言っていた。兵隊の食事は我々より大分良くて麦を混ぜた米飯であった。しかし、重労働で兵隊も飢えていた。

この穴掘りには怪我人も多く、ノミとハンマーで岩を掘る仕事のため指をハンマーで叩きつぶした、ムカデに刺されて歩けないほど足が腫れた、ウルシかぶれで全身真っ赤に腫れ上がった者などあったが、衛生兵が来てヨードチンキを塗るだけであった。

やっと帰ったときは体重が一五貫（五六キロ）あったのが一三貫（四八キロ）になっていた。母が心配して武庫川の河川敷で耕作していたジャガイモを（その時代は食料不足のため、武庫川の河川敷は近くの人々が耕して畑にしていた）、まだピンポン球ぐらいだったが掘りあげて食べさしてくれた。

大阪府近辺の中学生を徴用し、体力を消耗し倒れる寸前に他の学校に交替させるという意図だったようである。

中学生に徴兵の赤紙

二度目の穴掘りも終わって、やっと阪和線で天王寺駅に帰り着き駅前の植込みの縁石にへタリ込んだとき、ふらふらと歩いてきた金子も横に座り込んだ。あまりの疲労感に無口になっていたとき、金子がボソボソと独り言のように喋り出した。

「この前の穴掘りから帰ったら家が焼けてあらへん。板切れに避難先が書いてあったのでそこへ行ってん。そしたら親戚の家の玄関の三畳の間に一家四人が避難してるんや……。お母《か》んに俺のあの服どうした、あれはどうした言うたら、何も言わんとポロッと涙こぼしよんねん……」

彼の声の調子が裏返ったようになり、そのまま黙り込んだので金子の顔を見るとクラスの暴れん坊でワルであった彼の目に涙が光っていた。

七月になって、また動員先の天王寺貨物駅で働き出して数日後、親しかった津野と古川が来ていない。心配していると昼過ぎに津野がゲートルも巻かずにやってきて、家が空襲（堺の大空襲）で全焼し姉が怪我をしたと報告にきた。彼の服には焼け焦げの穴が数カ所できていた。

慰める言葉も無く、ただ津野に怪我の無かったことを喜ぶだけであった。古川を心配していると彼の弟がやってきて、兄貴に赤紙（徴兵の召集令状）がきて、明後日九州に出発だと知らせにきた。そのとき古川は一七歳と八カ月であった。

日本が無条件降伏した八月一五日の一カ月前のことであった。

ドラム缶に飛び込んで待避

兵庫県赤穂市　柴田高子（七六歳）

昭和一六年四月、憬れの女学校に入学。そもそも私は小学校三年の時にもう、支那事変に巻き込まれ、質素倹約の生活に慣れつつあったのだ。この頃より商売をして来た私の家が、逼塞の兆しに心細く思いつつも、父母の愛により女学校に進学できた。

はじめて習う英語の新鮮な輝きを感じ、微かな喜びに胸膨らませていたが、それも束の間、この年の一二月八日に大東亜戦争勃発、英語は敵国語と廃止になってしまった。以来、勉強は日増しに、農作業に変じていった。食糧もだんだん貧しく、配給のお米も微々たるものでさつま芋、かぼちゃ、とうもろこし、と毎日ひもじい生活に耐えていた。そのうち、学徒動員で軍事工場「神戸製鋼赤穂工場」に出た。そこでの昼食のお弁当が何よりの喜びだった。大豆は入っていたが唯一の御飯だったから。戦局が厳しくなり、赤穂にもB29戦闘機が飛行機雲をひき不気味な音で上空を飛んで行く様になり、私達女学生は警戒警報と同時に工場の沿岸に一缶ずつ三メートルおきに埋めたドラム缶に飛び込んで待避してたが、それには蓋もなく飛行機が上空を爆音と共に飛んで行くので、怖くて小さくなっていた。お互い大声で隣のドラム缶に、友人を確認したりした。

工場には同志社や徳島の大学生が学徒動員で来ていて、毎日、一人、二人と学徒出陣で工場の浜で壮行会があり、それを私は見る度に、寂しかったこと、今でも思い出す。私は最初鋳造工場に入り鋳型を作る仕事だったが、途中から木型工場に移り、鋸、鉋、ノミの使用等、全く縁なきものと思っていたけれど、何とか使える様になり、果ては道具の手入れ。鉋の刃が大きく欠けた時は、研磨工場に行って自ら火花を散らして研磨した。そしてそれを砥石で一生懸命砥いで刃のたち具合を親指の感触で見て、ホッとしたものだ。

ここでの経験だけは、今になって有難く役に立って、鋸ひき、鉋かけ、ノミを使う作業は楽しい一時だ。

神風の鉢巻をし、視察に来る憲兵に挙手敬礼をした。「撃ちてし止まん。欲しがりせん勝つまでは」と勝利の日までを本当に心の中で呟いて居た。

しかし戦局は益々厳しく、そのうち女学校四年、三月の卒業式を迎えた。〝仰げば尊し〟も〝蛍の光〟もなく、壮烈な〝海行かば〟を歌い、即、勤労報国隊（一応五年生）として報国隊の唄を歌い翌日より工場に戻って行った。

間もなく八月一五日終戦の詔勅をラジオで聞き、敗戦を信じられず泣いたことを思い出す。八月二七日頃だったと思う。あらためて卒業式をした。只、動員で働いた給金の郵便貯金通帳と、プラスチックの赤い印鑑を貰った事を覚えているのみ。

終戦になればすぐにも食糧事情、すべての物資も良くなるものと、心待ちしていたがなかなかのこと、特に石鹸等なく不衛生極まりなし。

私が一番楽しかるべき青春は衣類もなく、父母の着物で作った暗い地味な服を着て、冴えない毎日だった。七六歳の今になっても赤い色に憬れるのは、その時代の反動なのか。今は良き時代、平和で何もかも豊富、この幸せが何時までも続いてくれることを願う。あの忌まわしい戦争を思い出す時、私の青春が去ったのではと、思う時もある。

戦前、戦中、戦後と生きて、色んな経験を得た。幸い戦災に遭わなかった事を感謝して、残りの人生精一杯生きて行こうと思う。

プリズム——学徒動員された日々

大阪市　大岩美智子（七四歳）

私は昭和二〇年太平洋戦争中は、旧制高等女学校三年生に在学中であった。戦時の学校教育現場がどのような影響を受けていたかについて語ってみたい。

今、この手に美しい光を放つ二個のプリズムがある。私達は戦時中、軍需工場に学徒動員され、双眼鏡の組立製作に従事していた。その双眼鏡に内蔵されていたこのプリズムこそが私の戦争の証なのである。

岡山市の東に位置する田舎の学校は、都会のような空爆の惨禍も受けることなく平穏であったが、木造校舎の半分は空室状態。なぜ？　それは上級生すべてが飛行機製作の軍需工場へ動員されて不在だったからである。

しかし、学校に残った私達にも学習の時間は少なく、勤労奉仕と称して、食糧増産の一助にと遠隔地の河原を耕し、さつまいもの栽培をしたり、農家へ手伝いにも行った。また、敵国語だとして英語の授業は削除されてしまった。

戦況激化に伴い、その私達にも動員令が下った。「子供達を親元から離すに忍びず」との校長の温情と決断により、空校舎の二棟に、広島県から呉海軍工廠双眼鏡製作の工場が誘致された。

戦争に協力することで、それまで基礎工事のみで放置されていた体育館の建設は進み、あっと言う間に完成した。しかし、体育の授業に使用されることなく、双眼鏡本体を作る大型機械が搬入され、轟音が響いた。

「女の園」にはじめて大勢の男子工員が入り、広島の女学生、挺身隊の方々も技術指導に来校し、教室は宿舎となった。各教室はレンズの研磨をはじめ各工程に分れ、学生はそれぞれに配置された。そして戦争完遂に向って、突き進んで行ったのである。

田舎でも恐怖の体験があった。空襲警報が鳴り、岡山市上空に黒煙が立ち登った直後、突如編隊を離れた一機が、まるで獲物を狙う禿鷹のように頭上を旋回、急降下して、校舎二階の軒をかすめた。その直後、血まみれの負傷者が学校に運び込まれた。近くに病院はなかったのである。走行中の山陽本線の客車が機銃掃射を受けたのだ。

すべてが戦時体制の中、乙女らしい癒しの遊び心が大騒動を巻き起したこともある。忘れもしない七夕の日の出来事。昼休みを利用し、誰かが持参した大笹に短冊を結び、二階の窓辺に立てた。短冊には「撃ちてし止まむ」「鬼畜米英」等、戦意高揚のスローガンを書いた。誇らしい気持で見上げていたその時、階段を駆け上がる足音！

「こらっ！　何をしとる！　この非常時に遊び事とは何事ぞ！　すぐ片付けろ！」

工場長の激しい怒りに、七夕飾りは即、焼き払われた。

八月六日世界初の原爆が広島に投下され、追い討ちをかけるように長崎にも原爆が落された。終戦の放送にほっとした。空爆を恐れ、夜間真暗だった家々に電燈のあかりが点った。原爆の実体を知ったのはずっと後のことである。

私達に技術指導をした後、広島へ帰った多くの方達はその後どうなったのだろうか？　今も心が痛む。

工場は閉鎖された。学校に復帰する日、全員に記念品として配られたのが、この美しいプリズムであった。

六〇年を経て、今も輝くこのプリズム！　私の学生時代、戦争の証なのである。

敗戦からアメリカン・ドリームへ

京都市　山本文美（六七歳）

お父ちゃんは京都の下町に百年以上続いた散髪屋の主で、通称髭のおっさん、商号はタイガー理容院（虎刈り）で仕事一筋。お母ちゃんは京都で草分けの髪結いさん、父の二回の出征で美容院をやめ、家業の理容院を守りつづけた。愛想よく美人で（子供五人は父親似）、店は繁昌し、家族七人なんとか食べていくことができた。

私が母のお腹にいる時に支那事変が勃発。父は出征（昭和一二年）。上等兵として戦地から帰ってきた時は、私は二歳で走り廻っていた。男の子を望んでいた父は私を無視し、私も突然現われたおっちゃんに、背嚢を持って来て支那に帰れ、と言っていたということである。小学校六年生頃まで父とは会話はなかった。太平洋戦争中、散髪をしながら、この戦争は負けるとお客さんに言っていたので、何回も特高に捕まり留置場に入ったが、管内の警察官や容疑者などの散髪の奉仕をしていたので、警察に顔が利き、すぐ出て来た。

八月一五日正午、玉音放送の時、母は仕事中、父は再度の召集で朝鮮へ、お手伝いのおばあちゃんは鉢巻きして、エライコッチャといってワンワン泣いていた。聞こえにくいピーピーと雑音の中、天皇の声は透き通っていた。

私は負けると教えられていたので、何にも思わなかった。翌日、小学校に呼ばれ担任の先生から、戦争は必ず勝つと言っていたが負けたので謝りたい、先生を許すことができない生徒はいるか、と問われ、私一人だけ手を上げ、先生は間違ったことは教えてはいけない、と反論した（父譲りの反骨精神）。

敗戦後、夏休みでもあったので、兄妹五人で往復一時間歩いて京都駅まで父を迎えに行っていた。父が突然大きい背嚢を背負って帰って来た。国に頼っていたらいつ日本に帰れるか分らないので、戦友五人とお金を出し合って、小さな漁船をチャーターして、機雷いっぱいの海を、釜山から下関まで間一髪、この時こそ父の勝利の生還であった。

甘いものに飢えていた子供は、父が持って帰ってきた

「金平糖」、器用な父が戦地で作った「ようかん」の味を今でも覚えている。

数カ月してから父は、京都に進駐軍としてきた551部隊（黒人部隊）のキャンプに、店の休日に仕事に行くようになった。いつも珍しいものを持って帰ってくるので、正しく子供達はアメリカン・ドリームのとりこになった。兵隊さんが捨てた新しい皮の野球のグローブ、ボール。中でも通販の部厚いカタログ（シャーズ、ローバック）は、見たこともない電器製品、レースの下着、可愛い服、靴、家具、宝石等で溢れ、子供心に夢の世界であった。格好ええマッカーサーのサングラス（レーバン）、今でも私は愛用している。

家に十輪車のトラックで、真黒なアメリカの下士官が来るようになり、チョコレート、チューインガム、コーラ、食料品を持って来てくれる。そのお礼に、母は子供のお宮参りの着物などをプレゼントしていた。兵隊さんと家族が、時々「スキ焼」パーティーをしたことも写真に残っている。このやさしい551部隊の兵隊さんは一旦帰国し、朝鮮戦争の第一線に出征したと聞いている。

昭和四〇年代に、サイパン島にダイビングに行った時、バンザイ岬の断崖絶壁から日本人が「万歳」と叫びながら飛び下りた場所には、敗戦後、家族、友人によって建てられたお墓が並んでいた。司令部の洞窟、海には軍艦が赤錆びて残っていた。住民の歳老いたガイドの流暢な日本語に、何回も日本統治という言葉がでてくる。

玉音放送の「耐え難きを耐え、忍び難きを忍び」、この御言葉は「二一世紀」現在の私にぴったりで、味わっている。

いつも同級生との話に、昔は皆、貧乏でよかったな。お金もな、物もなかったけど、今の世の中より心が豊かで明るく、家族は仲良く、よかったなあ、と話している。

ヤミの取締り

大阪市　村上喜美子（七四歳）

敗戦の年昭和二〇年の前後は物資不足、特に食糧不足は深刻だった。三月一三日夜の大阪大空襲で焼け出された私の一家は、和歌山県の山深い村に疎開した。父は家業の理髪店が焼失したので、散髪の行商をした。焼け残った堺の町で、漸く一軒の店を借りて営業し、近くの下宿屋で住んでいた。

六月のある日、私は父をたずねて行った。母が用意してくれた食糧をリュックにつめて紀勢線に乗った。当時の東和歌山駅で阪和線に乗りかえる時、通路を行く人々を監視する関所のような所があり、私のリュックも調べられた。数日間の自分の食べ物と父への土産の米と芋など、それらは容赦なく取り上げられてしまった。何の弁明も許されない。赤子の手を捻るように有無も云わせぬ流れ作業のようなやり方だった。

その夜、父の所についた私は、すぐヤミの食物を買った。まだ戦争中だったが、ヤミは公然と横行していたのである。

父は借りた店で懸命に働いていた。父の店の前の電柱の側に一人の男が立っていた。散髪を済ませて帰る客に、料金をいくら払ったか調べていたのだ。散髪料のヤミを取締っていたのである。この男（たぶん刑事）の取調べは何日も続いた。父はその男に咎められることはなかった。不当な料金は取っていなかったからである。しかし営業用のタオルも石けんも、自分の食べ物も、みなヤミで買わなければ、その頃は配給というものはほとんど無いに等しい状態になっていた。

やがて八月一五日の敗戦。世の中の秩序など壊滅してしまって、すべてがヤミだった。大きなヤミの集団があることは人々の常識だった。それでも小さな散髪屋はきびしく取締り、大がかりなヤミは横行し、ヤミ成金は沢山いた。

私たち一家は、昭和二三年の夏、ようやく借金して、マッチ棒のような柱の小さな家に移った。その引越しの時、わずかの家財と一緒に、少しの食糧も積んでいた。母が農家の手伝いをして得た物や餞別として頂いた米や麦や芋であった。和歌山から大阪への道中のどこかで検問にひっかかり、食糧はことごとく取り上げられてしまった。どこへ訴えるすべもなくただ泣き寝入りするしかなかった。もっと賢く、何らかの手を打ってから運ぶべきだったかもしれない。しかし当時の私たちは、実に疑うことを知らぬお人好しだった。警察というものが、庶民のくらしの食べ物を、情容赦なく取り上げる所という認識がまるでなかった。あの取り上げた食糧を警察の人はどうしたのだろうか。

その頃、食糧事情などから大阪市への転入は容易ではなかった。しかし私たちはいつまでも田舎にいるわけにはいかない。区役所へ転入を希望したが、なかなか許可してもらえない。知恵をつけてくれる人がいて、ヤミのタバコを幾箱か買い、それを係りの人に渡した。無表情にその人はタバコを引出しの中に入れ、許可書を出してくれた。これで私たち一家は再び大阪市の住人になったのである。

遍歴の小学時代

兵庫県神戸市　城口哲也（七〇歳）

昭和一六年（一九四一）一二月太平洋戦争勃発。翌年四月大阪市（旭区大宮西之町）に住んでいた私は学区の市立赤川国民学校（後に高倉国民学校改称）に入学しました。あくる年の夏、父が応召で旧満州へ出征しました。長男の私と妹二人に生後間もない弟ら子供四人は母子家庭となりました。三年生のとき学校で教育勅語を習いました。

「朕思ウニ吾ガ皇祖コウソ国ヲ肇ムルコト宏遠ニ……吾ガ臣民ヨク忠ニヨク孝ニ億兆心ヲ一ニシテ……」

むずかしかったのですが、皆一生懸命暗誦しました。

この頃本土にも空襲が始まり、学校でも避難訓練をしました。防空頭巾を被って耳を押え机の下に潜り込みました。遊びでは戦艦、駆逐艦、水雷タッチゲームや「パーマネントに火がついて……」など替歌を歌って贅沢禁止をたたえるなど戦争一色でした。

昭和二〇年（一九四五）三月最初の大阪大空襲があり、私は四年生の新学期から学童集団疎開をしました。石川県能美郡鍋谷という山村に送られました。同学年の男女数十名は現地の集会所などに分れて収容されました。食事は地元の女性が賄ってくれました。近隣の家庭から寄せ集められたと思われるご飯茶碗や汁用お碗、盛付け用小鉢など、まちまちの器に麦飯などが盛りつけられ、皆どれが多いか目を皿のようにして、碗選びを競いました。放課後、ぜんまい、わらび、スカンポ（イタドリ）、よもぎなど採取のため、あぜ道、川岸、山麓などをかけ回りました。仲間のケンカ大将は気弱者から採取した草の一部を徴発しました。収穫成績良しということでほめられ、夕食には大盛の大豆ゴハンかダンゴ汁が与えられました。奪われた弱者は小盛という罰を受けました。

かゆみの元シラミ退治は日課の一つでした。肌着を脱いで日なたに曝すとぞろぞろ湧き出てきました。つまんでプチプチと押しつぶすと親指が赤く染まりました。授業は畳の上に並べた座敷長机で行なわれましたが、時間は少なく作業が多かったのです。近くの山腹から木材の引き降しをするときは、切り落されていない山枝が足のデキモノに当って、ウミが出て痛かったのです。

またカイセンやヒゼンといった皮フ病や回虫で身体がかゆく悩まされました。夜は親が恋しくてふとんの中でシクシク泣く者の一人でした。しかしたまに寺井方面の海水浴へつれていってくれたり、辰の口温泉近くに疎開している他校の寮生を訪問して「勝利の日まで」を合同合唱しました。戦局のことはほとんど聞かされませんでしたが敵国の大統領が急死したことや、友達に届いた姉の手紙でドイツが負けたことなど僅かなニュースを知りました。

昭和二〇年八月一五日、全員が庭へ集合、敗戦を聞きました。九月か一〇月、大阪へ帰還することになりました。焼け落ちた母校運動場で解散式が行なわれ引取りの母と対面して安らぎました。六月七日の大空襲で自宅が焼失したこと、母や妹弟らは島根県へ家族疎開していることを知りました。

大阪駅を発った汽車は松江の西二ツ目、湯町駅（玉造温泉駅）に到着、三〇～四〇分川沿いを歩きました。村はずれの高台に立つ集会所が母子寮に充てられていました。大阪で被災した母子約四〇人が五〇畳ぐらいの大部屋で共同生活をしていました。当地は温泉街の一部で、占領軍の兵隊が松江方面から保養のためか、有名旅館に大小のジープを連ねて出入していました。厚生園と呼ばれる施設にはヒロシマ方面から原爆被災者らが治療のため逗留し、庭でたたずむ白い病院服姿が見受けられました。

私達は村人から歓迎されない外もので「罹災乞食」と呼ばれきらわれました。学校生活でも級友からあざけられました。母親達は旅館の下女、農家の手伝い、あるいは土方として働いていました。母が新聞の配達をしている時期はその一部を手伝いました。

通学先の玉湯村国民学校では教科書に載っている戦争や軍国思想に関する内容を消せということで、「広瀬中佐物語」など墨でクログロと塗りつぶし、読むところが少なくなってしまいました。五年生になると新教科書材料として新聞紙大の印刷物が配布されました。四つに切り分けて頁順に綴じ、表紙の貧弱な手作り教科書を作りました。


昭和二二年（一九四七）春、全員母子寮を退出することになりました。私の家族は兵庫県川辺郡平野の母子寮に移りました。近くに小学校がないのか、私と上の妹は大阪泉州の助松学園に預けられました。以前養護施設だったようです。学齢以上の戦災孤児や母子家庭の子女、それに引き揚げ児童などが収容されていました。

二〇畳ぐらいの部屋が数室、各室およそ二〇人が寝起きしていました。修学旅行か合宿さながら、フトンを敷いた姿はメザシを並べたようでした。学舎は数教室あって構内に個室で居住されている数人の先生により授業を受けました。いつもひもじく夕食になると待ちかねた児童達が食堂前にタムロしてました。舎監から「鐘が鳴るまでくるな！」と蝿のように追い散らされました。ナンバ粉のスープのようなゴハンをおいしくいただきました。すぐ近くが海岸なのでアオサ藻狩りをしたり、地曳網が揚げられ跳ねている網の魚を覗いたり、夏キャンプファイアーを囲んでジョンボリを歌うなど楽しみもありました。

たまに遠方へ出掛けることがありました。電車には窓ガラスの代りにタルキ板張り、車内にはヒューヒュー風が入り込んできました。途中難波の地下道には多数の浮浪者が寝ころんでいました。大阪肥後橋に建つ新聞会館には各地の孤児収容施設から多数の児童が集っていました。ＬＡＲＡ（米から食糧等救援）物質に感謝する会でした。

秋だったか母が面会にきました。弟の他、シベリア抑留から復員した父がいてびっくりしました。浜の松林で母手作りのおやつを食べ、四年間空白だった団らんを味わいました。しかしこのような面会姿は爆撃で親を失った孤児には気の毒な思いをさせたに違いありません。

学園にとって大きな出来事、昭和天皇の関西行幸でのご来訪でした。数日前から視察コースの廊下に面したトイレを目隠しするなど大がかりな掃除をしました。当日教室には黒地に「ＭＰ」と白抜きされた腕章をつけた大柄の米憲兵に先導された天皇が目の前に立たれました。演習で暗誦していた教科の発表を数分間聴いていただきました。

昭和二三年（一九四八）三月卒業式を迎え、妹と親元へ帰ることになりました。帰る先のない同級の孤児達は南河内の施設に中学生として移ると聞きました。

終戦も知らずに歩いた八月一五日

大阪市　甲斐俊子（七一歳）

昭和二〇年八月一四日夜八時、私達親子母三〇代前半、姉須美子一三歳、私俊子一二歳、弟政行六歳、妹朋子四歳、下の弟一歳重徳。母の友人親子、子供は男の子で一二歳、計八名。男の子の父は出征（そのままかえってこなかった）戦死、それぞれの親類を頼って歩きの旅に出ました。

母は妹四歳をおんぶして、姉は皆の着替えと、少しばかりの食料を背負い私は下の弟を背に、六歳の弟は自分の必要なものをリュックに入れて背に、宮崎県延岡市より、都農町まで、約四〇キロ余りの行程です。昼間は、空襲を恐れ夜歩くことになったのです。その頃、月夜だったかやみ夜で暗かったのか、忘れました。

延岡市は城下町です。今の旭化成、当時は旭ベンベルグと云って、父はそこに勤めて、家族は社宅に住んでいました。その外にレーヨン工場、火薬工場、雷管工場がありましたので、空襲の的になったのでしょう。二〇年の初め頃からＢ29が来る様になりました。

梅雨に入った六月二四日か二五日かはっきり覚えていませんが、夜半から空襲がはじまり、二時間くらい爆弾が落され、その凄まじさは大変なものでした。私達が入っていた防空壕の横にも落ちて頭から土を被りましたが、幸いにも不発弾だったので、助かりました。母が「外に出なさい」と云うので、外にでて、田んぼの中の道に板をしき、おふとんをかぶっていました。

田植前の田んぼは水が一面にはってありました。また空襲がはじまり今度は焼夷弾の雨でした。しだれ柳の様な光の帯が皆、自分の上に落ちてくる気がしました。空がしらみはじめる頃やみました。Ｂ29のひくい爆音が海の方に消えて行きました。延岡市内は、市の中心地が全滅でした。市の中心地よりはなれた海よりの方で田んぼの中の住宅は焼夷弾が少し落ちたのですけど、住人達の協力で火を消す事が出来、焼けのこりました。

そのあくる日から、昼・夜の区別なく警報がなりました。前日の様なはげしい空襲はありませんでしたが、単発的に、爆弾が落ちたり、グラマンの空中戦も見ました。防空壕に入らず見上げている時もありました。その頃、私は、耳に綿を一ぱいつめて眠りました。何故なら警報のサイレンが聞こえなかったら、朝迄ぐっすり眠れたからです。だからサイレンが聞こえても、聞こえない聞こえないと自分に云いきかせていたのです。でもすぐに叩き起されて、つらくてつらくて言葉に出来ません。子供心には、サイレンの音が聞こえなければ良いのに、どうして聞こえるのだろうと腹立しい気持だったのです。

そんな日がつづくので両親は、父が家に残り母が私達をつれて、母の妹、私にとっては叔母の嫁ぎ先にお世話になることとなったのです。

それが八月一四日なのです。

歩き始めは国鉄日豊線沿いの国道を行ったのですが、少しでも距離が近くなる様にと線路を歩くことになりました。度重なる空襲で線路は寸断され、列車は走っていませんでした。国道をいったり線路を進んだり、ただひたすらに歩きました。何時間くらい歩いたかわかりませんが警報のサイレンがなり、線路上からころげ落ちる様におり、近くにあった民家の防空壕に入れてもらいました。すぐ解除になり、また歩きはじめました。

子供達の疲れは限界に来てましたが、二人の母は、必死にはげましつづけました。睡魔が子供達をおそいますが、皆、手をつなぎながらころばない様に歩きました。その内に男の子（名前を忘れてしまったので、たとえばひろちゃんにします）が少しずつおくれてしまって「おっかちゃん、おっかちゃん」と母をよびながら走るのです。そのたびに、リュックに括りつけたやかんとふたが、ガランガランとなるのです。母親が「ひろちゃん、ひろちゃん、はよ歩け」とくり返すのが、妙にリズムがあってどういうわけか自然に笑いがこみあげて、苦しい時にユーモラスでした（今もはっきり覚えていて、姉妹が集まった時の笑い話になります）。その内にとうとう線路の上からころげ落ちてしまいました。皆、びっくりしましたが、けがもなく、夜が明けるまで、とにかくあるきました。

八月一五日。

国道ぞいの海岸におりて、休むことになりました。母は民家の台所をかりてご飯をたき、梅干しと干ものだけの食事でしたが、そのおいしさは格別でした。とにかくどろの様に眠りました。どのくらいたったたか、目をさますと母が見知らぬ人と話をしていました。母にきくと、母の実家の近くで子供の頃の顔見知りで、なんでも広島からのりものと歩きで、ここまでたどりついたとの事でした。おばあさんと私と同じくらいの女の子と三人でした。私は女の子とすぐに仲良くなりました。

広島でピカドンにあって、おばあさんは足に火傷をして歩けなく、お母さんがおんぶをして来たとの事。あー私達よりも遠くから来られたんだと思うと、今夜ももう少し元気を出して叔母さん（叔母さんの夫は軍人で三人の子供をのこして出征戦死をしました）の所に着くまではと心にきめました。母が私をよぶので行くと「俊子、悪いけどあの子のそばに行かない方が良い」「なんで」と私。「あの子ね。セキリかも知れん。うんちがカタクリをねったみたいで少し血がまじっとる」。私「セキリってうつると？」「そうよ」。後になって、すでに原爆症の症状が出ていたことがわかりましたがその時は何も知らなかった母の心配もわかります。

夕方出発することになり、それぞれが自分の分担を持ち、母の心配をよそに広島から来た三人も手助けして国道まで来ました。その時軍のトラックが通りがかり止まってくれたので、とにかく三人をのせてもらいました。

私達の方もさんざんでした。弟の足はぱんぱんにはれ、母に背負われた妹の脇は真赤になり、私の背にいる弟は泣きつかれ「おっかちゃん、おっかちゃん」は相変らず。皆、道端に座りこんでしまいました。もうだめと思っていた時、また、軍のトラックが通り母が手を合せました。トラックは止ってのせてくれました。トラックの上には、金筋の入った軍服を着ている人が四、五人のっていました。アッ偉い人達がのっていると、こわくなりました。その人達は、きびしい顔で、小さな声で何かを話していました。のちにこの日が戦争の終わった日でした。私の八月一五日は終戦も知ずただひたすらに歩いた日でした。

今、日豊線を列車で通るたび、ここを歩いた日を想い出します。あの広島から来られた人はあの後、次々と亡くなられたそうです。やすらかにと祈ります。

国内の田舎で人情豊かな人達の中でも、歩きでもこの様に辛い思をしたのに、知らない国の中を流浪した人々はいかばかりかと、あらためて心を痛めます。

戦争の悲惨さ、虚しさ。伝えたいものが多すぎて書いている内にわからなくなりました。要は戦争にけっして、正しいものは無いと伝えたい。どんなに苦しい時でも、人間らしい誠を失いたくないことも伝えたい。戦争を語り継ぐとは少しはなれたかも知れませんが、けっして忘れる事の出来ない、私の体験をつづりました。

Ⅳ　国内の軍関係者

黒髪キリリ女子挺身隊

大阪府守口市　高原節子（七七歳）

私は昭和三年平和な日本に生まれましたが、小学校高学年の頃、支那事変がおきました。でも戦は有利に進み、たくさんの青年達はバンザイバンザイの声に見送られながら出征して行きました。また町角では国防婦人会や愛国婦人会また出征兵士の家族の人々が、千人針と言って白いサラシ布に赤い糸で一人が一ケずつ針でふしを作り、千人の人で一枚仕上げ、その布を兵士は戦場へ持って行くのです。それがお守りとなりまた弾よけになると言われていました。

それから私が女学校へ入学してまもなく真珠湾攻撃があり、米国を相手に太平洋戦争が勃発しました。学校では英語の教科も敵国の言葉だからと廃止になったり、銃後の守りとばかりに勤労奉仕の時間が多くなり、防空壕を掘ったり、秋には出征兵士の留守宅へ稲刈りだの麦刈り等にかり出されました。農業など経験のない乙女達でしたが教えられるままに頑張りました。農家のおじさん、おばさん達に感謝され、お昼は白いご飯に色々ともてなされ、私達も手に豆を作りながら頑張ったものです。

そんな生徒達が卒業を目の前にした頃、太平洋戦争も戦況が次第に悪くなって行きました。そんな折、今年の卒業生は全員（よほどの理由が無い限り）第一回女子挺身隊として軍需工場へ派遣されることになりました。

家族達はこれまで男子の徴用工員はありましたが、まだ若い女子までかり出されるのはと非常に心配しました。これもお国の為とあきらめて娘達を送り出しました。

私達は先生に引率され、多くの友人達と行けるので、よろこんで出発しました。

行き先は香川県から初めて瀬戸内海を渡り、広島県の呉海軍工廠でした。行ってみると大きな広い工場が建ち並び、軍艦や潜水艦等大きなドックの中に入って修理をしているとのことでした。見るもの聞くこと珍しく驚いてばかりいました。徴用工員とか海軍の兵隊さん達、男性の方が大勢働いていていました。

そんな所へか弱い少女がたくさん入って来たものですから珍しかったのでしょう、とても可愛がってもらいました。水兵さんが石けんをくれたり、徴用工員に故郷からとどいたお菓子等もよくいただきました。挺身隊には特別配給もあり、空腹を感じた事はありませんでした。

市内から一駅離れた山のふもとに寮があり、休日には裏山へ登り船の浮く海を眺めたり、草花をつんで楽しい一時を送っていました。春にはスミレの花をつみ、押し花にしてよろこんでいました。

今ではその色あせたスミレの押し花が、戦火をくぐりぬけた当時をしのばせてくれる唯一の宝物です。

楽しく日々を送っていましたが、戦争も次第に烈しくなり敵機B29の来襲も方々あるようになりました。ある時など夜中に空襲警報のサイレンが鳴りましたが逃げ遅れ、頭上で数機の敵機が旋回し、焼夷弾が光りながら雨の様に落ちる中を、夢中で防空壕の中へ飛び込んだこともありました。

そういうことがひんぱんに起るようになり、そうこうするうち、呉市内も夜襲にあい、海軍工廠も大被害を受けたとききました。そのため汽車も不通になり、線路づたいに出勤しました。多くの挺身隊員はいやな臭いのする熱風の中、焼きただれた家々の間を縫うようにして工廠へ向いました。途中まだ煙がくすぶっている中、焼かれた家の外や防空壕の外に多くの重なりあった死体が横たわっているのを目のあたりにしながらやっと工廠へ入りました。当然私達の職場も全滅だし、近くにあった大きなドックの中に入った潜水艦もメチャメチャに破壊され、水兵さんもたくさん犠牲になっていました。夢の中の出来事みたいで唯、呆然としていました。

戦局もますます不利になり日本国内でも多数の大都会が爆撃され、南方の島々でもつぎつぎと兵士達の玉砕を知らす報道がありました。

そんな時世の中、相変らず二例に並んで歩いての出勤です。挺身隊の歌を口ずさみながら
長い黒髪キリリと結び今日も……（忘れました）

あゝ愛国の血はもえて　われら乙女の挺身隊
そして、世界中の人を驚かせたあのいまわしい八月六日の原子爆弾投下です。

私達は何時もの様に朝礼を終えて仕事につきました。その日は朝から雲一つないさわやかな夏空を大きな窓越しに眺め、今日も無事であることを祈りました。

そしてペンを握ったとたん、ピカッーとものすごい光

が流れました。目の前が真白に感じました。

どうした？　何だろう？　と思った時、今度は大きな鉄骨の建物が今にも倒れそうにゆらぎました。

大地震なのかと大勢の人々は皆総立ちになりワイワイ騒ぎました。そのうち数人の人が窓の外を指さしています。私も近くの窓へかけよって見て驚きました。今まで見たことも聞いたこともない白雲です。

方角は広島の上空らしかった。真っ白の大きな丸い雲、その雲の中は真赤にもえる火ダルマがうず巻きながら上へ上へと空高く昇って行きます。気になりつつ皆さん席にもどり仕事についていますと、口伝えで「今の光や地震は、日本が発明した新兵器の実験だった」と知らされました。皆大よろこびで抱き合いながらバンザイの声によいしれました。

仕事を終え寮に帰り夕食をしていますと、急に寮内放送がありました。何ということでしょう。

その放送は「今朝の出来事は日本の新兵器ではありません。アメリカの新兵器だったのです。広島市内は大変な被害を受けました」と皆食事どころではありません。

大騒ぎになり、こわがる人、ウソウソと否定する人、それはそれは大変でした。

皆、呉の大空襲にも遭い焼夷弾をくぐりぬけて防空壕へ逃げ込んだ人達ばかりですのに。八月六日の原子爆弾が落ちた時は本当に泣きさわぎました。

その翌日からも平常通り仕事をしていましたが、色々と広島市内の情報が流れるにつれて、なぜか家が恋しく、出る時に心配そうな顔をして送ってくれた両親や祖父母の顔が思い出されます

それから五日程立って親から手紙が来ました。結婚相手が居るからすぐ帰れとのこと。

上司に相談すると「四国にはまだ結婚適齢期の男性が居んだなー。では明日帰って警察で証明書に印をもらって一五日に帰って来なさい。そしたら解除しましょう」と言うことで、取るものもとりあえずすぐ帰郷しました。その時、同じ事情で帰る友人も居りましたので一緒に帰りました。

家に帰って「Aさんて誰なの」と結婚相手を聞くと祖母は「その人は親戚の人だが、今は戦地に行っている」と言います。びっくりしました。母はすぐ警察へ行き事情も余り聞くことなく簡単に印を押してもらえたので、

よろこんでいました。

翌朝早く書類を持って汽車にのりました。一五日終戦の日でした。車中なので何も知らず、工廠へ着きました。そしたら敗戦を告げる天皇陛下の玉音があったと知らされました。

仕事場はまるで戦場の様でした。今にも敵兵が上陸してきそうな雰囲気でした。そんな中、書類を出す事も無かったのです。

そして機械工場の技術士官が数人割腹自殺をされたと聞かされ、その中に何時も私達挺身隊をはげまし可愛がって下さった方もおられました。私達はその方たちのご冥福を祈りながら帰途につきました。

阿鼻叫喚・沖縄

大阪府池田市　舘村綽夫（八七歳）

昭和一九年一二月私は召集令状が来て二度目の兵役に就くことになり、千葉県市川の国府台の陸軍病院に入隊する。その時はもう第二次世界大戦が始まっていた。米軍は硫黄島を攻撃している時で、島は間もなく潰滅し敵船艦は沖縄に向って進行中という情報が入って来ていた。

私は病院勤務中であったが、工兵隊に転属、そして部隊は沖縄に出陣することになり門司に移動する。門司到着まもなく敵機の空襲があり驚かされる。何日かして沖縄に向けて七隻の船団で門司を出て鹿児島に寄港、翌日港を出て大洋に出る。空には船団を防護するため飛行機が一機空から監視してくれている。船団はジグザグ行進で進む。敵の潜水艦がすぐ近くにいるという知らせが入り緊張する。しかし幸いにも船団は鹿児島を出て七日目に無事那覇港に入港した。

上陸後一足先に入港した船団の話を聞いて涙が止まらなかった。潜水艦の攻撃を受けて四隻が沈没し海面が火の海となり、海に飛び込んだ兵隊は上半身焼けただれ死亡したという。陸軍病院は死体の山になっていると聞かされ思わず絶句した。

我が隊は上陸すると一息もつかず沖縄での駐屯地となっている島尻郡の東風平に向かう。その日から陣地構築を始める。年を越し二月一一日紀元節の祝日で少々の酒が出て酒をめでながら隊員は喜び合っている時、上空に爆音がしてB29が通り過ぎて行った。皆の顔に緊張が走る。それが恐ろしい予告であった。

数日して東風平は島をとり巻いている敵艦から猛烈な艦砲射撃を受け、一日で村は草木一本残らず原野と化した。村人も住む家もなく右往左往するのを見て、未完成の陣地（洞窟）に収容する。それから間もなく米軍は嘉手納に上陸を始めた。四月一日のことである。水陸両用船で上陸した米兵は、直に軍司令部のある首里に向って進行を始める。

数日して我が部隊に首里の軍司令部の防備に出発せよと命令が出る。部隊は東風平の陣地を後にして出陣する。途中、運玉の森に駐屯する同じ千葉国府台で編成された部隊の陣地で一泊して、次の日の行動を考えることにした。目的地は一五〇高地（数字は海抜）、場所は隊長以外誰も知らされていない。そしていきなり「俺と吉沢少尉、舘村軍曹、兵四人で行く」という。私は大反対した。「隊長と自分と二人で行きましょう」と提案する。「お前は隊長の俺に命令するのか」と怒る。「命令ではありません。お願いしているのです。七人で行けば七人が戦死するかも分りません」「ばか言うな。そんなことあるか」。私は沖縄に来て以来常に隊長とは意見が合わず喧嘩ばかりしている。

私の意見を聞いてくれないと思い七人で出発する。当時米軍はもう首里に来ていて首里の周辺は夜も昼も空海陸からの砲弾は雨霰どころではない。暴風雨のように落下する。運玉の森を出て早々、迫撃砲はお祭り大鼓のようにドドドドと頭上を越え、砲弾は体の周囲に落下する。七人は其の場に伏せる。空には曳光弾が浮遊し昼のように地上を照す。

爆撃が止んだ。私の横に伏せていた隊長に行きましょうと声をかけるも返事がない。もう一度声をかけるもやはり身動きもしない。私はハッとした。もう一度隊長を見て驚いた。隊長の頭はガッと横に落ち頸部は真赤に染り傷口が大きく開いている。その横にいた小隊長も動かない。見ると腹から血が流れ出ている。

兵隊四人も皆負傷している。四人にすぐ東風平に帰って療養せよ、という。その内の一人が「班長、隊長が大きな声で『舘村悪かった』と叫んでいました」という。私はなぜあの時聞いてくれなかったのだと少々腹が立った。

　結局私は一人で一五〇高地へ。二人の死体を残して、それ以外にとる方法がなかった。途中真暗やみの中で、黙々と作業している兵隊（通信兵）に教えてもらい、一五〇高地についた。隊長は大尉で歩兵砲隊であった。隊長に「よく分ったな」と大いに感謝される。「明日必ず隊員を連れて来ます」と約束し、陣地を出て運玉の森へ無事帰る。隊長は「靴の裏の鉄鋲は必ず外すように」と教えてくれる。鉄の音は音波探知器に通じて攻撃されるから用心するようにと指示してくれる。

　次の夜一五〇高地へと出発する。音をたてず静かに山の裾から裾へ五人ずつ前進して全員無事に到着する。隊長は全員無事という言葉に驚き、貴官の名前を教えてくれという。毎日〳〵戦死者が出る度補充して貰うのだが、全員無事というのは今日初めてだと大変喜んでくれる。

　守備について何日であったか、隊長が負傷する。重傷であった。私は隊長に「安全な所へ行って一度傷の手当をしたら」とすすめる。隊長は「班長、今沖縄のどこに安全な場所があるかな」と笑う。本当だと私も思った。

　もう敵は洞窟の上に来ている。手榴弾は、洞窟の前に作られている堀の中で、敵と対峙している戦友の頭上に降り注ぐ。毎日〳〵戦死者が発生する。戦友はどんどん死んで行く。敵の手榴弾はハンドル式で、ボールを投げるように握って投げればハンドルがはね起き、味方が守っている線までできては爆発する。

　友軍の手榴弾は栓を抜き、靴裏で心管に衝撃を与えて投げる。この動作をしている内に、敵弾はバラバラと飛んで来る。まったくお手上げであった。

　そして何日かして洞窟の上に砲弾が落下し始める。洞窟は地震のようにふるえる。穴の入口は見る影もなく破壊される。穴の奥には戦死者と負傷者が何十人か伏せている。隊長自身も動けない程の重傷である。穴はどんどんせまくなってくる。隊長は「今夜陣地を捨てる。動ける者は今夜中に穴から出て自由行動を取るよう」と命令を出し、穴を去る。

　私の部隊員も無事な者は七名になっていた。次は何処へ行くのか迷っていると、誰かが軍司令部に行きましょうというのが聞える。私もそうしようと司令部に行き指示を仰ぎ、次の日から首里城の城壁から敵状を監視する任務につく。

敵の作戦は驚くばかりで、戦車を先頭に其の後に兵隊をつれて来て城の下において帰り、次にまた兵を連れて来る。味方が銃を構えるとそれより先に敵の弾丸が飛んで来る。銃の性能はまったく違う。日本の銃は標的をきめて一発ずつ射つが、敵の銃は機関銃と一諸で何発でも連射できる。敵兵は戦車の後からどんどん射って来る。日本の小銃は戦車に当ってくだけているだけで戦車の向うの兵には当らない。

それでも不思議な事に夕方になると必ず戦車は兵を連れて帰って行く。その後は例によって照明弾が打ち上げられる。照明弾は空中で長時間浮遊し地上を照しつづける。少しでも動く者があれば迫撃砲弾は飛んでくる。それでも敵が夕方引上げて行った後には空虚な気分が漂い、休息の時間のように思い各部隊から何となく集って来て話に花が咲く不思議な時間帯である。高射砲弾はB29には届かないが戦車に使用すると効果が上がる。敵の戦車と日本の戦車はトラックと軽四くらいの違いがある。敵戦車はわざとつき当り擱座《かくざ》さして放たらかして帰って行く。

沖縄の戦いで米軍も五万人もの死傷者が出ているという。日本軍はそれの倍以上の損害が出ているというが、兵器の性能の違いで如何とも致し方のない事である。毎日〳〵前後左右で戦死者が出る。それをどうすることもできないもどかしさ、首里の南の南風原陸軍病院に行くには南風原交差点を通らねばならない。南風原交差上は死の交差点と言われ、一日に敵の陸海空の砲弾は数十万発と言われている。無事に通り抜ける事は不可能と言われている。一人の傷者を担架で運べば五人共死ぬと言われている難所である。動ける負傷者は自分で処置を考えるより致し方がないのである。

五月も終り近くなった頃と思う、首里城の北から軽飛行機が飛び出した。そこは前日まで荒地でとても飛行機の飛べる処ではなかった。一、二日の内に鉄板を敷きつめ飛行場にしたのである。

それから何日かして、朝、敵状を報告に行くと軍司令部はもぬけの空であった。一体どうしたのかと佇ずんでいると一人の軍曹が来て「何しているのですか、早く立ち去って下さい」という。どうなっているのかと聞くと「軍司令部は昨夜摩文仁に移動しました」という。「自分はここを爆破して摩文仁に行くのです」。

私は六人を集めて「部隊は今日を以て解散する。以後自由行動にする」と申し渡す。すると暫くして「班長、最後迄一諸に行動したい、全員の希望です」。私は各自、自由行動が良いのではないかとすすめるも、どうしても一諸にというので、それではという事になる。

大勢動けばまた攻撃されるから一人ずつ出発する。全員いなくなった後、私も城壁を越えた。そして目の前の状況を見て思わず立ちすくんだ。そこには筆舌に表す事のできない姿がある。まるで米俵を積み重ねたように屍体が転がっている。彼等も恐らく私と同じように軍司令部の守備についていて、負傷しここまで来たが動けなくなったのであろう。

手を合して立ち去ろうとするとかすかに声がする。良く見ると手を動かしている。動けるのかと聞く。首を横に振って後へ指をさす。動けるのなら一諸に行こか。彼は首を振る。その時耳に「びゅ」という音がする。小銃の弾の音であった。狙撃兵がいるのである。早く去れというのであった。

瀕死の状態にもかかわらず、まだ私を心配してくれる。思わず涙が出た。「ありがとう〳〵」何度も礼をいって離れた。

死臭がそこら辺りに漂い、死体の目耳鼻からうようよと蛆《うじ》が蠢く。死屍累々とか阿鼻叫喚というのはこんなことでなかろうか。二目と見られない可哀そうな姿であった。私は今、彼等に何をしてやることもできない。手を合すだけであった。

もう夜は明るくなりかけている、早く津嘉山に行かないと、皆は心配しながら待っている。急いで山に上る。頂上に六人はいた。歓声をあげて迎えてくれる。その日は山頂で寝る事にする。敵は此処を通り越して南へ行っていると確信する。いったい何日寝ていないのであろうか。全員のいびきは山に谺《こだま》する程であった。夜が明けた。摩文仁に向かって山を下りる途中、東風平に寄る。隊が作った洞窟に村人は元気に住んでいる。皆から大変な歓待に涙が出る。

「兵隊さん皆と一諸にここに居て下さい。一諸に暮しましょう」と手を離さない。その手を払って、摩文仁へどうしても行かねばならないのでと東風平を出る。

軍司令部に寄り、国吉へ行くように命じられる。国吉は海岸に近く軍艦はすぐそこに見える。陣地は一〇メートル位の高さの丘陵で巾三〇メートル程の細長い陣地になっている。兵の上に上がれば敵味方お互いの顔が見える。そこで手榴弾の投げ合いである。勝負は一五〇高地―首里の経験で歴然としている。

陣地の向うを見渡せば軍司令部を猛攻撃していた兵器がすべてずらりと勢揃いしている。それが一斉に攻撃してくる。壮烈というか猛烈というか例えようがない。グラマン・スコロスキーも何機か編隊で爆撃をする。グラマンは機体の前からのみの機関砲の発射であるが、スコロスキーは前後から砲弾が飛んで来る。通り過ぎたと思って安心する事はできない。

戦車は戦車砲を間断なく発射しながら陣地の前を行き来する。また火焔放射戦車は陣地の前をゆっくり進みながら黒みがかった大柱を放出して行く。火の棒は三、四〇メートルも先まで届く。戦車の通り過ぎた後の陣地には真黒になった残害と、逃げ遅れた戦友の死体がそこにある。どうしたら良いのかただ傍観するのみである。どうするにも術がない。

国吉に来て只一つ良い事があった。米軍が自軍の兵士に飲み水を当えるためポリタンクに一杯水を入れて、ラッカサンに吊るして軽飛行機で運んでくる。相対する戦線がせまいためその日の風の具合で米軍の上を通り越して私達の上に落ちてくることがある。思わぬプレゼントに大喜び腹一杯飲んで元気を出し敵に向う。

国吉に来て何日になったのか恐らく五、六日かと思う。兵器係の軍曹が戦車砲の直撃をうける、全身血まみれで倒れる。全身にブリキを細く切ったような破片が突き刺っている。彼は「水が欲しい〳〵」と訴える。重傷の患者には水を与えてはならないのであるが、あえて私はほしいだけの水を与えた。彼は「有難う〳〵」と言いながら一時間程で息を引き取った。その後すぐ隊員が一人狙撃され亡くなった。次の日また一人戦死する。

その夜隊長に申し出て、部隊の解散を告げた。一〇〇名余りの隊員も四名になってしまった。その朝場所を移動した。それが敵に察知されたのか猛烈な迫撃砲の集中攻撃を受けて四人全員負傷する。私も左手小指は切断、薬指も負傷、右上膊貫通三ケ所負傷した。三人もそれぞれ皆負傷している。

三人を洞窟に残して、私は負傷者の傷の手当の衛生材料を取りに、近くの野戦病院に両手を吊って行く。しかし野戦病院はその朝、院長が自決して閉鎖されていた。それでも病院に衛生材料があった。それを受取り洞窟を出ようとするといきなり入口から猛烈な攻撃を受ける。良く見ると戦車が二台で入口を塞いでいる。次の日も次の日も戦車は居坐っている。病院の衛生兵も皆が「班長出れませんよ」と、とどめる。

　戦車は立去らぬ。三人には申し訳ないが、心の中で許してくれと詫びながら、自分の傷を治そうと思い自己治療を始める。病院の洞窟の中には、村民、負傷兵、病院要員であった衛生兵あわせて八五名がいた。若い看護婦は閉鎖と同時に三三五五、穴から元気に出て行ったということであった。米軍は彼女達に危害を加える事なく見送っていたという。それから私の傷もよくなって来た。幸いにも私は衛生兵であった。汚れた洞窟の中でも化膿することなく治療できた。

　昭和二一年一二月三一日名古屋港に上陸した。長い軍隊生活も終りを告げた。そして思うこと、戦争は絶対してはいけない、本当にそう思う。合掌

対戦車自爆訓練

和歌山県東牟婁郡　新谷杲（七九歳）

昭和一九年から、国民男子皆兵の徴兵検査を早く受けるようになり、私は神戸の住居でありながら、強制的に勝浦に呼ばれ、徴兵検査を受けました。検査の結果で、甲種、乙種の格付けがあり、私は一乙合格となり、兵役につくこととなりました。（生年が）大正一五年組は、日本の兵役で現役入隊では最後の兵隊となりました。私は勝浦から軍隊に入営することになり、昭和二〇年六月二六日入隊ということになりました。和歌山県出身であれば、普通なら和歌山市にある六一連隊に入隊するはずですが、理由も解らず、勝浦から三名の同級生が、青森県弘前市の東北第五七部隊の入営を命ぜられました。

　勝浦駅では、たくさんの方々に三名の者が見送られ、大阪梅田の阪急前大阪駅のガード下に集結。北陸本線で三日間をかけて、行先も知らずに弘前に到着しました。何名行ったのか不明ですが、約二〇〇名以上であったと

思います。私は東北第五七部隊カサイ作業中隊に配属され、初年兵はこの中隊だけで約一五人で、古兵は皆こわいおじさんでした。兵舎の夜は、ノミ、シラミ、ナンキン虫がゾロゾロ出て、寝ている顔や首筋に入り、手のひらでにぎりつぶす程で、同年兵の一人は虫のため顔の相が変ってしまいました。隊内のイジメで私の受けたのは、タバコの火を腕におしつけられ、その傷がしばらく化膿したこと。それと木銃の上に正座させられたことがありました。

入隊時、私服、千人針、国旗への寄せ書きなどすべて郵送しましたが、まったく届いておりませんでした。さて軍隊も、やはり食糧事情が悪く、初年兵がメシ上げ、バッカン、古兵に対する盛付けをします。メシ上げのとき食堂から中隊まで食事を運ぶのですが、米飯など、途中でつまみ食いをよくやりました。メシ盛は、上官には食器に山盛とし、初年兵は、その半分の盛付けでありました。ときには軍隊で作っていたじゃがいもを、一週間主食にしたことがありました。

軍事訓練は、大変広い野原で、岩木山を背にしての実戦訓練でありました。なぜ遠い青森県まで来ることになったのか、このとき、その理由が解りました。毎日の訓練は、対戦車で自爆する演習でありました。長さ約五メートル程の竹の棒を持ち、部隊に一台ある戦車をはしらせ、竹の棒を持って戦車に飛び込むというもので、戦車のキャタピラを爆破する爆薬の竹の棒であったのです。自爆特攻そのものでありました。

弘前市は空襲も受けず、時には空襲警報もありました。警報が出ると、部隊全員が、お隣のリンゴ畑に避難しました。リンゴはナツメ位の小さいものでありました。こうして私達は自爆演習や、古兵にいびられながら八月一五日終戦となりました。この二日程あとで天皇陛下の終戦ラジオ放送を知ることになりました。

終戦というのに初年兵は、直ちに帰してもらえず、部隊内部の後かたづけをさせられました。私の中隊では、兵舎の中庭に直径約二〇メートル、深さ約五メートルの大きな穴を掘り、まず戦車をこの中に落し、武器庫にある銃や剣、そして帯革まで投げ入れ、土で埋める作業に従事し、約一ヶ月を要し、九月一八日、ようやく帰ることになりました。

少しの旅費と、タバコ、カンパンを支給され、弘前駅前でリンゴ木箱一つを土産物として買い、列車に乗りました。鉄道は、東京まわりは米軍の取調べがあるというので、帰りも北陸本線で帰ることになりました。列車といっても客車ではなく、全車両は荷物車でリンゴ箱に座って大阪に着きました。途中富山駅で婦人会の皆さんの炊き出しのおにぎりをいただき、この地の人情の厚さには頭が下りました。こうして帰宅しましたが、土産物のリンゴは、ほとんど腐って食べられませんでした。

さて、この太平洋戦争による、那智勝浦町の戦死者は、一、〇四九名でありました。ご冥福をお祈りします。

陸軍病院看護婦として

京都府宮津市　一井久代（九二歳）

「勝って来るぞと勇ましく誓って国を出たからは手柄立てずに死なれよか」

進軍ラッパ聞く度に瞼に浮かぶ旗の波。勇ましい軍歌に送られて、私の兄も弟もいとこ達七人も、全員出征してしまった。

その頃、私は鳥取陸軍病院で看護婦として働いておりました。時は、国家の非常時とあって登庁時間より一時間早く出勤して退庁時間より、一時間遅く帰りました。野戦病院より帰られる患者さんのある時は、夜九時頃まで全員でお迎えをしました。

帰って来られる患者さんの中に神経の不安を感ずる方がありました。初め、奥様が一週間面会と付き添いに来られ、次は、友人と来て下さいましたが駄目でした。最後に八〇歳を過ぎたお母さんが面会に来て、一週間、一緒に暮らされました。患者さんはお母さんの顔を見ただけで気持が安らかになり落ち着かれました。そして一〇日程で退院されました。子供に対して母という人の偉大な力を感じました。その頃、患者さん六〇〇人余り、看護婦二〇名でした。音をたてないように廊下をすべる様に走りましたので、いつしか、ハイヤーのあだ名が付いていました。普通に歩いていては、間に会いませんでした。

野戦病院より帰られた方に膿胸の患者さんで、胸に管を入れて、ビンをつっておられる前田さんがいました。

護送して来られた衛生兵殿が、「君にこの人のビンの交換、今日より頼む、よく見て習って下さい。人が替る度に呼吸困難を起こすので、君は、どこへ勤務が変っても、毎日、午前一〇時にビンの交換に来る事を約束して下さい」と頼まれました。私は遠い外科病棟に替っても、毎日、午前一〇時には、ビンの交換に来ました。

それから間もなく、野戦からハンセン病の方が帰られ、谷口看護婦さんが専属でお世話されましたが、光明園に行かれる時は、谷口看護婦さんは疲れて行けませんので私が替って行くことになりました。

私は、前田さんのことが気にかかりましたが、二日間安心出来るビンに換えて行くことになりました。

ハンセン病の方は戦地に二年間余り、やっと内地に帰ったのに、面会は奥さんと一歳の坊やが岡山の駅に来て、汽車の止まっている間だけで一生の別れを告げたのです。あまりにも可哀想で、私は、わっと泣きだしました。光明園には、約千人の患者さんが収容されています。

私達の船の着く場所まで患者さんが迎えに来て下さいました。そして、これからはみんなで仲良く暮しましょうと挨拶された時、有難くてまた、泣けてきました。この地球の上に、こんな世界があったのだと思いました。友人と二人でこんな所に一生を捧げるのもいいね、もう帰らんとこうかといったら、橋本軍医さんが君達、軍の命令で来とるんだぞ、とにかく一度帰り給えと申されました。

翌朝帰ってみると婦長殿が待ち構えて、「そのまま前田さんの病室へ来て、早く早く」と申されます。私は着物のまま病室へ行きますと、前田さんは、看護婦さん起こして下さいと申され、私はこんな苦しい時起きてはいけませんと申しましたがそれでも起こしてほしいと。仕方なく半身起こしますと、前田さんは全身の力をふりしぼって天皇陛下万歳と叫びつつ昇天されました。

後で婦長殿が、前田さん、あんたの帰りを待っていたのは起してほしかったのだ、誰もあの状態の時、起してくれないからねと申されました。私も思案に困りましたが、これが人間の最期のわがままかと思いましたので、きいてあげてよかったと思いました。戦争はまだ最中でしたが家庭の事情により、私は村に帰って保健婦として働くことになりました。小さな村ですが一年間の出生は赤ちゃん一三〇名を超しました。

私は日曜日も返上して働きました。農村とは申しましても作物は、全部供出して村の人達は雑炊とかぼちゃの葉や茎まで食べました。夕食にとんぼ草とよもぎの食べ合せで、友人のお母さんが亡くなりました。

また、助産に訪ねた奥様が「押し入れの中にお芋二個あります。主人のいない時にそのお芋を蒸して私に食べさせて下さい。私は昨日から何も食べていませんので、赤ちゃん、よう産みません。主人は一時間毎にかぼちゃの種を食べに帰ってきますから、よろしく頼みます」と申されました。

一時間でお芋煮えるかなと心配しつつ私も必死でした。「可愛い女のお子さんですよ」と申しますと奥様はわっと泣かれます。男の子の方がお国のためと思われたと思いますが、その頃は男子は戦場に、女子は家を守り子供を守り、共に力を合わせて非常時日本を命がけで支えました。

今かえりみれば七〇歳以上のお年寄りのおかげで、今日の日本の平和があると思います。

私達国民は今のお年寄りにもっともっと感謝を捧げたいと思います。

（編者注・一井さんは、投稿後の二〇〇六年七月逝去されました）

特別グライダー訓練

京都市　北川栄（七三歳）

私は当年七三歳、戦前、戦中、戦後を突き進んで来た世代でございます。

戦前、幼稚園の時代はすでに、戦時体制に突入しておりました。唱歌は軍歌であり、遊戯においても銃剣を使用したものが多くあり、小学校に上がると校門を入ると右手に奉安殿・奉祭殿なる社があり深々と頭を下げて登校を報告します。勉強も体育もすべてが天皇、軍隊を敬拝したものであり、鍛錬と称して体罰が日常あたりまえの様にくり返され、それが当然であるかの様にマインド・コントロールされ、これらは学年が進むに従ってエスカレートしていきました。

そうして小学校の六年間を終え、尋常高等小学校に進んで二年生（現在の中学二年生）になった五月に、突然特別滑空訓練隊なるものに招集されました。それは京都府下の小学校から集められた一〇〇名余の生徒であり、当時木津町にあった木津小学校の講堂を宿舎として三ヶ月間特攻隊員をつくるための壮絶な軍事訓練が行われました。

軍隊生活を体験した低年齢であり最後の経験者ではないかと思います。その内容は朝六時起床、ふとんを上げ、一角をそろえ積み上げ少しでも曲っていると教官が崩していく。何事も完全主義で一人の失敗は全体の責任と即、ビンタがとぶ。その後洗面、五〇〇メートル余離れた木津川の河川敷まで全力疾走。軍人勅諭の暗唱、体操をする。ここでも遅れた者は罰則がある。

帰隊後朝食、清掃後再び河川敷に於て器械体操（フラフープ・空中転廻等）を行う。昼食後三度河川敷。今度はグライダー訓練。初級グライターで、これはゴムさく（細いゴムを数十本束ねたもの）を一六名で二つに分れて引き伸ばして、固定したグライダーを放って滑空させるものであり、この繰り返しを熱砂の上で夕方まで何十回と連日決行された。

この頃になると連日、米軍機が飛来し、B29が上空を編隊で、また艦載機が飛来して橋の下に隠してあるグライダーを目がけて機銃掃射をかけて来る。命からがら川畔の薮の中へ逃げ込む、この様な状況の下、三ヶ月の訓練を終了して復学をしましたが、今思うと当時幼少で思考力が乏しく何を考え行動していたか、確かな記憶はありません。多分周囲の雰囲気に流されて真剣に特攻隊員となって敵艦に突入する覚悟であったのではと思われます。

除隊後小学校に帰ったら学校は軍需工場と化し各教室は工作機械に占領され、名古屋方面から来た工員さん、また動員された府立一中の学生さんが油まみれになって二四時間、働いていて、私達小学生も工員さんから名古屋弁で命令され、重い部品を台車に乗せて一生懸命運んだ事もありました。

その後間もなく敗戦。八月一五日校庭で聞いた天皇の詔勅の内容も理解出来ず、先生方がなぜ号泣しているのか不思議でなりませんでした。

二、三日後あのグラマンやB29が低空で飛来し、登校途中で皆で手を振った記憶が残っている。何故あの様な行動を取ったのか、一ヶ月余前には機銃掃射で逃げ惑っていたのに、かすかに終戦を待ち望んでいたのか？

六〇余年経過した今、小学生時代の通知簿を見ると、高等二年の通知簿の一学期の部分が空白です。これを見ると苦難の時期が思い出され、二度とあの様な事が繰り返されない様、皆に伝え継いで欲しいと望みます。

お札をノートに貼った父

大阪府枚方市　島野一郎（七八歳）

昭和二年五月一三日、大阪府北河内郡枚方町大字磯島三四七番地に父・宗太郎、母・俊子の長男として生まれました。姉が一人おりました。昭和一七年三月、大阪府北河内郡枚方町殿山第一尋常高等小学校高等二年生を卒業いたしました。そして松下電器工業に入社致しました。そして「電兵」といわれて一棟の工場で飛行機の発電機を作っておりました。そこでは岡山、広島、四国の方からの高等卒業生三〇人程と一緒でした。また挺身隊といって大阪の女学校、夕陽ヶ丘、曽根崎、他二〜三校程の女学校の生徒と一緒に兵器作りを一生懸命、毎日残業したり徹夜したりして働きました。

昭和二〇年八月五日、家族皆で夕御飯を食べておりました所、「今晩は、お目出とう御座います。御苦労さんです」と言って一枚の赤紙が父に渡されました。それが「召集令状」でした。昭和二〇年八月五日午後九時、召集令状がきました。

「一郎・一九歳。七日午前五時三〇分、家出発。午後三時に和歌山二四分隊に入隊。」

父も母もびっくりして、御飯どころではありませんでした。すぐに近所や親戚に知らせに行きました。すぐに近所や親戚の人も来て下さいました。「一郎ちゃん、どうなってんの」と皆がびっくりしてました。それもそのはず、近所には二〇歳になった人、また兵隊検査を受けた方もいるのに、まだ一九歳の自分がと、皆さんがびっくりしておりました。

八月七日の午後三時に和歌山の軍隊に入隊しなければなりません。六日の日、一日しかありませんでしたので、日の丸の旗を枚方へ買いに行ってくれる人も、また、奉公袋を買いに行ってくれる人も、千人針を作ってくださる方も、色々として下さいました。「千人針」と言うのは、千人の女の方々が赤糸で一つ一つ（縫い玉で）結ぶものです。一般の女の方は一つしか出来ませんでした。しかし寅年生まれの方は自分の歳だけ出来ました。そして真ん中に一〇銭玉と五銭玉をくくり、腹に巻いて行くのです。

五日の夜は親戚の方も寝ずに色々として下さいました。六日の朝になり、姉は松下電器の本社に勤めていたので、日の丸の旗を持って会社に行き、松下幸之助さんに寄せ書きをしてもらい、また、社員の方々にも書いてもらいました。そして自分の会社に持って来てくれました。

当時、電器工業の工場長は吉川朝治という方でした。そして事務所の中で工場長の吉川さんから「餞詞」を読みあげて、それを渡してくれました。

また、今井中尉も祝辞を読み上げ、それを渡してくれました。

そして、それらをもらい家に帰りました。六日の夜は近所の方も、親戚の方も、会社の方も来て下さいました。寝るどころではありません。

近所の親達からは餞別といって、三圓から五圓を下さいました。また、親戚の叔父さんからも拾圓から拾五圓をもらいました。お爺さんからも弐拾圓をもらいました。枚方町より拾圓、大阪府より壱圓、軍人会一同より壱圓、磯島町内より五圓、松下会社より五圓をもらいました。

六日の夜、父は「一郎、もしお金がいる時がきたら」と言って「ノート」を一冊くれました。その「ノート」の中に、拾圓札、五圓札、壱圓札を紙と紙の間に入れて糊で貼ってくれました。そのお金は今でも自分の宝として持っております。また当時の五〇銭銀貨、一〇銭銀貨、ニッケルの五銭。二銭、壱銭銅貨、並びに寄せ書きも一緒に宝として家においております。軍隊手帳も残して、軍隊手帳には「第二国民兵」と記されております。

いよいよ七日の朝になりました。歓呼の声で送られて家を後に、出発しました。親戚の叔父さん二人が和歌山城まで送って下さいました。お城の中で昼弁当を食べて、軍隊の門の前まで送ってもらいました。七日の夜は疲れてぐっすり寝てしまいました。八日の朝になり三人呼び出されました。「空襲警報が出されているのに、なぜ起きてこないのか！」と言うが早いか、どつかれました。

五日、六日の二晩、ろくに寝ておりませんでしたから。

八日の昼食事がすむと、頭の先から足の先まで新品の軍服、帽子、靴（エンジョウカ）、ゲートルを下さいました。そして、三時頃和歌山の軍隊を出ました。行く先は九州でした。隊を出ますと、大勢の人が面会に来ておりました。

自分達、初年兵の親達でした。何やら食物とか色々渡して居りました。皆、和歌山の土地の人達でした。枚方や大阪から入隊している人は自分一人でした。東和歌山の駅まで歩いて行く途中で面会に来ている人に手紙を書き、九州に行くといって住所を書き渡しました。大阪駅より汽車に乗り九州へと向かいました。門司から関門トンネルを通った時のことが今でも頭の中にしみついております。

宮崎の山の中の坂道を機関車が前と後ろと二台で登って行きました。朝方でした。駅で皆が降りました。そして、山に向かって何時間歩いたことか、遂に山に着きました。山の原を削って、上に葦や草の枯れたのを乗せたのが兵舎でした。寝る所でした。

兵舎の中で、持って来た柳行李の小さな入れ物が食器でした。飯盒なんかありませんでした。竹を節から短く切った筒が「コップ」でした。その筒のコップにお茶一杯と食器にめしを七分ぐらいでした。それが毎日の食事でした。朝の食事が終わるとエンピン（小さなスコップ）を持って山の原っぱの所で自分の体半分程は入る穴を掘りました。それは「蛸壷」と言って、爆弾を抱えて蛸壷に入り、戦車が来たら出て爆弾と一緒に戦車の下敷きになる練習ばかりでした。明けても暮れても練習ばかりでした。穴を掘るのが少し遅れると一等兵が来てビンタばかりです。上等兵も来て、「なんじゃその態度は！」と言って自分達初年兵を一列に並ばせ端からビンタです。

「お前ら死んでも一銭五厘出したらなんぼでも来るのや。お前らの歳の者は皆、空では特攻隊と言って飛行機に爆弾を積み軍艦めがけて当たりに行くのや。ガソリンも片道のガソリンしか積んで無いので、帰る事も出来ないのや。海は海で、魚雷に爆弾を積み、軍艦めがけて当たりに行くのや。だからお前らもしっかり頑張るのや」と言って、毎日毎日しごかれました。

腹はすくし、しんどいし、毎日毎日この世の生き地獄でした。そればかりではありませんでした。和歌山の軍隊で着て来た新品の軍服、帽子、靴までも一等兵達が着ている古い軍服、帽子、靴に取り替えられました。なんと言う悪どい仕打ちでしょう。何で日本人でありながら。弱い者いじめでした。初年兵の皆は、夜になったら逃げて帰りたいと、口々に言っておりました。一九歳の初年兵ばかり穴を掘り、爆弾を抱えて死に行く練習ばかりで、家のことすら思う余裕もありませんでした。自分達、初年兵は毎晩毎晩辛くて泣くばかりでした。

ある日、八月一六日の朝になりました。自分達初年兵を一列に並ばせ、班長の上等兵が「今日からしばらく訓練は中止するから」と言われました。皆大喜びでした。地獄からはい上がった気持ちでいっぱいでした。嬉しくて嬉しくて皆の顔の色が嬉しさでいっぱいでした。地獄に仏とはこのことを言うのかと思いました。そして八月の末頃でした。日本が戦争に負けたらしいと初めて聞きました。それで訓練が中止になったのかと思いました。

九月になりました。鉄砲を持って来てヤスリで菊の御紋を消しました。その鉄砲を二丁肩に乗せ小林町の広い広い広場に持って行きました。その時はじめて鉄砲を見たし、持つ事が出来ました。かなり重い物でした。広場に行くとアメリカの軍人がたくさんおりました。日本の大砲やら色々な兵器でいっぱいでした。

それから毎日毎日、何をすることもなくぶらぶらとしているばかりでした。お腹がすくのであちらこちらと山の中を歩き、長芋を掘って食べておりました。いよいよ一〇月一日に帰ることになりました。しかし朝から雨風が強く吹き、外へ出ることも出来ませんでした。そして二日の朝に出発することになりました。

門司まで出るのに鉄橋があちらこちらと破壊されていたので、なかなか時間が掛かりました。門司から露天貨車に乗り大阪駅にようやく着きました。駅に着いたのは一〇月五日の午前四時過ぎでした。大阪駅で全員解散致しました。大阪駅から城東線に乗り京橋に来ると、京橋の駅はありませんでした。とにかく京橋の駅に降りると、そこら一面焼け野原でした。大阪砲兵工廠も焼けておりました。京阪電車に乗り、家に帰りました。朝六時頃でした。両親も姉もびっくりしました。そして、喜んでくれました。

短い二ヵ月間でしたが、こんな想いは二度としたくありません。

終わりに、戦争の為に戦死した兵隊さんや原爆で死んだ広島・長崎の人々を、そして沖縄・東京・大阪の爆撃で死んだ人を、また特に自分達幼い一八歳や一九歳の若き命を、虫けらみたいに殺し青春をないがしろにした政府を怨みます。税金の無駄遣いをせずに、戦争犠牲者を供養して上げて下さい。

航空戦艦「日向」の最期

大阪市　森正年

風雲急を告げる昭和二〇年四月三日、呉軍港を戦艦「大和」が沖縄決戦に出撃したが、四月七日薩摩半島から本土を離れ間もなく、坊の岬西南西二〇〇キロメートル地点で米機動部隊に発見され撃沈された。私の乗艦「日向」三八、五〇〇トンも後を追いかけて沖縄に向かうべく食糧搭載を完了していざ出撃の時積み込む燃料がないので、呉軍港の警備に当たるよう命令が下り、やむなく呉沖の情島付近に投錨、沿岸の警備に当たることになった。

そして逐に悲運の日が訪れた。七月二四日アメリカ機動部隊の空母から爆撃機、艦載機（グラマン戦闘機）延約一八〇機の数波にわたる執拗な波状攻撃を受け、我が艦もこれに応戦し、上空はまるで蜂の巣を突いたような戦闘機の乱舞となった。二番砲塔には五十数人が配置されていたが、接近戦のため主砲は最後まで撃てなかった。私は砲塔第二分隊で持ち場は弾庫だった。

ひと時、敵機の攻撃が止んだので甲板に上がり、仲のよかった戦友で左舷高角砲分隊の田中水兵長（大阪市大淀区）に会いに行ったところ、高角砲の横で倒れているので、「おい田中水兵長こんな所で寝そべっていたら危ないぞ」と身体を揺り起こしたが返事がなく、身体は温かかったが既に戦死していた。甲板上で、高角砲分隊、対空噴進砲分隊、機関銃分隊の戦死者は、首がない者、手足のない者が大半であった。重軽傷者多数のうめき声が、あちらこちらで聞こえていた。

敵機の機銃や投下された爆弾が炸裂し、その破片が身体に当たり、丁度大根を切ったような切り口となって戦死していた。電極板勤務の電気兵は本艦上で炸裂した爆弾の振動により、身体が電極板に触れて真っ黒に焼けただれて戦死していた。甲板上は真っ赤な血の海と化し、まるで地獄絵を見たような断末魔の光景であった。

我々砲塔分隊（主砲三六センチ）八門の戦友は砲塔の覆いの中での戦闘配置に就いていたので、生存者約二〇〇名は九死に一生を得た訳である。夕刻には草川淳艦長（戦死後海軍中将）をはじめ乗員二〇四名の戦死者、重軽傷者約六〇〇余名を出し、航空戦艦「日向」は惜しくも戦闘不能の大破、損傷を受け、その雄姿は水没、着底してしまった。その時マスト上に翻っていたボロボロの軍艦旗は現在呉の海軍資料館に永久保存されている。生存者は、戦死した戦友二〇四名を情島馬渡海岸に引き揚げ約一週間かけて荼毘に伏し、ご冥福をお祈りした。現在でもこの海岸には「日向」の慰霊碑が建立してあります。この時の呉軍港に於ける我が方の損害艦艇は航空戦艦「日向」「伊勢」重巡洋艦「榛名」巡洋艦「青葉」海防艦「八雲」空母「天城」と潜水艦数隻も損害を受けた。

その後、我々には乗る艦艇がないので、上海陸戦隊か、人間魚雷「回天」の特攻隊に行くか二者択一を迫られ、私は既に国のために殉ずる覚悟であり、何のためらいもなく「回天」の乗員を志願し、戦友三〇名と共に大竹海軍潜水学校（広島県佐伯郡大竹町）に入校し、特殊訓練の最中、あの八月一五日の終戦を迎えた。二度とあのような悲惨な戦争は起こしてはならないし、子々孫々に至るまで悠久の平和の続くことを願わずにはいられない。

願わくば先の大戦に於いて尊い命を国に殉じた幾多の英霊に対し、衷心より哀悼の意を捧げるものであります。航空戦艦「日向」の栄光と、人間魚雷「回天」に乗って敵艦に体当たりして行った先輩。あなた方の尊い犠牲は永く語りつがれることでしょう。私達はあなた方の殉国の至誠を深く肝に銘じ、これを亀鑑にし祖国の平和と発展のため尚一層の努力を傾注するものであります。

Ⅴ　引き揚げ

三八度線を越えて～八歳の記憶

兵庫県　西尾哲彦（六八歳）

私が生れ育ったのは、北朝鮮咸鏡南道松江里という所で、大きな町の咸興から汽車で半日掛りで山に入った田舎町だった。父は会社勤めで会社の社宅に五人家族（父母兄私妹）で住んでいた。昭和二〇年八月終戦当時父が出張で遠方に行き、社宅まで戻るのに苦労した様でそのため家族全員で日本への帰国が遅れたそうだ。

ソ連軍が進駐してくるらしい、急がねば。ある朝一発の大砲の音が響きその瞬間から事態は一変した。日本人を近くの学校の校庭に集め、戦車と機関銃を持ったソ連兵が周りで威圧した。

隊長さんらしき人が朝礼台に上り、大きな声で話し初めた。「あなた達日本人は戦争に負けたのだ、早くこの国から出て行きなさい」と役場の人が訳してくれた。

はじめて見るソ連兵の話をしながらそれぞれの家に帰ってみると家の中はメチャクチャに荒されていた。金品はもちろんオーバー、コート等の衣類はほとんど掠奪されていた。

近所の家庭でも同様であった。

残りの衣類食料等をリュックにつめ込み、とりあえず咸興まで行き引揚列車を待つ事にした、ところが列車はいつ来るかわからないとの情報で駅近くの空倉庫に集まる事になった。昼間はソ連兵が町中を見廻りしていたが、夜になると女性達を捜しおそい始めた。恐ろしいので女性達は髪は五分刈り、胸はさらしを巻き、顔はなべのスミで汚し男に変装していた。寝る時は子供と女性は床下に隠れ息を潜めていた。

引揚列車が咸興に入って来たのはそれから数日後で、貨物列車だったが日本に帰れるのでみんな喜んで乗車した。一昼夜走り朝、目をさましてびっくりした。

山の中で汽車が止っていたのだ。貨車から外に出ると、前の方から、機関車が無いと大騒ぎしていた。数時間待ったがどうにもならず、とりあえず次の駅まで行こうと全員（数百人）線路沿いを歩き出した。駅まで来たが汽車はいつ来るか見当がつかないとの話で、これからは、三八度線を越えるまで、数家族に分かれて、行動することとなった。

　三八度線を越えるまで四十数日だったが、その間、飢えと寒さに堪え忍び、筆舌では尽せない体験を、いくつか思い出して記してみた。

　まず食べ物に事欠いた。ある村では日本人の親子が撲殺されたのか木の枝に引っかけてあった。横の板切れには、日本語で「ダイコン、ドロボー」と記してあった。誰もが、みてみぬふりをして、ただ黙って通りすぎた。みせしめだったのだろう。

　また昼間は、危い所があるので、林の中に隠れ、夕方か朝早く行動する事となり、ある村に、夜半さしかかった時、突然赤ちゃんの泣き声がした。父から「静かに草むらに隠れろ」と言われ、急いで伏せた。そっと顔を上げて泣き声の方を見ると、あちこちの家の灯りがつき、大きな話し声がした。子供の泣き声がやみ、家々の灯りが消えさわぎが治まると皆は黙って歩き出した。後で父に聞くと「赤ちゃんがいると、足手まといになるので、前のグループの誰かが農家の軒下に置いてきたのだろう」と言っていた。もし皆が生き延びて日本に帰ることができ、落ち着いたら赤ちゃんの親が迎えに行くはずだともいっていた。無事なのだろうか。あれから、あの赤ちゃんはどうなったのだろうか……。

　ある夜、徒歩で前進中、風雨が強く寒さをも凌《しの》ぐため、学校をみつけ雨やどりのため校舎に入った。

　一人の子供が、部屋の隅に一個のバケツをみつけ、手をつっこんでなにかをなめていた。

　僕も喉が乾いたので、同じ様にした。スープみたいだった。

　ところが、三人目の子が近づき、あわてていたのか、バケツをけり、「ガシャ」と音がした。みんなが息をのんだ時、パッと明りがつきソ連兵が銃を向けながら、室内に入って来た。僕はこれで最後だと震えて立っていた。

　そのあとで帽子をかぶった隊長さんらしき人が入って来て、指差して何かを話をしていた。すると親達の方をみて親は誰かとジェスチャーでわかった。父は手をあげ、これで親子は銃殺だと一瞬思った。ところが兵士の一人が父のそばに行き、リュックにかけていた飯盒を手に取り、バケツに入ったスープを注いだ。他の家族にも容器を出すようにとジェスチャーで示した。

　スープは足りず、隊長さんは奥に入り、二個のバケツに入れたスープを全家庭に配った。皆は頭をさげて頂きました。あの時の味は今でも口の中に残っている。忘れられない人の温もりを感じる味だった。

いよいよ三八度線が近づいて来た。夜中から朝方にかけて通り抜ける予定だと皆と話合っていた。ソ連兵にみつかれば、銃撃されると噂され、用心のため音のするものはすべて、捨てるよう通達があった。夜中のため、周囲の景色はまったく見えないが、山の谷間だと聞いた。皆はただ無言で進み、足音だけが「ヒタ、ヒタ」と耳に残っている。やがて空が明ける頃、はずんだ声が聞こえた。三十数名の団体行動だったが、無事に三八度線を越えたのだ。みんな涙を流し肩を抱き合って喜んでいた。

川土手に出ると、アメリカの軍用トラックが迎えてくれた。早速乗り込み、港町仁川まで運ぶのだと言われた。

引揚船が来るまでは港の倉庫に泊ることになり、とりあえず食事として、トウモロコシの茹がいたのが配給となり、おいしく食べた。でも二日目からは、消化不良をおこし下痢となった。

一週間過ぎて、貨物用の引揚船が迎えに来た。日本に一日でも早く帰りたい気持だったので、喜んで乗船した。祖国日本に着いたのは下関港で、昭和二一年、まだ肌寒い春先だった。本当に生きて、帰ることができ万感の思いで日本の空を見上げた。

あかね空

大阪府和泉市　中川綾子（六五歳）

終戦、私と母は満洲でその日を迎えました。私は五歳、父は満洲国の警察官で、終戦と同時にソ連に抑留されました。母と私は官舎で生活して居り、終戦の日、官舎にソ連の車が玄関をつき破り、テントのシートの様なものがパッとあけられ、拳銃機関銃で官舎の人達を、バン、バン、バンと殺し、出て行きました。死に切れず、うめいている人が大勢いました。死に切れない人々を殺していくのです。その後、満人が出刃のようなものをもって、死に切れない人々を殺していくのです。

母は、左手に三発銃弾をうけたのです。もんぺの袖が、はちきれる程ふくれて、ハサミで私が袖を切ったのを覚えて居ります。うめき声の中、三日間いたそうです。母もその一人でしたが、弾が貫通していたのと私が幼い女の子だったので、その後もソ連兵が来たのですが、銃口をこめかみに押しあてられたのですが、引き金を引かれることはありませんでした。

母はやさしい人だったので、満人のお手伝いさんが三日後の夜、荷車のようなもので、母と私を乗せ、草を一杯かぶせて、日本人のいる地下室の様な所に連れて行ってくれたのを覚えています。

母は、官舎に三七人いたと口ぐせのようにいっております。三五人の人は皆亡くなったということです。

命は助かったものの生きることがどういうものか。五歳の私が母を食べさせて行かなければならない。ピーナツやひまわりの種を売ったり食べるカンパンにかえて貰ったり。五歳の私には寒さと疲労で意識ももうろうとした日々が続いていた頃だと思うのですが、中国人が日本人を公開処刑をするのです。

二頭の馬に片足ずつしばり、馬を走らせるのです。人形がさかれていく様でした。片方では電信柱に、はだかではり金でしばられ、日本人が石をなげるのです。同じ人間でありながら、何と残酷なことが出来るものだと、子供心に残忍さを恐ろしく思いました。

そんな日々がどれ程続いたでしょうか、日本に帰る行進です。夜出発して歩く、歩く。持つものは、毛布を肩にかけリュックをしょって。鉄道といえば屋根のない貨車。雨にふられても、毛布だけは絶対手放せませんでした。たった一枚の財産だと思います。

凍った雪を行進するのも大変でした。行進している時、何十人の死体のそばを通って行ったのか。休憩の時、雪の降る時、うとうとと睡魔がおそう時、誰かにほっぺを何度たたかれたか。

今でも雪の中で死ぬのが一番楽ではないかと思う時があります。

晴れた日。行進の時、休憩の時、お姉さん達が、ハサミで髪を切り、七輪でお湯をわかしたやかんのすみを顔にぬっている姿を何度も見かけ、不思議に思っていました。何人もの中国人等がそのお姉さん達を、馬小屋や川原に連れて行く光景が、しばしばありました。泣きさけぶお姉さん達を助けるでもなく、大人の人達はただ黙ってどこかに行ってしまう。その後そのお姉さん達を、誰とはなくオンリーさん、パンパンのお姉さんと二通りに呼ぶようになっていました。

引揚船に乗る間も、今度はソ連兵だと思うのですが、そのお姉さん達がオンリーのお姉さん、パンパンのお姉さん、長い日々、ソ連兵と一緒にいる光景を見ました。

終戦から日本に帰るまで一年数ヶ月くらいかかったのではないかと思います。

やっと引揚船に乗ったのですが、私は病気になったのだと思います。食べ物も配給だったのでしょう。不自由だったのですが、何も食べたくなく船でただ寝てばかり。顔見知りのオンリーのお姉さんが船の看板に連れだし、そっと私におかゆを食べされてくれました。訳もなく涙が出て来たのを覚えて居ります。

船から赤痢の人が出たということで、長い間海の上の生活が続きました。お姉さんは時々、ハーシーチョコレートや干しぶどう、缶詰等を食べさせてくれ、「日本の港が見えているのに何時上陸出来るのだろうね」。

ある日の夕方、空に灰色の雲、真中に真赤な夕日、その下に白い雲と、色鮮やかな夕日を二人で見ていました。

「綾ちゃん。あのきれいな夕日は、あかね空だよ」。すいこまれる様な、きれいな光景でした。

船の中でお姉さんのことを、こそこそ、日本に帰ってどうやって生きて行くのだろうと話しているのを何度も耳にしていました。

私も年頃になり、オンリー、パンパンのお姉さんと呼ばれている意味がわかりました。つらかっただろうなあと、しみじみ感じます。

私は、三月一八日で六五歳になりました。三年前、肺炎から酸素が少なくなる病気になりはじめて入院生活を経験しました。その時、少女が頭から血をかぶり、血の海の中にいるのです。ギャッーと声を出して自分の声で気がついた時、先生、看護婦さんが周りにおり、「大丈夫だよ、大丈夫だよ。そばにいますから、安心してねむりなさい」といわれ、うとうとと眠りについた様に思います。後で同室の人に「すごかったのよ、貴女がギャー、ギャー、悲鳴をあげていた」といわれました。

あれから三年、また風邪から酸素が少なくなり、今度は大きな海に一人ぽっちで、あおむけにプカ、プカ、浮いている自分を夢で何日も、見ました。

六〇年前、殺されていく人達の声も血も覚えていない私が、今何故、血の中にいたり、うめき声を夢で見るのでしょう。

亡き父も、私が一〇歳の時ソ連から帰って来ました。つらい抑留生活だったのでしょう。職も転々とし、挫折感もあったのだと思います。家族で生活したのは、一四歳の時まで、家庭というものはなく、平成七年に亡くなりました。

「お父さん」と呼んだことは、一度もありませんでした。ただ私に娘と息子が生まれ、とても可愛がってもらい、私もおじいさんという言葉に変っておりました。

母は九〇歳。現在、特養でお世話になっておりますが、五歳から生活におわれ、六二歳まで必死にがんばったのにと思うと、悲しい思いがします。

五歳の私が直接危害を加えられたことは、なかったのですが、こんなに精神的に今も、引きずっている現在、お姉さん達は日本に帰って来てどういう人生を送ったのか、胸が痛みます。

生きていらっしゃれば、八〇歳前後、亡くなられた方もいらっしゃるでしょう。自分の人生を語ることも出来ないのではないかと思います。

船の上で見た、「あかね空だよ」とつぶやいたお姉様達に哀悼の意をこめてこの文章を書かせて頂きました。

ハルビンから帰国するまで

和歌山県橋本市　松井周栄《ちかえ》

昭和二〇年八月一五日の玉音放送は、その頃哈尓浜《ハルビン》石油会社に務めていた私は同僚とお昼休みにラジオで聞いたと記憶しています

もちろん即刻会社は廃業、私達も明日からの出社はありません。その日の中に重要書類など焼き捨てて、慌しく帰宅しました。途中、哈尓浜駅は、各方面の開拓団の人が避難して来てゴッタ返し、さながら人の洪水の様でした。

中でも女の人が丸坊主で子供をおぶっている異様な姿には、正直いって吃驚しました（その頃はいまだ大した混乱もなく切羽詰まって居ませんでしたので）。でもその後の無政府状態の中では、あらゆる所で強盗、強姦、殺人などが平気で行われ始めました。

公報機関も麻痺して確かな情報が得られなくなりました。不安は募る許《ばか》りです。

それでも私は荷物の整理に明け暮れて今日は何日だか何曜日なのかも解らず、またその必要もなかったのです（会社へは出社しないのですから）。終戦後一〇日余り経った頃でしょうか？　夜中ドアをノックする音で目を覚しました。一瞬、もしや主人が復員して帰って来たのかと思い、耳をすませました。何か小声で喋っているのはどうやらロシア語の様です。「ロシア兵だ」と気付き手さぐりで地下の貯蔵庫の中へ逃げ込むと同時に、「間一髪」とは、こういう場合を指していうのでしょうか、いくらノックしても応じないのでバリバリと勝手にガラスを破って物凄い音と共にロシア兵が入って来ました。二、三人いたと思います。暗がりの中で物色しているのが気配で解りました。

暗い貯蔵庫の中で、「どうか見付かりません様に」。見付かったら殺されてしまうかも知れない恐怖で平素は不信心な私が一生懸命祈っていました。二、三時間、いえそんなには長い時間ではなかったかもしれないけれど、私には、それ以上経っていた様に思えました。フト気が付くともう家の中はシンと静まり返っていました。盗れるだけの物を持ってロシア兵が去っていったのです。ソッと天井の蓋を持ち上げてあたりを見回しました。

夜が白々と明けかけていましたので恐る〳〵地下を出ました。

右隣りの杉本さんが「主人が連れていかれた」と泣き声で叫んでいましたが慰める言葉もなく、電気をつけて見たら案の定、家は土足で汚され、ガラスの破片で足の踏み場もないくらい。開けっ放された箪笥の中はほとんどの着物が持っていかれ、辛うじて小引出しの小物が残されているだけでした。それは諦めるとしても破られた窓はどうしましょう。これから寒さに向う季節なのに……急には元通りに出来そうもありません。被害は私だけではないのです。まして相手の家主さんは、ロシア人です。希望通りには修理を急いでくれそうもないからですがとにかくお金を工面しなくてはと思い（幸い灯りがなかった故か、通帖と印鑑だけは盗られずに済みました）、それを持って銀行に行きましたが、すでに閉鎖されていました。

途方に暮れる私に、「満人に頼めば金が出るかもしれない」と教えてくれる人がいましたので、早速郵便局の牧野さん宅を訪れて何度も〳〵頭を下げてよろしくお願いしますと通帖と印鑑を預けて帰って来ました。

今日一日お昼御飯を食べるのも忘れて右往右往していた自分が惨めで、粗末な夕飯を食べながら涙しました。夕食後、窓に二枚重ねた新聞紙を張り一時凌ぎをしましたが、パタパタと鳴る音と忍び寄る寒さに耐え兼ねて左隣りの松田さん宅で寝させて頂きました。

以後は松田さん宅で寝泊りして牧野さんからの便りを待っていました。半月も経つのに何の連絡もなく、こつこつと共稼ぎで貯めたお金も誰が悪いのか一文も返って来ません。調べる術も、訴える事も出来ず泣き寝入りです。

異国での敗戦国の惨めさをつくづく味わいました。何とか働かなくてはと思っていた矢先に、収容所にいる者は優先的に内地（日本）へ帰ることが出来るとの噂に、残りの金も少なくなっていたので一切の家財道具を売り払って、哈尔浜郊外にある香坊《コウボウ》収容所に入りました。

折柄秋の収穫の時期で開拓団の残した畑のジャガイモや人参の穫り入れがあり、早速次の日から畑仕事に従事することになり、畑仕事などしたことのない私は大変な労働でしたが、内地へ帰る日が楽しみで一生懸命働きました。

収容所は何棟あるのか解りませんが、私は棟の入口に近い場所を与えられました。中央が通路で、その両側に高さ四〇センチくらいの床を作ってムシロを敷いただけの粗末な宿舎でした。暖を取るのは通路に設けられた小さな石炭ストーブ一つだけです。でも畑仕事に疲れた体にはそれも必要ないくらい、横になると五分も経たぬ内に眠ってしまいます。

夜中に、用を足す人の足音や、ドアを開けると入ってくる寒気で、入口近くにいる私は、小さく毛布にくるまって朝まで良く眠れないことも度々でした。畑の作業中に流れ弾に当って負傷する人も出るくらい、いまだ治安が悪かったが、頑張って働いたお蔭でヤッと収穫も終り、楽に過せる日が来ました。

収容所へ来てどのくらい日が経ったのでしょうか？巷では、ポツポツ復員船が出始めた様です。それなのに、今年はもう船が出ないとの噂です。何のために収容所に来たのか、ガッカリです。

それから暫くして女の人がいなくなりました。同室の人がそれに気付いて大騒ぎになり方々探しましたが、見つかりません。翌々日に炊事当番の人が井戸の中で死んでいるのを見付けました。同情もありましたが、それより何も知らず何日かその井戸水を飲んでいたのに病気にもかからず弾丸にも当らずに「よくまあこれまで生きてこられたものだ」と自身が愛しくなりました。

またそのうち、大勢の男の人がかり出されました。穴を掘るのだそうです。凍死で収容所の人が死んでも土地が凍てつけば穴を掘れず、葬ることが出来ないから用意をして越冬の準備をするのだという。聞いた途端スーと背筋が寒くなり倒れそうでした。

此所に居ては、食料は足りても凍死してしまうかもしれないと思いました。復員してくる主人の事も気になり出しました。哈尓浜で働きながら待つ決心で元の所へ戻りました。親しくして頂いた杉本さんや松田さんはもう居ず隣組もバラバラになっておりました。以前病院で知り合った中橋さんが家のない私を快く泊めて下さいました。

区民の憩の場だった近くの公園も様変りしていて、沢山の人が衣類やパン、煙草などの立ち売りをしていました。私は売る着物もないのでパンを仕入れて売り、僅か許りの金を得ていました。やっと仕事にも馴れた頃、朝パンを仕入れに行くと「もうこの金は通用しない」とにべもなく断られ、白と濃いピンク柄の札をこれからの通貨だと、八路軍の持って来た札を見せられました。通貨が使用出来なくなるなんて考えも付かないことです。これも敗戦した故でしょうか?

もう二回も金銭のトラブルに巻き込まれてお金を扱うことが怖くなりました。加えて居候の気兼ねもあって、住み込みで働くことにしてロシア人のパン屋さんへ行くことにしました。パン作りはさほど辛くはなかったけれど、三度の食事はパン許りなので日本食が食べたくなり、その上、夜は夜で南京虫に悩まされて、パン屋さんも一ケ月とは続きません。

そこで中橋さんのつてで中国人の家に住み込みました。今度は、つてでもあり大事にされました。幸い少々洋裁の心得もありましたから、子供服や満服（お腹一杯のことではありません）、チャイナ服をミシン代りに返し針の手縫いで手間が掛りましたが作ったり、子供に算術や読み方を（当時はそう云いました）教えたりして大変重宝がられました。

　隣りの黄さんは、小林さんという日本女性と三つくらいになる子供さんとの三人暮しです。

　小林さんの御主人は出征したままでいまだ帰って来ず、銀行が封鎖されて金もなく小さな子供を抱えて働く事も出来ず、仕方なく黄さんと一緒になったそうです。これも戦争の犠牲者の一人でしょうか？「もう内地には帰れない、哈尓浜の土になる」と言っていました。

　黄さんの留守中、何もせず遊んで贅沢な暮しで、私達は羨ましく思っていましたが、今になってみればどんなにか後悔しているだろうと時に思い出して、哀れな気がします。同じ日本人同志というだけで、時々御飯をよばれたり、帰国の際には餞別もいただきました。

　そうこうしているうちに私達にもいよいよ帰国の順番が来て、中橋さんが帰して貰える様に頼んで中国人の家を引き払いました。

　とりあえず組長さんのところへ行きますと、大谷さんという方の双子の一人を背負って帰国してほしいと言うのです。

　身軽な私は、快く引き受けることにしました。大谷さんも出征兵士の妻でした。

　子供は典子ちゃんと俊男ちゃんと言いましたが、私は典子ちゃんをおんぶすることになり、哈尓浜に向いました。身の周りの物だけを持って、なるべく荷を少なくするためにブラウスの上に毛糸のセーターを三枚も着込み、子供を背負いネンネコを羽織るとそれだけでもう汗びっしょりです。荷物をロープでつなぎ客車の周りに置く作業が手間取り、哈尓浜駅を出発出来たのは八月二三日の夜でした。列車と言っても名前許りで屋根がありません、囲いもありません。板の下に車輪が付いているだけのトロッコです。それでも列車に乗り、フトン代りに敷いたネンネコに子供を下ろし、本当に肩の荷がおりたのです。

　列車がゆっくりと動き始めました。これで哈尓浜ともお別れだと思うと、二年前ここに来た時は、希望に胸ふくらませ、故郷へ錦を飾る（ちょっと大袈裟かな！）とまではいかなくとも、成功して帰るはずが、こんな体たらくで帰国とは何とも口惜しいやら情けないやら、涙がとめどなく流れました。

　さて、そんな感傷に浸っている間も列車は走り続けて駅に付きました。

何という所だか？　上からの指令で列車を降りました。学校の様な建物で一泊することになり各自炊事を始めました。河原で大きな石を拾って来て三方を囲み、にわか作りのカマドで御飯や子供のためのオカユを作り、御飯は握って（いつでも食べられる様）、満人の売りに来た饅頭を買い、お握りとかわるがわるに食しました。空腹では食べ物は何でもおいしくいただけます。フトン代りのネンネコの上で四人が朝までぐっすりと寝ました。サア朝の出発です。昨夜洗っておいたおむつも乾き、良く眠れた故か長い列から取り残されもせず歩けました。

歩いて歩いてまた夜が来ました。ある時は満人に襲われて怪我をしたり、物を奪われたりすることもあるので、昼は休み夜歩くこともありました。

夜の行軍は眠さも辛いものでした。手に持った濡れたおむつは無意識のうちに捨てていました。そんなことをくり返しながらコロ島へ着いたのは一〇月初旬です。どこをどう通って来たのか、只一つ覚えているのはローヤレイ（老爺嶺）という土地だけです。「船に乗せて沖へ出たら、皆殺しにする」などのデマも信じられる程、苦難の旅でした。でも乗らなければ内地へ帰れません。コワゴワ乗りました。ラッパ、日佐丸さん一行が皇軍慰回の途中終戦にあい、私達と一緒に乗り合せました。9006号という船です。

ショー漫才などで楽しませてくれ、旅の苦労も吹き飛んで久し振りに心から笑いました。一方では水葬がありました。亡くなった人を上陸させるわけにもゆかず、内地を目前にして御遺族の方は、さぞ辛かったろうと思います。一〇月一七日やっと佐世保にいて、種々の手続きも終え復員列車に乗りました。

今度は屋根があります。囲いもあります。床にはゴザも敷いてあり、着いた各駅では婦人会の人がお茶の接待までしてくれました。母国は有難いな!!　帰って来て良かった、と思いました。

あれから六〇年近く、連れて帰って来た典ちゃんや俊ちゃんもどうしているのか？

ひょっとしたら孫さんまでいるかしれません、私も年を取りました。

開拓団の自決

京都市　永野行枝

広大な土地の農場主という大きな夢を抱いて故国日本を遠く離れた大地満州に渡った開拓団員の人達。通河県小古洞開拓団、長野県出身の人達でした。

大地での大変な苦労を重ね、農業も軌道に乗り生活にも余裕が出来始めたばかりの人々でした。

昭和二〇年四月末、この開拓団の小学校へ転勤となり入団しました主人は、小学校教員でした。八ケ村を有する大きな開拓団、本部部落から遠く離れた山奥の小さな村、水田が主な農業。部落の小さな小学校。

主人だけが頼りの日々でしたが、親子四人幸せな日々でした。

八月一二日朝出勤した主人が一時間程で駆け戻り「召集令状」が来た「すぐ出発」とのこと。何を語り合う時間も無く涙をこらえて散髪。髪の毛、手足の爪を切って遺品として残し、一人一人子供を抱き「後を頼むぞ」「ハイ」ただそれだけの別れの一時間程でした。

村の広場にて村の人々に出征の言葉を残し、一度も振り返ることなく出発して行きました。

八月一六日「日本敗戦」。村落内は騒然となるだけで確かな情報は何も無く、頼りの主人もいない現状では家に引き籠ってじっとこらえる一日。

八月一八日、開拓団全員それぞれの村を出て、行先もない避難と決まり、子供だけ馬車に、一にぎりの食べ物だけを持って峠を越え野を越えやっと隣接の開拓団に辿り着いたものの、同宿を拒否され行き先の無いまま元の村落に帰る結果になりました。避難出発の折には捨てて行く物と思いながらも残る品々「衣類寝具生活用品」きれいにまとめて出発しましたが、帰って来た時には何一つ残って居ませんでした。中国の人々が馬車で運んで行ったとのこと。各部落も同様でした。

思わぬ所へ日本人全員帰村したため団員と中国の人々との間に衝突があり、団員一人が銃殺され一人が傷を負いながらも逃れて上部部落に辿り着き、実情を話し全員山に避難しましたが、女子供が多く山で夜を過すのは無理と再び帰村。

八月二〇日、開拓団員と中国の人達との険悪な状態の中「これ以上は生きて行けない」「日本人らしく自決」。最後の決断を出したのは団幹部、何百人かの命が終った悲し過ぎる一日。私の居た村には各部落から逃げて来た人達で何百人にもなって居ました。

子供達の空腹を満たしてやれる食べ物も何一つありませんでした。

八月二〇日夜、団幹部の談合にて翌二一日夜明けを待って全員自決と決定。団員全体に知らされました。

自決は覚悟の上ながら親子の命を始末してくれる主人はもう居ません。何人かの男性の方にお願いしてみましたが駄目でした。

可愛いい吾子の寝顔を見て、どういった方法でこの子供の命を始末し残る自分の命を終えられるのか考えて、考えて、自分なりに得たのは家の前の井戸、古井戸でしたが、水もあり深さもありました。

自分と子供が瞬時に命を終えられる唯一の方法と決心した其の時から、死の不安は全く無く井戸の中が楽しく思える心境になって居ました。

夜明けにはまだ時間がありましたが、同宿の誰にも迷惑を掛けない様、そっとぬけ出して終りたい。自分の家に帰り線香を持って来て井戸端に置き、まず二男を抱いて同宿の人に分らぬ様に外に出ようとしたのを、同宿の男性団員に咎められ「自分で決心した事、それにはせめて子供が何も知らずに眠って居る間に、それが二人の子供に対する親心」と話した所、「それなら今私が銃で命を始末して上げます」。本当に嬉しかった。

「今はまだ夜は明けて居ません。静かに隣りの馬小屋で始末して上げます」

長男は起きていました。二男はいまだ赤ん坊、わずかにあるワラを敷いて座り長男に「泣いては駄目ヨ、三人で父ちゃんの所へ行こうネ」「小父さんがテッポウを向けても泣かないでネ」。

すでに銃にタマを込めて私達の前に。長男を片手に抱き、二男には出ない乳首をふくませて、まず主人に「お先に行きます」。日本の肉親一人一人に「お先に行きますが許して下さい」。線香に火をつけ「私からでも子供からでもよろしくお願いします。遠くからでなく銃口を胸に当ててお願いします」。

「分りました」。短かい言葉のやり取り。

銃口が私に向けられたその時、「ちょっと用事を思い出しましたので五分程で来ます。その間に南無阿弥陀仏を唱えて待って居て下さい」と銃を私の側に置いて出て行かれましたが、再び私の所には来てくれませんでした。それが現在私が生きて居る「生と死」の別れ途になりました。

夜が明けて八時、学校の庭に二〇〇人余りが集合し、言葉も無く「皆様サヨウナラ」の一言のみ。一夜を共にした家々に入った間もなく、どこの家からともなく始りました。はげしい銃の音、泣きさけぶ子供の声、草ぶきの家の燃える音、止まない銃声。

どれ程の時間か分らない長い長い時間その中の一軒だけ存命でした。小学生の男の子が「死ぬのはいやだ助けてよ」と広い野原を逃げ廻り、お父さんが「死ななくていいんだよ、明日になったら逃げて行こうネ」となだめて。一七、八歳の娘さんは二人とも晴着を着せてきれいに化粧して。

私達は一軒一軒線香を供えてお別れし、生きて行ける希望もなく、ただ一時間でも一日でも生きて見ようと言う人に加えていただいて、一行、女子供を加えて一七人が村を出て山に入りました。山に入った夜、村から聞える数知れない狼の遠吠えを何日も何日も、日中は村の空を黒くする程のカラス。日夜を問わず死肉を求める獣。

ふり返れば外地での苦労の多かった開拓。一生懸命働いて来た人達の無意味とも言える自決の道。その多くの人達の死後さえ弔ってあげることなく、骨の一片も拾って上げることのない悲惨な戦争。二度と無い様に祈るのみ。

母が私達を満州からつれ帰った

奈良県大和郡山市　西原長治（七〇歳）

昭和二〇年八月九日から、翌二一年八月中旬までの一年間に体験したことを語ります。

その日、天気は凄く良く、姉と手をつないで夏休み行事から、下校している所でした。変電所（私の家）の手前まで帰って来た時、一機の飛行機が低空、いや操縦士の顔がハッキリ見えるくらいに飛来し、私達を撃ったのでした。初めは、何が何だか、さっぱり分りませんでしたが、身体から二～三メートル離れた地面を、土埃りを舞い上げて弾がはじけ、めり込んでいたのです。

顔を上げると向うの方で、母が両手を上下させ「伏せろ」と必死に叫んでいたのでした。ロシア軍戦闘機の機銃掃射にあったのでした。

姉が六年、私が四年生の夏でした。

翌日の昼頃、関東軍第六二二部隊の幌付トラックが来て、兵隊さんが「今直ぐ、貴重品や身の周りの物を持って、乗って下さい。二～三日山に籠るだけですから」と。この日限りで父母が懸命に守って来た変電所との別れでありました。

取る物も取らずトラックに乗りました。

そのまま、満州鉄道の平陽駅まで来たのでした。軍属の家族や、民間人の女、子供が大勢集まって居ました。

母は、もう変電所には戻れないと判断したのか「最後やネ！　家の家財道具なんかみんな満人部落の人達が持って帰ったワ」と淋しそうに言いました。

列車の前後には、赤十字の旗を立てて軍属の家族、満鉄満電の社員と家族、女子供の乗った非戦闘員専用列車です。

通常より、かなり時間はかかりましたが、三日目に牡丹江駅に着きました。駅の手前、大河「牡丹江」の鉄橋下には、既にロシア軍のスターリン戦車が多数集結していたとのことです。

牡丹江駅のホームに入った時、ちょうど一二時でした。

重大ニュース発表と、あの玉音放送がなされました。父母はじめ大人は皆へなへなと座り込み、涙を流していました。

その放送が終るや否や、満人、朝鮮人達がドヤドヤと乗り込んで来て、大人達の腕時計や金品、目ぼしい物を掠奪しました。ある老人がスクと立ち、満語で抗議しました。若者が老人の眼鏡をむしり取り、床に投げつけ踏み砕き頬にビンタを打ちましたが誰も何も出来ません。残念なシーンでした。老人は日本まで眼鏡もなく不自由な苦労をされたことと思います。牡丹江では、二～三日客車の中で過ごしました。この間は、満人の警官と思われる人達が私達を守っているのか見張っているのか？

とにかく何事もありませんでした。

帰国までの収容地「新京」へ発つ日が来ました。新京まで、時間はかかりましたが、無難に来る事が出来ました。

ここで、軍属家族と満鉄満電家族と別れました。新京駅から、一時間くらい歩いて収容先に着きました。今風な大型マンション、三階建てで二百戸程の全個室でした。

頑丈な鉄の扉、やっと安心して寝られると喜びました。大混乱の時代、そうは永く安心は、続きませんでした。毎朝、少しずつ寒さを覚える様になった頃、国府軍（蒋介石）が一階のロビーなど広い範囲を占拠したのです。そこへ八路軍（毛沢東）が攻めて来ました。戦闘は、野外で行われていましたが、建物にも砲弾二〜三発は、着弾しました。

中国の内戦にまき込まれたのです。

支援国アメリカの輸送機が飛来し、落下傘で武器、弾薬を落しますが落下点に対して八路軍の猛攻が始まり、結局は、全部八路軍のものとなっていました。国府軍は、その後、直ぐ退却しました。八路軍は、野営し私達の建物には、必要以外一切踏み込まなかったのです。ある日、八路兵が「ボクボク」と呼ぶので恐る恐る近付きましたら「お母さんに言って、白い布、敷布でももらって来て」とコン平糖を握らせました。関東軍の兵隊さんがたくさん、共産軍に入ったそうです。二〜三日、休息して、国府軍を追い出して行きました。

いずれの軍隊にしろ、軍隊が居る間は案外と安全です。軍隊が去った数日後、突然に銃を持った男が私達の部屋に入って来たのです。母は、男の前に立ちはだかり、懸命にしゃべりました。全く通じませんでしたが、その男は父の病弱な様子や、子供三人を見て、何もせず出て行きました。

母は、顔面蒼白でグッタリとしていました。私が暖を取るための枝切れ拾いをして帰り、鍵を忘れていたのでした。母は、「寒さに備え、枝切れ拾いをさせて」と庇ってくれました。

しかし、広い中国、北満で少ししゃべれても、移動したら、まったく言葉は違いました。

その後、少し経って、今度はロシア軍が進駐して来ました。第一線の弾よけ兵、これは悪かったです。シベリアの流刑兵とも呼ばれていたそうです。女性と見たら

「ダワイダワイ」と言って、追いかけていました。

女性はみんな髪を短くし、顔を汚し男の服を着て、外出していました。

間もなく、正規軍が入って来ました。この部隊は、先のロシア人とは違いました。

教育も受けているロシア人でした。ロシア兵も含め誰であっても、私達に悪事をはたらいた者には、逃げる後からマンドリン銃の弾を浴びせていました。

ある日、男三人が泣きながら、大きな穴を掘らされていました。掘った土を後に盛り上げ、その上に胡坐座りをさせられ、目隠しをされました。

前方から、小銃を構えたロシア兵、横にはピストルを男の頭につける位にして、兵が立っている。前方から発射、男は頭から血を流し穴に転がり落ち、盛り上げていた土を被せて終了でした。

翌日、見に行くと穴は掘りかえされ、衣服や靴が無くなっていました。

新京の滞在はかなり長く続きました。寒くなったら、人々はあまり外出しません。

母は強かった。満州へ来たら、満語を覚えなければと、電工見習の満人の若者といつもしゃべっていました。ロシア軍が駐留したらロシア語をと、ロシア軍将校宅の炊事係として働き習いしゃべっていました。私達も、今日は「ドラスチー」有難う「スパシーバー」と少ししゃべりました。

母は、毎朝仕事に行く人達と一緒に、馬の引くソリに乗って行きました。毎日の様に、残ったのでと食べ物を持ち帰り、私達に食べさせてくれました。

年も明け、暖かくなれば日本へ帰れるぞと言っていましたがなかなか決まりません。

その日が決まるには、長い時間がかかりました。七月に入り今度こそは本当だと、八月上旬に新京を発つと言ってました。

八月二～三日と思います。新京を発ちました。

乗せられた列車は、無蓋車でした。家族五人バンド通しに縄を通して、落ちない様にうずくまり座りました。それぞれの家族も、色々と工夫していました。夜間は列車は走りませんでした。

夜、暗くなると赤ちゃんが泣き出します。駅舎も何も無い広い草原でした。周りから、「泣かせるな！　襲われるから、赤ちゃんをつれて列車から離れろ！」と叫ばれていました。

翌朝、明るくなると、露に濡れた母子が帰って来ました。誰からとはなく拍手が湧き、双方が涙を流していました。

この列車の旅は、地獄でした。雨が降ったらそれぞれ寄り添い、布などで雨よけをしていました。私達は頭をくっつけ、布団袋を破ったものを被っていました。

列車は少し南下してから、北西へ向いました。朝鮮半島ではなく、渤海湾奥の錦州へ行くのでした。三～四日目に海岸沿いに走り、やっと錦州に着きました。四～五日も板の上に座り放し、夏だけが私達を応援してくれました。比処は、日本軍の小さい飛行場のあった港です。

アメリカの輸送船は、まだ来ていませんでした。

二日間、今度はコンクリート面の広場で待ちました。

誰もが膝に顔をうずめ、グッタリとしていました。

でっぷり肥えた中国人が若者二～三人をつれて、私達の間をジロジロ見ながら、分け入って来ました。

あちらこちらで、怒鳴る様なしゃべり声が聞えて来ました。

私達の所へもやって来ました。肥えた中国人が私の顎に手を差入れ、シャクリ上げて、顔を見ました。「プヨ」（いらん）と吐き捨てる様に言い、次に弟にも同じ様にしましたが、弟は恐ろしさのあまり、膝に頭を埋め硬くなりました。やはり大人の力、弟は無理に顔を上げられました。

「トールチェン」（いくらか）と言いました。一部始終を見ていた母が弟を抱きしめて「オーデ・シシーハイ」（私の子供）と言い、何やら強い口調でしゃべりました。肥えた男も、荒々しい口調でしゃべっていましたが渋々立去りました。

当時、中国人は、働き手の男児を買い求めていたのです。この様にして、やむなく中国人に引取られた子供が大勢いたと思われます。

やっと船が入って来ました。

凄く、大型の輸送船でした。

星条旗は見ましたが、アメリカ兵はまったく姿を見せませんでした。

日本人の係員が甲板から吊り下ろされた幾折れものゆさゆさと揺れる長い階段を使い、私達を船倉に案内してくれ、家族数により適当な広さを指示してくれました。そこには、毛布がキチンと折畳んであり、これで雨や風に悩まされることなく、眠れると思いました。

夕食は、温かいコーリャンに米の混った赤いご飯が出ました。久し振りで、本当においしかったです。

翌朝、出港しました。この時、はじめてアメリカ兵を見ました。大きい身体、白い顔、赤い顔、黒い顔と、早口で何やら言いあっている姿、吃驚《びっくり》しました。

船は、汽笛を鳴らし出港しましたが。湾内をゆっくりと進みました。船は外海でも速度を上げません。また夜間は止まります。

船首を風上に向けて、停船位置から流されない様に浮いています。

浮遊機雷を避けるため、サーチライトで海面を照らし、船を守っているのです。

日本女性を炊事係として材料を与え、その範囲の中で食事賄いを任せた日替りおかずが出されました。みんなうれしく、おいしく食べたのでした。

三日目の昼、水葬がありました。弱っていた老人が死去されたのです。死者を厚い布で包み、錘をつけ板に寝かせ、上から星条旗で被い、音楽にあわせ板を静かに傾けます。

死者は、旗と板の間から滑り、海面に入り、正服の士官と兵隊が式を進め、礼砲（小銃）を鳴らし、沈んだ点を大きな船が三回も、汽笛を鳴しながら廻って、別れを惜しむのです。

私は、思いました。こんな国を相手に戦争をしたことは、大間違いだ！

最初は、私達に恐怖心を与えまいと、兵隊が姿を見せない。食事は、口に合う様に賄いなさい。そして極め付けは水葬の儀式でした。アメリカは凄い国だと感じ入りました。

船は、赤い夕日を背に、博多港に入港しました。検診等のため、上陸は翌日となりました。船での最後の晩餐は、本当に赤飯が出ました。米は言うまでもなく、小豆も用意してくれていたのです。

食後、母と二人で甲板に出ました。

夕日を見たら、母は言いました。「お前がいたお陰で、大助りだった」と。

強い母が、私達五人を日本まで、つれて帰ったのです。

沈む夕日の中、満州の方角をいつまでも、いつまでも見ていたのです。
翌朝、丸一年かかって帰国、日本の土を踏みました。
昭和二一年八月の半ばでした。

Ⅵ　外地の軍関係者

フィリピンにいた私たち女子軍属

大阪府池田市　木村艶子（八一歳）

昭和一六年一二月八日、我が国は、米、英両国と戦闘状態に入ったとのラジオニュースを聞いた時は、国民すべてがもろ手を挙げて、米、英打倒に決起した。毎日のニュースは我軍の勝利ばかりを報道し、いやがうえにも国民の戦争への意欲を掻き立てるものばかりだった。

「欲しがりません勝つまでは」と統制経済戦時体制によって生活は益々やりにくくなり物資はまたたく間に国民の前から姿を消してしまった。生活必需品はすべて統制されて配給制になった。米は一日一人一合三勺に、それでもこの戦争には絶対勝たねばと一億国民総決起の時代に入っていった。学生は学業半ばで軍需産業に徴用された。何か国の為になる事をしなければという使命感がひしひしと胸にせまるようになった。

昭和一八年一〇月、私は女学校のクラスメートだった庸子に誘われて軍属志願をして、南方軍に従軍することになった。三年余り勤めた会社を退職し、同僚のタイピストだった千枝子も一緒に行くことになった。

比島派遣軍々属として、男子二〇名、女子一七名がビルディングのような大きい船に乗り込んで大阪港を出航した。台湾の高雄港に着くまでの二〇日間の航海中、敵潜水艦の襲撃をかわしながらバシー海峡を越え、やっとマニラ港に入港したのが一二月二一日だった。

私たち軍属の配属部隊は、南方軍野戦兵器廠であった。この部隊での一年間は戦勝気分で、休日には庸子と二人でカルマタに乗ってマニラの街に出かけ映画を見たり、ショッピングを楽しんでいた。やがて米軍の反撃により戦況は次々と悪化してきた。

昭和一九年九月にはマニラ市街は大空爆を受けて、いよいよ危険が迫ってきた。一〇月になって女子軍属は内地へ送還すべしと、軍司令部から命令が出た。庸子は一四名の女子と共にあたふたと還って行った。私は他の二名と帰還を固辞した。兵器廠ではこの三名の女子を軍司令部の兵器部に転属させた。

バギオ山中の軍司令部には未だ多くの女子軍属が在籍していた。この兵器部での私の仕事は、時々上空を偵察の為に旋回する敵機内の声を英語の堪能な兵隊が盗聴し、翻訳して書きとめた紙を持って山下将軍に手渡すものだった。敵機からの銃撃もたびたびになり、慣れっこになった私と千枝子が建物のそばの樹の下に身をひそめていた時、将軍が見つけて「防空壕に入りなさい！」と叱責された。二人が慌てて側の蛸壷壕にもぐり込んだこともあった。あの頃の将軍は肥って大きな人だった。

昭和二〇年一月になって懐かしい兵器廠もバギオの山中に転進してきている事を知り、早速司令部にお願いして原隊復帰をさせてもらった。部隊の将兵たちは私たち三人を心良く迎えてくれた。

敵機からの空爆は日に日に過激となり、部隊は分散して、ルソン島の山中を北へ北へと逃走した。食糧も無く、這うように山道をいく兵隊たちとの逃避行は辛かった。ジャングル内をさまよい、食べられそうな草をさがした。イゴロット族の逃げ去ったあとの芋畑を掘り返しては小さい芋をさがし出して食べた。

逃走中の山道で兵隊の死体から尻の肉がはぎ取られていた。野ねずみを見つけては兵隊たちが喜んで取り合っていた。

雑木で建ててもらった小屋で三人は寄りそって暮らした。食べる物は無くひもじい思いで一日中じっと寝ころんでいることもあった。兵隊の死体のそばに太いわらびが生えているのを喜んで食べた。食糧探しの道々、うじ虫がいっぱい群がっている死体も平気で跨いで歩いた。いつかは自分もこんな状態になるのだろうと思った。

小屋の上の道を這うように逃亡中の他部隊の兵隊たちは、自殺用の手榴弾一発を腰にぶらさげて杖をたよりにとぼとぼ歩いて行った。

我が隊の兵隊が一人、隊から脱走した。昭和二〇年八月に入ってから、頻繁に敵機から部隊のひそんでいる谷に、ビラを散布するようになった。「戦争は終った、欧州に平和来る」「桐一葉落ちて淋しき浪速潟」「一将功なり万骨死す」「天皇陛下の命により日本はこの戦争に降伏した」など書かれていた。

戦争が終ったんだ。負けてもどうだって嬉しかった。もう敵機も飛んで来ない。助かったんだと泣きながら三人抱き合って喜んだ。何処で終戦を知ったのか、かの脱走兵がひょっこり隊に帰って来た。内地へ帰れるのなら一緒にと思ったのだろう。しかし軍隊は甘くなかった。

銃殺刑が兵を待っていた。戦争も済んだんだから今更軍法を守ることもないだろうにと三人で話し合ってたが救う手段はなかった。刑が執行される日、小屋の裏道を銃を担いだ二人の兵に挟まれて、うなだれて歩いて行く脱走兵の姿を見た。頭髪はぼうぼうと延び、破れた汚い上衣に素足の後姿はイゴロット族のようでなんとも哀れで涙が出た。「ズドン！」と銃声がこだました。それぞれの小屋では兵も私たちも息をひそめて悲壮な気分になった。

このままではいずれ我々全員餓死するしか仕方の無い状況だった。半月ほどして私たち三人の女子に「軍司令部の女子軍属、野戦病院の看護婦たちと合流して下山すべし」と命令が達せられた。部隊の兵に送ってもらって合流地のキアンガンまで山道を歩いた。在留邦人婦女子、慰安婦、女給、芸者たちも集合してまさに女の村になっていた。

九月一四日女子全員は即席の看護婦に化け、赤十字の腕章を付けてぞろぞろ下山を始めた。丸坊主で男装の邦人女子もかなりいた。それら邦人女子の中には乳幼児はほとんど居なかった。敵機の銃撃、病気、食糧不足などで死んだり、川の中を渡っている間に流されたり、それこそ生地獄を味わってこのキアンガンにたどり着いた人々だった。

米軍のトラックに押し込められて、ルソン島を南へと走った。山岳地帯を下りはじめて三日目の九月二〇日、やっとの事でカルンバン収容所に到着した。女子収容所には大きいテントが並び、一つのテント内には折りたたみベッドが二〇台用意されていた。私たち三人が入ったテントには、マニラ当時のキャバレーの女給も五人交じっていた。在留邦人の女性も同居することになり、こんなに大勢の日本女性が残留していたのかと驚いた。自分のベッドを決めてリュックを下ろし、はじめてゆっくりとくつろぐ事が出来た。この八ヵ月ほどの慌ただしかった敗走の日々や、ひもじかった当時のことが走馬燈のように心に浮かんだ。しみじみ生きている実感を味わった。帰心矢のごとし、父母の待つ我が家に心はすでに帰っていた。

収容所内では食料の心配もなく、帰国の日をただ待つだけの毎日だった。シャワー室もあって裸になって体を洗うことも出来た。

テント村の向こうの丘の上に、白い十字架が次々と建つようになった。それは収容所内で死亡した日本兵のものだった。

収容所内での米軍給与により体調も快復し、昭和二〇年一〇月一五日内地帰還婦女子の第一船に乗船することが出来た。懐かしい故国に帰り着いた時の感激は今も心に残る思い出の一つです。広島の宇品港に上陸し、凱旋館で色々の接待を受けた。「帰還、引揚者証明書」と旅費としての一〇〇円を貰った。

広島駅は原爆の被害でホームのコンクリート台だけで屋根も柱もすっかり消滅して何も残ってなく、水道管が丸出しで折れ曲がったまま水がちょろちょろ流れていた。街は見渡す限り一面赤錆びた鉄屑や瓦れきの廃墟だった。駅舎に入ってくる汽車は、どの車両も超満員で、復員兵士や引揚者で溢れていた。必死で乗り込んで大阪へと帰って来た。大阪駅は構内超満員、空襲で家を焼け出された浮浪者や戦災孤児たちで溢れていた。

あれから六〇年、無茶な戦争によって犬死にとしか言えないような比島山中ジャングルでの餓死、病死、銃殺、自殺の兵たちを思う時、戦争とは一体何のため、誰のためだったのかとつくづく思う八一歳の老女である。

比島戦線の戦死者四七万六〇〇〇余名と言われている。そして我が兵器廠の将兵も二一七五名中、生存確認は六九〇名という悪戦だったのである。

ネグロス島の山中に立てこもる

兵庫県明石市　益田實

思い起しますと六〇有余年の昔、大東亜戦争と云う大きな渦に巻き込まれて二〇代の青年であった私は隼戦斗機の航空隊の飛行兵として南方へ移動する輸送船に乗っていました。アメリカの潜水艦に狙われ魚雷攻撃を受けて船は真っ二つになり、千人程の戦友と共に太平洋のド真ん中へ放り出されました。島影一つ見えない大海原の荒波に揉まれながら中には力尽きて沈んで行く戦友も居たが、どうする事も出来ず只々見て居るだけという状態です。次は自分の番かも知れない死の恐怖とも戦いながら漂流する事約一〇時間、そのままだと私も太平洋の海の藻屑と消え去るところでしたが、幸いにして友軍の船が助けに来てくれ生き残った二五〇人程の兵士と共に救助され、フィリピンのルソン島マニラに上陸し生還する事が出来ました。

同時に軍曹に昇進した私は次にはセブ島そしてフィリピンの南の方にあるネグロス島へと渡り軍務に励んで居たのですが、アメリカ軍が上陸して来たため、我々航空隊と砲兵隊、憲兵隊とか島に居る者合わせて三五〇〇人が集って山の中に立て籠ったのです。

ある時部下と共に一五人で、山の斜面でアメリカ兵と対峙していて白兵戦となり、一二人が殺され三人生き残ったのですが、一人は右腕を肩の付け根から落され残った無傷の二人の内の一人としてかろうじて助かり、弾丸も手榴弾も無くなって来たため、片腕を落した兵士共々三人で山の中を這いずりまわりながら逃げて助かった事もありました。

また部下二〇人を連れ山の中腹に横穴を掘って敵を迎え撃つつもりで居ましたが、真っすぐな穴だけでは爆弾を落とされたら爆風でみなやられてしまうと云う事になり、その又横へ枝の様に穴をあけ、さあこれからと云う時にアメリカ兵に見つかってしまいました。穴の入口から機関銃を撃ち込んで来るわ、終いには火炎放射器を撃ち込んで来るわで身動き出来ず、出るに出られず穴倉暮しが始まったのですが、幸いにして横の枝穴のお陰で弾丸も炎も曲ってまでは来ないので一安心と云う事になりました。

しかし最后には食糧の木の根も草も無くなったため、軍服の生地を喰い破ってそれをシャブって居りましたが、これでは栄養もなにもない、餓死するばかりだ。同じ死ぬなら斬り死にしようと云う事になり穴に閉じ込められてから一週間くらいに「わあッ」と云って穴から飛び出すと同時に崖を滑り降りたのです。椰子林の中を必死になって走った後から撃ってくる機関銃の弾丸は雨あられどころでない。耳元を弾丸が「ピュンピュン」とかすめ飛び、地面には「プスプス」と弾丸が撃ち込まれ、椰子の木には「プシュプシュ」と弾丸が跳ね返る、もう逃げるのは死に物狂いでありました。悪運が強いと云うか、あれだけ撃って来た弾丸に一発も当るどころかかすめもせずに私は逃げ延びる事が出来たのです。

ところが一週間も穴の中に居る間に本隊は山の向こう

へ行ってしまい、それを追ってアメリカ軍が行くため我々と本隊との間はアメリカ兵だらけで見つかれば死が待って居るのは目に見えていました。そこで昼は薮の中へ息を殺して身を潜め、夜になると移動するのですが、すぐそばにはアメリカ兵がうようよして居り、「コトッ」とでも音を立てれば一貫の終りとなるので、それは蟻が這う様な進み方で移動しなければなりませんでした。

またある時は河の中へ首の上までつかり、頭の上には木の枝や草を乗せて移動した事もありました。

後で考えると地図も磁石も無く初めて入った人跡未踏の密林で、一週間の間に本隊は何処へ行ったやら皆目見当もつかない上、右を見ても左を見てもすぐそばには敵兵のアメリカ兵だらけ。一つ間違えばこの世の別れという状態でよくも部下共々探し当てたものだと我れながら感心した次第です。がこれが動物の本能と云うのでしょうか、辿り着いた時隊長は、君達は一週間から音沙汰が無いためテッキリ全滅したものと思っていたがよく無事で帰って来たなあと、眼に涙を浮かべて喜んで下さいました。

それから終戦まで山中での暮しが続いて居たが、米軍の攻撃も空爆も無く、あまりにも今までに比べると静か過ぎるため、隊長命令で私は兵五名を連れて敵状視察に山を下りる事になりました。考えて見るともう何日かで終戦を迎えようとしている時期に、米軍は我々の小さな島など眼中になかったのかも知れないが、無線も無く他の島とは孤立して連絡も取れず、状況が全然わからなかったのです。

山を下り、谷を越え、川を渡り、そして海の見える米軍陣地の崖の上より偵察して居る時、アメリカの狙撃兵に見つかってしまったのであります。

突然「ピシッ」という音と共に私は「ドタッ」と地面に叩きつけられ、一瞬何が起ったのかわからなかったがふと足の下の方を見るとズボンは破れ辺りは血みどろとなり未だ血が吹き出して居る状態でした。「俺はやられた。これで身動き出来ないなら戦友の足手まといとなり、戦友も道連れにしてしまう」と咄嗟に判断した私は、腰に差して居た拳銃を抜きコメカミに当てがって自決しようとしたところが、班長死ぬなあッと部下に拳銃を引ったくられ、死ぬ事も出来なくなったのです。激戦の最中であればアメリカ兵に追いかけられて動けない私は即、射殺されていた事でしょう。しかし幸運な事に終戦間近のためアメリカ兵も追って来なかったのだと思います。

その間に山上より戦友が一〇人程駆け付けてくれ、急造タンカで山の上まで逃げて助かる事が出来たのです。それから手当を受けながら山中で暮して居ましたが、米軍が日本の将校を連れて、軍使として白旗をかかげ、日本は降伏したのだから君達も山を降りて米軍の収容所に入りなさいと再三にわたり勧誘に来るので、幹部が集まってやはり日本は負けたのだという事になり、生き残った戦友達二五〇人程と共に私もタンカに乗せて貰い、米軍の収容所に入ったのが一〇月の二〇日でした。

それから米軍収容所でも治療を受けながら暮して居たが翌昭和二一年五月一日やっと復員、日本の土を踏む事が出来たのです。

死の淵から奇跡の生還

大阪狭山市　平木武人

敗色濃厚な大東亜戦争末期の極めて悲惨な戦況下にあった。私の乗っていた第五輸送艦は、昭和一九年八月五日に竣工した新造艦で、既に第一号艦から第四号艦まで、沈没し姿を消していた。昭和一九年九月一四日の早朝の事である。

私の任務は、特殊潜航艇を二基搭載し、比島のダバオ基地に輸送する事であった。呉を出港し豊後水道に入り左舷側の四国の山河に別れを告げた。海岸に手をのばせば届くほどの接近航行で、岸辺には人々が並んで手を振りながら見送っていた。

豊後水道を通過し九州沿岸も接近航行、そして、大隈半島を通過、祖国の島影も次第に小さくなり遥か彼方に遠ざかって行った。

二度と見る事はあるまいこの島々覚悟の出航ではあるが、やはり一抹の不安と淋しさ、そして郷里の想い出や家族の事など一瞬脳裏をかすめた。しかし、既にこの海域は敵地である。対空、対潜警戒を一層厳重にしながら緊張の連続の航行であったが、神のお陰か運良く何事もなくダバオに到着。（当時の戦況下での無傷航行は奇跡に近い。）

夜中から早朝にかけて特殊潜航艇、食料品、貯糧品等を降ろし息つく間もなく、呉に向け帰路に着く事になった。各隊から派遣され作業に来ていた戦友達から、「有難う。有難う。無事に帰れよ」と、各自が手を大きく振りながら見送ってくれた。

我々は、運が良ければ再び日本の土を踏む事は出来るが……この戦友達はそれが出来ない。私の胸に何か込み上げるものがあり、途切れ途切れの声で「頑張れよ。頑張れよ、また来るからな～」。戦友達は、何時までも何時までも手を振っていた。

私が、朝食を食べ始めた時だった。緊急ブザーが艦内に鳴り響いた。十三機編隊の敵機の来襲である。入れ代り立ち代りの激しい攻撃が始まった。それに対し、戦闘能力の低い我艦の必死の交戦（抗戦）も、僅か数分間で轟然たる爆音と共に、一発目が前部の砲塔を直撃し、火焔と濛濛たる褐色の煙が舞い上がった。

その時である。私の間近で艦長と航海士が二人共顔面は真赤な血に染まり、顔面の一部がもぎ取られ倒れた。二発目が機関室に命中し大音響と共に煙突が吹き飛んだ。艦は、二つに折れ大きく左舷側に傾き始めた。虫の息であった艦長から遂に「総員退去」の命令が出た。艦は、大きく左舷側に急速に傾き始めた。私は右舷側の出入口近くにいたので無意識に扉の淵を掴んだ。そして、必死で攀じ登り辛うじて室外に出る事ができ、艦底の赤い腹の上を滑るようにして一面油の海に飛び込んだ。一時も早く艦から離れる為に五〇メートル位必死に泳ぎ、もう大丈夫と後を振り向くと、艦首が垂直に立っていて、急速に海中に姿を消していった。浮流物もなかなか見つからず立ち泳ぎをしながら波間を漂っていた。

我々の上空を旋回していた敵機が、突然今度は漂流者に対し、海面すれすれの低空飛行に変わり機銃掃射を行って来た。執拗に繰り返される敵機の銃撃が続いた。この銃撃でかなりの戦友がやられた。私はその都度海中に潜り必死に自分の身を守った。奴らは、銃弾が尽きるまで攻撃を行う積りらしい。面白半分にゲームでも楽しんでいる様にみえた。中には拳銃を乱射するグラマン戦闘機もいた。また、搭乗員の顔がハッキリ見え、憎悪をむき出しにした顔で身体を機外に乗り出して首を切る仕草をする奴もいた。執拗に繰り返される銃撃から逃げ廻りながらアメリカ兵の非人道的行為に対し、猛烈な怒りがこみあげてきた。何時の間にか、敵機も去り、海上には無気味な静けさが漂っていた。しばらくして「オーイ一箇所に集まれ」の声が聞こえた。あらゆる浮流物に掴まった戦友達が集まって来た。

私が掴まっていた最大の浮流物である材木には多数群がり超満員で、材木自体が人の重みで海中に沈み込み、泳げる者が立ち泳ぎをしながら材木を支えている状態であった。

海面に浮き上がった油の為、どの顔も真っ黒で誰が誰であるかよくわからない状態であった。「オーイ」。皆ここは湾内だ、必ず救助に来てくれるから「それまで頑張るんだ、良いか」。皆で励まし合いながら救助を待った。

しかし、日も暮れようとしているのに救助の手はなく、私は流れて来た丸太（直径一〇センチ、長さ二メートル位）にしがみついた。この丸太も手足を動かしていないと身体の重みで沈みそうな状態であった。

長い一夜が明けた。周囲を見ると、負傷しているらしい戦友と二人きりになっていた。他の戦友達は、昨夜のうちに力尽きたのか？　それとも我々とは別の方向に泳いで行ったのか？　周囲を見渡したが、人影は見当たらず淋しさと不安の中で二人は「今日はキット助けに来る。それまで頑張ろう」と、何度も何度も励ましながら漂流を続けた。沈没時の混乱した気持ちも少し落ち着いてきた。

今まで、あまり気にならなかった目と喉の痛みに気付いた。重油が目に入り目がチカチカするし、また飲み込んでいるので、喉や胸が焼け付く様で「一口でも良い、冷たい水を腹一杯飲みたいなー」と痛切に感じはじめた。その夜に南方特有の物凄いスコールが来た。二人は帽子を逆さにして頭上に乗せて雨水を溜め、帽子を絞りながらすすった。戦友もおいしそうにすすっていたが、その数時間後の事である。戦友が私から離れて行くのに気付いたが、私は別に気にせず生理的現象ぐらいに思っていた。ところが、突然最後の声を振り絞って「お母さんー」と、悲壮な声が聞こえた。戦友は力尽きて暗闇の海中深く姿を消したのである。この広い海にたった一人取り残され、その淋しさと不安の中、家族のことはもちろんの事、その他の様々なことが脳裏をかすめ、あの淋しさは一生忘れる事は出来ない。

一人ぼっちの漂流を続けていた時、「ふと」前方を見ると、浮いたり沈んだりしている人間の頭の様な物が目に入った。「アッ!!」仲間だ。……喜び勇み近づいて見ると、それは枯れた「椰子の実」であった。残念で仕方がなかった。

そうしている内に、今度は左側前方に一〇メートルの長さで、白い波が立ち、何かがはやい速度で動いている。「アッ!!」鮫だと直感した。私の周囲にも、いや足元にも鮫が群がっている。「もう駄目だ」と思った。その時の恐怖感は言葉では言い表す事の出来ない恐ろしさで、直ぐにでも海上に飛び上がりたい気持ちであった。（この動いていた物体は何であったか、未だに分らない。）

それから、どれ位の時間が過ぎたか分らないが、味方の救助も今や絶望的であり、気持ちはめいるばかりで、心身の疲労は益々ひどくなって来た。心気は朦朧となり猛烈な眠気が襲ってきた。これは、まさしく睡魔というべきものであった。それ以降の時間はよく分らないが、生死を賭けた睡魔との闘いであった。トロトロと、身も心もとろける様な快楽の世界に引き込まれ、何とも形容のしようのない心地良い気持ちとなって、何時しか眠りに入り、身体の力が抜け、掴まっていた丸太から自然に手が離れ、海中に沈み始めた。しかし、気持ちは反対に天に向かって行くのである。海水を飲み込んで「ハッ!!」と現実の世界に戻り、必死になって海面に浮かび上がった。この様な状態が何回となく繰り返し襲って来るのである。

私は、その都度、勝ち誇った顔で無抵抗な戦友達を銃撃したあの敵機、また無念の涙をのんで波間に消えて逝った戦友達の顔が脳裏に浮かび、「俺は死なんぞ、絶対に生き抜いて仇を討ってやるぞ」と、自分の気持ちを奮い立たせ、手をのばしてくる睡魔を必死の思いで断ち切った。

あの執拗な銃撃で敵機の銃弾を避ける為に、海中深く潜ったり、何回となく襲いかかる睡魔との闘いで体力の消耗が激しく疲労困憊し、ただ丸太にしがみついたまま、迫り来る死と戦いながら懸命に波間を漂っていた。

三日目の朝が明け始めた頃であった。突然、体が宙に浮いた様な気がして全身の力が抜け、私の目の前に島らしき影が現れたのである。その頂上の水槽から水が溢れ、その横には米俵が積み重ねてあり、そして髪を三つ編みにして絣《かすり》の着物を着た可愛い娘さんが「食べ物、飲み物、何でもあるわ、死んだら駄目よ、頑張って」と悲壮な声で何回も何回も手を振っている。

よーし、頂上に行けば何でもある。とにかく浜辺まで行こうと思った。手足を動かすが体が前に進まない。どれくらい時間が過ぎたのか分らないが、今度はその娘さんが海上に浮かんでいる。日本の伝馬船の中から「死んだら駄目よ、早くここまでおいで」と必死に手を差し延べている。私は無意識に丸太から手を離し、無我夢中で伝馬船に向け泳いだというより、もがいたといった方がよい。泳いでも泳いでもその娘さんの手を握る事は出来なかった。そのうちに、体が海底に沈んで行くのがよく分り海底に足が届いた。その後の事は全く記憶がない。

ふと目の前が薄明るくなり、霞がかった様な何か夢でも見ているような気分になり、私はふと我に帰った。太陽の照りつける日差しの中、砂浜に打ち上げられ下半身は水の中であった。まだ朦朧としている中、俺は生きているのか？　それともあの世の出来事か？　半信半疑が続いた。

そのうちに、確か頂上に日本人女性がいた。食べ物も水もあった。よーし頂上に行こうと思ったが、体が動かない。両足が立たない、目もほとんど見えない。両手、両足の付け根は常時海中の中で動かしていたので、着ていた防暑服に肌がすれて激しくただれている。手足の指もふやけ手の感覚がない。しかし、このままでは死を待つだけだ、何とか頂上までと必死に砂浜を這いずり廻った。途中大きな落ち葉に溜まっている水で飢えを凌ぎながら頑張った。しかし、何も見つからなかったし、もちろん娘さんの姿も無かった。これは幻覚に襲われ、生と死の間をさまよっていたのである。

この日も暮れ、私は大きな木の二股に両足で挟んで寝る事にした。すると、真夜中になって数十匹の猿が私の周辺に集まり木の枝を折ったり、木を揺さぶったり、声を出して枝から枝へ飛び移り大変な悪党ぶりであった。

そのうちに四日目の朝を迎えた。「私はまだ生きている確かに生きている」。体の衰弱も極限に達して来た。

このままでは……何とかしなければの思いから、イチかバチか、最後の力を振り絞って椰子の木に登る事に覚悟を決め、背の低い木を選び渾身の力を込めて登った。椰子の実を四苦八苦して三個落とした時だった。三人の原住民が蕃刀を片手に「降りて来い」と手で合図している。私は殺されることを覚悟の上で、木から滑り降り身構えた。しかし、原住民の顔には険悪さは無かった。すると、手真似で海軍のイカリの絵を書いて海軍の居る所へ連れて行くと言うのである。原住民に背負われ、丸木舟に乗せられ原住民の家に連れて行かれた。壁には蕃刀、槍、猪の頭などが飾られ、床下は、豚とニワトリが同居で飼われていた。

私は、四日振りに椰子酒を少量とバナナの天ぷらを口にしたが、バナナの天ぷらはまったく口が受け付けなかった。その夜警戒心は有ったもののゆっくり休むことができた。

翌朝、再度丸木舟に乗せられ、小サマル島の水上警備隊基地まで送ってくれた。基地側からお礼として、缶詰数個渡されていたようである。

私は、原住民の人に何度も何度も頭を下げ心から感謝した。

原住民に助けられ、その夕方に、ダバオ郊外の小高い丘の上に設営された海軍見張所の深谷隊に配属を命ぜられ、漂流時そのままの服装で、顔は油で焼けただれ顔の皮は捲れ、人間とは思えぬ異常な姿で赴任したのである。そして、歩く事もできない厄介者の私はバラック小屋の片隅で片身の狭い生活を二〇日間ばかりした後、約四ヶ月間の病院生活を送った。体調も日を増す毎に徐々にではあるが快方に向かい歩けるようになった。

戦況の方は悪化の一途をたどり空襲も日増しに回数も増えてきた。或る日、近い内「ダバオに米軍の上陸があるかも知れぬ」という噂が流れて来た。「いよいよ来る時が来たか」。皆緊張した。そうしている内にいよいよ米軍の押し寄せて来る日が遂にやって来たのである。

昭和二〇年五月一日、敵の大船団がダバオ湾に入泊。大部隊を揚陸しているとの情報が入った。やがて、血生臭い攻防戦が始まり敵味方の撃ち出す機関銃の閃光弾が飛び交う様子が望見された。司令部より我隊にも後方まで「避難転進セヨ」との命が出た。私達は、米を軍足二足分（四個）に詰め、塩は缶詰めの缶一個、その他、日用品のマッチ、薬、小刀、洗面用具等リュックに詰め込み兵舎を後にした。

日本軍を頼りにしていた邦人達、老人、子供、若い娘さんも我々と一緒になって、雨期の険しい道なき道を歩き、山岳地帯を越え、石ころの多い川縁を歩き、そしてジャングル又ジャングルの中を子供の小指程もあるヒルに悩まされながら山奥へ山奥へと後退を続けたのである。

やがて、食糧不足と疲労とで衰弱も激しく、持物の中身も一つ減り二つ減りしていった。自分で食糧の調達が出来ない者は死んで行くしかないのである。

或る日、一人の兵士があまりの空腹に気が変になり、何か叫びながら周囲を走り回っていたが、その内に行方不明となった。また「水…水…をくれ」と力のない声で呼んでいる兵士に出会った。水を与えると、飲む力も無く口からこぼし、横になった途端息絶えた。

飢えに耐え、やっとの思いで川に辿り着き、顔を川に突っ込んだままの人、歩く事が出来なくなり、木の根っこに座ったまま息絶えている人、死んだ人々の傷口や耳、鼻、口にウジ虫が湧き、「カサカサ」と音を立てている。動けずに意識があるのに傷口をウジ虫に食われながら死んで行った兵士もいただろう。どんなに残念だったろうか。まさに生き地獄の世界を見たのである。

私の身体も衰弱が激しく歩くもままならぬ状態で、生き抜く為に、食べられると思われる物は何でも食べた。猿、ヘビ、トカゲ、カエル、カニ、オタマジャクシ、バッタも食べた。この様な残酷で悲惨極まる状況の中で、好運にも私は病気一つしなかった。こんな頑健な体に育ててくれた両親に感謝の気持ちで一杯である。

今朝も、いつものように食べ物を探しに出かけて行った仲間の一人が、帰るなり「戦争は日本が負けて終わった」と伝えた。

「そんな筈がない。そんな事があってたまるか」。どうしても信じる事が出来なかった。

ある日、めずらしく我々の上空に飛行機が飛来し「日本は降伏した。戦争は終わった。皆さんを待っているから速やかに投降しなさい」と放送され、それと同時に「ビラ」もバラ撒かれた。これは敵の「罠」に違いない、誰もがそう思った。

しかし、噂は噂を呼び日本軍が負けた話で持ちきりであった。そうする内に、日本軍の降伏も事実である事が判明し、山を降りたのである。途中米軍の用意したトラックに乗せられ飛行場に設けられていた捕虜収容所に向った。その途中、道端に並んだ原住民の子供から老人達までが、トラックの我々に投石をしたり、また罵声も浴びせられ、この時ほど敗戦の悔しさや「捕虜」の惨めさが身に沁みた事はなかった。

収容所に到着後、テント村の入口で日系米軍の下士官から持物の検査を受け、武装解除はもちろんのこと、日用品以外の品物は全部取り上げられ、そして、米兵の三人用のテントに八人程詰め込まれた。テント村の片隅に天井も囲いも無い場所に片面を切断したドラム缶を半分程度埋めただけの風通しの良い場所にトイレがあった。

テント村の生活は毎日様々な作業にかり出され厳しい時もあったが、捕虜の身としては比較的気楽であった。しかし、食糧事情は大変きびしく、約四〇日間の収容所生活は、ただ空腹の一言に尽きたのである。

確か、昭和二一年一月一〇日頃であったと思う。待ちに待った帰国の日が決まり嬉しく思った事は間違いないが、奥深い山中で共に生死の間をさまよい無念にも終戦の事も知らず亡くなって行った多くの仲間達のことや、ようやく収容所まで辿り着きながらマラリア病の再発のため帰国できない人達の事を思うと、私の心は張り裂けるような気持ちで複雑であった。

翌々日、錨を上げた船は静かに湾口に向け滑り出した。私は上甲板にでた。広いダバオ湾の「この海の何処に」「光の差し込まない暗い海の底に」と……。あの日の記憶が生々しく蘇り、なんとも言い様のない、切なさがこみ上げ手を合わせた。そして、数々の思い出を残してダバオをあとにした。

航海は、比較的順調で間もなく祖国へ帰れるという思いで皆の顔にも笑顔が見られるようになった。船は東京湾に入り、右や左の島々を遥かに眺めながら浦賀湾に錨を下ろした。

そして、翌日の早朝、懐かしい祖国に第一歩を踏みしめたのである。白いエプロン姿の婦人会の人々から、日の丸の小旗を片手に「お帰り」「お帰りなさい」「ご苦労様でした」と、心温まる出迎えを受け、日本に帰って来たという実感をしみじみと感じた。

その後、諸手続きと健康診断を受けたが、私は極度の体調不良で、すぐには故郷に帰ることが出来ず悔しい思いをした。しかし、昭和二一年一月二五日、夢にまで見た懐かしの故郷……我が家に帰る事ができたのである。

家族の喜びと、驚きは大変なもので、その驚きの様子に私も驚いたのである。それはそのはず。戦死の公報が入り、二〇年一一月二〇日に私の葬儀が終わっていて、仏壇には、白木の箱と写真が置かれていた。その箱を開けて見ると「写真代り」と、書いた小さな一枚の紙切れが入っていた。

その時の香典帳が今も我が家に保管してある。

書き残して置きたい戦友の姿

大阪市　川内勝（八〇歳）

昭和一七年一〇月、戦雲急を告げる日本の国情を憂い、当時一六歳の私は親や親戚の反対を押し切り海軍志願兵の試験を受け合格しました。昭和一八年四月大阪市都島区から、三人の友人と大竹海兵団に入団した。四人のうち松本君は機関兵を志願し、私と野西・古澤君の三人は兵科を志願、それぞれの分隊（海軍の分隊は陸軍と違い各部署一分隊に約二五〇名ほど）にわかれ、新兵教育を受けました。

松本君・古澤君は、何分隊に配属されたか記憶にありませんが、野西君と私は同じ二十分隊に配属され、海兵団を七月三一日に卒業し、野西君と私は偶然同じ「航空母艦・瑞鶴」に、拝乗を命じられました。当時まだ、連合艦隊が健在でおおいに活躍しており、瑞鶴といえば日本の空母の中で最優秀の軍艦で戦歴も輝いておりました。

私は一七歳の胸を踊らせながら乗艦の日を待ちました。しかし瑞鶴は、その時日本の軍港にはおらず、遠く離れたトラック島に出撃しており、トラック島方面に行く便を一週間程待ち「山下汽船の山福丸平均速度八ノット・最高速度一二ノット」の輸送船に便乗し、呉軍港から、横須賀を経て太平洋の荒波にもまれて二〇日余りかかり、トラック島に到着しました。航行中嵐のため船は波にもてあそばれ、縦揺れ・横揺れで寝ていても縦にすべり、隔壁に頭をぶつけると言う酷い船内で、同年兵の戦友ほとんど船酔いのため食事も取れず、倒れたり吐いたりしていたが、私は初めての船旅なのに不思議と船酔いもせず、至極元気で食欲も旺盛でした。

　晴天の日は、水平線を望み遠くに鯨が潮を噴き上げる勇壮な姿や船の後を追ってくるイルカの群れ、船と並んで飛ぶ飛び魚、これが戦争の真ただ中の航海とも思えないのどかな一瞬も有りましたが、一旦敵の潜水艦に遭遇すると、一二ノットの足の遅い船が、ジグザグ運行で、必死に逃げなければならず、此処で沈められては、海兵団で厳しい訓練を重ねて、第一戦で敵と戦って散る覚悟は出来ているが、輸送船で輸送中に沈められるのは本望ではないと思いつつ、やっとトラック島に到着しました。太平洋の黒潮の黒い波の色から、明るいエメラルドグリーンの鏡のように透きとおる静かな美しい海、そして白い砂浜に椰子の木を見た時の感激は、六〇年程経た今でも瞼に焼きついています。

　さて我々の乗艦する瑞鶴はと探したが見当らず、遠くに飛行場の様なものが見えていたのが、近づくに従い、それが「航空母艦・瑞鶴」と判明して、二万九八〇〇トン、全長二五七・五メートル、最大幅二六メートルの巨大さに、目を見張りました。

　最大戦速三六ノットの瑞鶴に乗艦した同年兵百数十名の私達新兵等は、直ちに飛行甲板に整列しそれぞれの兵科に分かれて、各分隊に配置されました。私は砲術科、三分隊に配置されました。砲術科は一・二・三分隊とあり、一分隊は大砲、二分隊は機銃、三分隊は射撃幹部分隊で、測距・発令・電路の戦闘配置でした。三分隊に配属された私は電路員を命じられました。電路員の戦闘訓練は、大砲や機銃のような弾丸を担いで走る。体力作りその他、射撃訓練などはせず、電気学や、通信機器回路の勉強や通信機器の故障修復等の勉強のため、砲側や銃側に行き計器や電話器の分解・修復等の作業を繰り返し実施して、その作業を熟知する事につとめる戦闘配置でした。

　その内何度かの出撃が有り、戦闘中は、最下甲板の配線室が戦闘配置で、艦底近くにおり上の激しい戦闘の様子も判らず一心に配電盤と睨み合い、計器や電話の故障を監視して、ヒューズが飛ぶと速やかに取り替える作業に専念し、砲側や銃側の通信器などが、故障の連絡があれば直ちにその場所に急行して修復する任務でした。

　昭和一九年六月一九、二〇日マリアナ沖海戦に参戦した時、これまでの戦闘は敵の攻撃を受ける事なく一発の被弾もなく何時も無傷の帰還でしたが、この度は少し様子が違いました。合戦前に、日本海軍自慢の大型空母二隻、大鳳と瑞鶴の姉妹艦・翔鶴が、敵潜水艦の攻撃を受け撃沈され、戦力が大いに激減され、不利な合戦を強いられ、我が瑞鶴も敵機の集中攻撃を受け、数発の至近弾と直撃弾一発を受け五六人の戦死者と多数の負傷者をだしました。翌日午後洋上において戦死者の水葬礼が行なわれ、戦闘配置の者を除き全員でその英霊を、やり切れぬ気持ちで挙手の礼で見送りました。

内地（呉軍港）に帰港後、七月七日、瑞鶴は、呉海軍工廠のドッグに入渠して、破損した艦体の修復と、さらに強固な対空砲火の増強の目的で日本海軍最初の新兵器、噴進砲（ロケット砲）を搭載する為の作業で、昼・夜の突貫工事が進められていました。（後にこの砲員になるとは夢にも思っていなかったが……）

この工事期間中乗組員に交代で五日の（往復日数は別）帰省休暇がありました。次の出撃では生還期し難く、それとなく肉親と別れをして来るためでした。ただし、「軍極秘の為出撃については一言もしゃべらずに帰艦せよ」との命令でした。

マリアナ沖の戦闘で直撃弾は一発だけで、雷爆撃の至近弾や銃撃により艦側や甲板に七、〇〇〇～一二、〇〇〇の大きな傷跡が残されていました。次の戦闘に備え、二五ミリ単装機銃三六基を飛行甲板に取り付けられるようにすると共に、最新兵器の一二センチ二八連装噴進砲を前部右舷に四基と後部左舷に四基、前・後部それぞれ従動照準機一基を備え、対空砲火を増設しました。単装機銃と噴進砲の要員は、各兵科分隊から選出され、二分隊に編入されました。私も三分隊から選ばれ、前部三番砲・旋回手として、若い胸を躍らせ新兵器の砲員となりました。

しかし艦全体の人員不足の為、定員五〇名の配置に対し三三名の人員しか揃わず五〇名分の仕事をしなければならなかったが、新兵器に対する期待と国のためという精神で、短い期間ながら激しい訓練の日夜を過ごしました。教育期間中に、噴進砲とは、どんな兵器であるかということは少しは理解出来たつもりでしたが、亀が首（音戸南方の瀬戸内の小島）で実弾射撃訓練を実施した時、その噴炎のすさまじさ（砲尾から約五メートル以上の火柱）に凄いと目を見張ったのは、私だけではなかったと思います。広い空き地でこの噴煙、艦上は二メートル程の区間しかないので、大変だと感じました。

（故）高松宮殿下が新兵器の威力や、装備状況視察などで、端鶴に御乗艦され、艦内視察の時には、兵にまで親しくお声を御かけ下さいました。私達は畏れ多くて顔も上げられませんでした。やがて、出撃の時が来まして、（故）高松宮殿下は退艦され。本艦は、物資輸送のためシンガポールを二往復しました。シンガポールに上陸した時、街の様子はとても戦地とは思えなかったが、時々日本軍人が行方不明に成るので、二人以上で行動する様に注意されました。呉に帰港後、いよいよ比島沖海戦のため、瀬戸内海や大分沖付近で戦闘訓練と飛行訓練に入りました。（マリアナ沖海戦から、約三ヶ月経っていました。）

一〇月二〇日一七時過ぎ端鶴のマスト上に出撃の信号が掲げられ、豊後水道を経て西太平洋フィリッピンへ出撃しました。この度の本艦隊は、敵機動艦隊をおびき寄せる「囮艦隊」で、敵の攻撃を一手に引き受けて第一戦隊の戦艦大和、武蔵他のレイテ島作戦を有利に進めるための作戦で、成功しても本艦隊は敵航空機の攻撃を受け甚大な被害を受けること必至であり、生還は期し難いものでした。

一〇月二四日夕方、敵の索敵機発見、艦内に戦闘配置の号令が響き（噴進砲員は艦内で飛行服を着用し、戦闘配置でその上に防火服を着て噴炎を避ける）、索敵機は一瞬にして通り過ぎて行き、戦闘配置は解除されました。翌二五日は午前七時〇一分・戦闘用意。午前七時四九分・対空戦闘から午後一時五八分総員退去まで戦闘を続け囮としての任務は成功しました。我が艦隊は敵航空機の集中攻撃を受け、端鳳・千代田が撃沈され、その他の艦艇もあまり視野になくなっていました。本艦にも敵機の攻撃が始まり噴進砲も対空砲火を始めました。

最初のうちは従動照準機射撃をしていたので、砲員は弾丸を装填後、退避所に退避し、一斉射すれば全隊員で次の射撃に備え、弾丸の装填をして、次の射撃をする様になっていましたが、何斉射かしている内、爆弾や魚雷命中により電気回路は切断され、従動照準機は使用不能となり砲側照準射撃を開始し（砲側での射撃では他の砲員は弾丸を装填した後、待機所に待避するが、射手と旋回手は砲側を離れられない）、砲尾から巻きあがる噴炎は砲塔を包み、その熱風は耐え難いもので、通常でも、飛行服の上に防火服を着用しているだけでも他の戦友よりも暑いのに、さらに八〇度余りの高熱が加わりさながら炎熱地獄でした。

この交戦中七発の魚雷が命中し、その他爆弾が多数命中したようで（魚雷命中時は、噴進砲旋回の安座に着いて射撃中大きな振動と共に体が二メートル程浮き上がり、砲塔の天井でしたたか頭を叩きつける。幸い鉄帽をかぶり、砲塔の中だったので海に放り出されることはなかった）、艦の付近には無数の至近弾の水柱が上がっており、弾の有る限り打ち尽くせと思い砲塔に残り敵機を追う、時間の経過も判らず、どれ位経ったのか、ふと海面を見ると、たくさんの人達が海を泳いでいるのが見えました（総員退去命令に、我々は気づかなかった）。

なんだか、付近は気持ちが悪い程静寂さがあった。砲塔から一歩踏み出すと、立っておれない程艦が、傾いていて付近を見回しましたが、噴進砲員以外余り人影が見えない。誰かが、総員退去の命令がでている、服を着たまま海に飛び込めと叫ぶのが聞こえました。海を覗くと、艦体は左側に傾き赤い錆び止めの艦腹を見せて横たわっていました。私は着ていた防火服を脱ぎ捨てその下に着ていた飛行服のまま、艦腹を滑るようにして海に入りました。少しでも艦から離れなければと全力で泳ぎ、振り返った時、艦がぐぐっと巨体を持ち上げ、艦首を大空に向けている姿を見ました。艦首の菊のご紋を燦然と輝かせ最後まで堂々として、いままさにその英姿を海中に没せんとする処でした。

海上の何処からともなく、「海ゆかば」の歌声がながれ、私も涙しながら、周りの人と共に挙手の礼で艦と別れを告げ海上で浮いていたが、運よく流れて来た木に掴まり漂流していました。いつの間にか艦の没した真上あたりに、多くの戦友が一団となり、浮いていました。波のうねりは三メートルあまりあり、その底にいる時は自分一人になってしまい心細い思いをしていたが、波の頂上にくると多くの戦友の姿があちこちに見え、皆が同じように漂流しているのだと心強くなりました。波のうねりに身を任せているうちに皆、離れ離れになっていきました。同郷の同年兵（二分隊七群機銃配置）野西君と漂流中に会い、彼の持っていた大きな流木に二人で掴まり漂流しました。味方の駆逐艦が何度か救助に来てくれたが、それに向かって泳いでいくと敵機来襲のため艦は遠ざかり、周囲は暗くなり段々心細くなって来たが、野西君と二人だったのが何よりの救いでした。相当な時間が経過したようで、日が没しようとする頃、駆逐艦の最後の救助で、やっとジャコップ（縄梯子のようなもの）に掴まり、これを昇り甲板にあがりました。もう立っている気力がなくその場に座りこんで居ると、飛行服を着ていた私を、搭乗員と間違えたのか「若月」の乗組員の方が牛乳と乾パンを持って来てくれました。

私達の救助活動の最中に「配置に就け」のラッパと共に駆逐艦は直ちに機関の音を発し、敵艦隊接近の情報で「夜戦用意」の命と共に、艦の舵が大きく転舵、艦隊決戦と「若月」乗組員は魚雷戦や砲戦に備え、キビキビと動作が激しくなる中、海上ではまだ救助されずにいる人達が助けを求めています。私達「瑞鶴」乗員は邪魔にならない様にして艦橋の下付近に集まっていました。その内「若月」は反転したが、僚艦「初月」が敵艦隊と激しく交戦し、壮烈な奮闘の末轟沈されたと後日聞かされました。「初月」にも瑞鶴乗組員が多数救助されていたが、「初月」乗組員と共に、不帰の客になられた。心からご冥福をお祈り申し上げる次第です。

野西君とは、その後別れ別れになりましたが、終戦後、大阪で一度出会いました。お互いの連絡先を確認せず、その後全く消息不明です。

噴進砲の砲員は前後八基と従動照準器二基で三三名でしたが、生存者は一七名程でした。ほとんど前部の砲員で後部の砲員は二名だけでした。艦の前後部で泳ぐ方向が違ったのが、運命を分けたものと思われます。戦後六〇年、あまりにも遠く、薄れて行く記憶をたどり、忘れてはならない事として書き残し、若くして散って逝かれた戦友の英霊の、ご供養と致したいと思います。

その後私は、昭和一九年一一月から昭和二〇年五月まで、陸上勤務で山の砲台の輸送路や弾薬庫等の建設作業に従事しながら、次に乗艦するのを待っていました。昭和二〇年五月に兵長に進級したと同時に、同年兵で瑞鶴に乗艦時からの戸島兵長と西澤兵長と一期上の押谷兵長、その他数名が一等輸送艦二一号の儀装員を命じられ、乗艦しました。この艦は七月一五日に進水し、任務は人間魚雷を搭載して、敵艦隊に肉迫して人間魚雷を海上に投下する特攻艦でした。一、八〇〇トン・九六メートル・

乗員二〇〇人余りの小さな艦で、瑞鶴のような大きな艦で育った我々は窮屈な思いをしました。八月九日和歌山から人間魚雷・回天の輸送任務で呉港を出港し、午前一一時ごろ、小水無瀬島付近にて米艦載機と遭遇し対空戦闘を開始したが、小艦艇が二時間余りの戦闘で夕立のような機銃掃射と小型ロケット爆弾の波状攻撃を受け、機銃員のほとんど死傷し力尽きて呉港に引き返すべく艦首を向けました。このまま沈没すれば負傷者が助からないと先任将校が判断して、付近の津和地島の砂浜に艦を座礁させました。

艦の弾薬庫が誘爆して弾丸が飛び散る中、島の人達は戦死者や負傷者を艦から島に運び出す作業を命がけで協力してくださいました。

島の人たちには、心から感謝しております。この戦いで戦死者六三名・負傷者百余名、敵艦載機の機銃掃射と小型爆弾の攻撃のため、ほとんど甲板配置の兵員が死傷し、甲板配置で無傷の者は私をふくめて三名で、機関員は全員無傷でした。一緒に乗艦した瑞鶴からの戦友は、押谷兵長は戦死、戸島・西澤兵長は重傷でした。戸島・西澤両氏は戦後快復して、その後交流していたが、西澤君は心臓のそばの銃弾が手術しても取れず、苦しんでいた。六二歳で他界して、もう一五年を経てしまいました。今、戸島君と親しく連絡を取りあっています。遠く過ぎ去った戦争の悲惨さを、全部忘れぬ内に少しでも書き残して置きたく思い、後世を生きて行かれる人達に悲惨な戦争の様子を読んで頂き一層の理解を深められる為の参考となれば幸いと存じます。

戦犯憲兵シベリアより帰還す

和歌山市　深山光明（故人）

私はソ連で戦犯として八年の刑を受け、死より辛いラーゲル（強制労働所）生活を転々として送り、昭和二八年九月、八年の刑期を満了。其の後コルホーズ（集団農場）の在る限定部落で狼の声を聞きながら働き、昭和二九年三月二〇日、引揚船興安丸で日本に帰還した。

昭和二九年三月一八日一二時三〇分、私等引揚者四二

〇名を乗せた興安丸は、「蛍の光」のメロディに乗って静々とナホトカの岸壁を離れ、一路舞鶴港へ祖国帰還の第一歩を踏み出したのである。「さらばナホトカ」「さらばソ連よ」。私は甲板上で離れ行くナホトカを眺めて居た。そして自分が歩んで来たソ連での生々しい苦難の記憶を思い出して居た。過去九年間という長い間、厳寒のシベリアの強制労働所を転々とした。この強制労働所での生活は、それは体験者のみ知る死よりも辛い生活であった。四〇〇グラムの黒パンと一杯のスープ。

スープと云っても、鮭一切とキャベツ、青トマト、これを一日二回支給されるだけである。これで炭坑夫、農耕の作業、鉄道建設、発電所の建設等に働かされた。作業は零下三五度の中でも強制され、幾度か死の淵をさまよった。そして私と強制労働所で共に働いた私の部下二名も犠牲になって死んで行った。私は引揚の喜びと共に共産国家ソ連に対する復讐の念に燃えるのを禁ずることが出来なかった。「さらばナホトカよ」「さらばソ連抑留者よ。元気であれ、再び日本で会う日を待つ」。

シベリアの広野に訪れる人もなく淋しく眠る幾万の戦友諸君には、「安らかに眠って下さい」と黙祷を捧げた。

私は興安丸の甲板上で見えなくなるまで、じっとナホトカを見つめていた。そして泣くまいと努力したがそれも無駄であった。興安丸は悲喜こもごもの思いを乗せて、舞鶴港へ船足を急ぐ。ナホトカを出航してから二、三時間経過したと思う頃、私等引揚者のために特別食として味噌汁、ぜんざい、すし等を御馳走してくれた。私等が九年間のソ連抑留中に夢にまで見た、そして何時になったらこの味を味わう事が出来るだろうかと、淡い希望を抱いていた日本の香りのする日本食である。それだけに味は格別であった。食べるのに胸が一杯になり、「もう一杯如何です」とコックさんやボーイさんにすすめられても食べる事が出来ない。

その後私等は引揚先の書類の提出を求められた。私はこれにはいささか困った。九年前の八月十五日の終戦時、妊娠九ケ月の妻に最後の別れの電話をかけ、それ以来一回の音信も出来なかったし、生れ出る子供は敗戦引揚という人生最大の苦境に置かれて生きて居るとは思われない。妻は無事に引揚げたかは疑問であるし、私の引揚先は全く不明、日本に帰るについても全くの浦島太郎である。

私は思案を重ねた結果、妻の実家、大阪府泉南郡多奈川町東畑と記載したのである。私等の引揚者の氏名、住所は興安丸より無線で舞鶴援護局に通知せられ、日本各放送局を通じて全国に放送せられるとの事であった。興安丸は一七ノットの速力で、日本海上を走って行く。

祖国が近づくにつれ帰還の喜びに胸が躍るのを抑える事が出来ない。舞鶴港の姿が眼前に展開されて来た。私としては一六年振りに見た日本の姿、青々と繁った山々、日本は敗戦という歴史上の大変換を余儀なくされたとはいえ、自然の風景には何等敗戦の傷痕が見出せない。日の丸の旗を打ち振って私等引揚者を出迎えてくれる人々の姿も見えて来た。警備艇に護られた興安丸は三月二〇日七時二五分、春の陽ざしに輝く祖国の港、旧舞鶴海兵団沖に投錨したのである。

投錨と同時に各新聞社の記者、写真班が上船して来る。私が懐かしい祖国の姿を我を忘れて眺めて居ると、私の名前を呼んでいる記者がいる。「私は深山です」と答えると、「奥様の住所ご存じですか」と聞く。私が、「何も知りません。全くの浦島太郎です」と答えると、妻の住所と、健在でいる事を知らせてくれた。

午前九時五〇分、出迎えの親戚、知人、友人等が打ち振る日の丸の旗の波をくぐりながら、いよいよ祖国の土を一六年振りに踏む事が出来たのである。今日のこの瞬間を一日千秋の思いで待ちに待ったし、夢にまで見たのである。

私は一六年前日華事変勃発直後、歓呼の声に送られて中国の上海に上陸。その後南京、泰県等中国大陸の死線を彷徨し、終戦時旧満州の北安でソ連軍の俘虜となり、その後戦犯者として八年の刑を受け、ソ連のシベリアの広野を転々として、今度引揚帰国する事が出来たのである。敗戦の犠牲者の一人というべきだろう。

私は多数の出迎者の歓呼の声の中を不安を抱きながら歩いた。帰り来た夫、我が子を迎える妻や家族、親戚、縁者、再会の人間ドラマが此処、彼処で演じられて居る。其の中を歩く私の心は暗い。二〇メートル程歩いたと思う頃、「貴方」という女の声が聞こえると同時に「お父さん」という男の子の声が聞こえ、多数の出迎え人をかき分けて、私の前に立ち止まった。見れば我が妻であり、はじめて見る我が子であった。死んでいたと思っていた妻子が生きて私を迎えてくれたのである。私は我が子をしっかり抱き上げて、流れ落ちる涙を拭いていつまでも頬ずりした。

　その夜、宿舎にいる私を呼び出す女性達が数人居た。会って話を聞いてみると昭和二〇年八月、ソ満国境を突破して旧満州国にソ連軍が侵攻した時、旧満州国の最前線黒河、孫呉等に居住していた人々で、私が終戦を迎えた北安まで子供を背負って辿り着き、私等北安憲兵隊が其の日本人のために衣食住の世話をした人々である。

　その人達ほとんどは女性で（男性は最後の現地召集を受けたため少数）、着のみ着のままの憐れな姿で背負った子供と手をひいた子供と三人で逃げて来る途中、手をひいて連れて来た子供を北安に来る途中で捨てた人、中国人に預けた人がいたのを現認している。私も北安で頼まれるままに一人の男の子を旧満州国北安の市職員に預け、その後ソ連軍の俘虜となった。「その後の私の子供の消息を知りませんか」と問いかけられるが、私が俘虜となってからの消息は全然知らない、と答えるしかなかった。

　翌三月二一日、私は日本赤十字和歌山支部の看護婦さんや和歌山県厚生援護課の人、新聞記者等に付き添われて、私の故里和歌山市に帰る事が出来た。しかし、喜んで帰った祖国日本で待っていたのは、就職難と生活苦であった。


（編者注・この手記はご遺族より届けられました）

編者あとがき

それは六〇年前の記憶。
子供や青年だったころ、確かに見たり聞いたりした。
耳とまぶたは反芻し、鼻、口、肌には感覚が残る。
愛する人と二度と会えないと知ったときの、胸の痛みもまた——。
いつかこの生を閉じる時まで、決して消え去ることがない。

二〇〇五年春。私たち朝日放送スタッフの前に一〇〇〇通を超える手紙が集まりました。終戦から六〇年がたち、うすれゆく記憶を後世に残そうと、「語りつぐ戦争」と題してテレビやラジオ、そしてインターネットで手記をお寄せいただくようお願いした結果です。数週間の告知期間からすれば、予想をはるかにこえる数でした。

わかく凛々しい軍服姿の夫の写真を添え、生前、二人がどれほど深く慈しみあっていたかを切々と綴る女性がいました。戦地での体験をダンボール箱三個分の体験記と資料にして送ってくれた男性もいました。

またある八六歳の女性は、戦争にふり回された半生について、便箋約一〇枚にびっしりと、ふるえる筆致ながらも一文字、一文字ていねいに書きこんでくれました。その最後は「乱れた文字でごめんなさい。読んでいただきありがとう」と結ばれていました。

私たちは驚き、そして感動しました。これほど真摯な手紙を、これほどたくさんいただけるとは、正直、思っていなかったからです。「ありがとう」とは、私たちこそが言うべき言葉でした。

同時に、考え込みもしました。これらの手紙を寄せてくださった人々の心の裡にひそむ強い思いを、私たちは本当に理解できているのだろうか。「戦争の記憶」と気軽にいい、募集の文句にも使っていましたが、その記憶がひとりひとりにとっていかに苛烈で、重いものか、自分たちは分かっているのか。そんな不安を抱きました。実務にあたったスタッフは五十代以下の者ばかり。当然ながら、直接の戦争の記憶は誰も持っていません。私たちの心は揺さぶられました。投稿した方々の思いに応えるべく、「やれるだけのことをやろう」と考えました。それがこの本の出発点でした。

私たちは放送をするのが本来の仕事であり、手紙の募集もそのためにさせていただきましたが、どんな放送をするのかを当初から明確に構想していたわけではありません。しかし、手紙を読み進むにつれ、スタッフの間で「これしかない」というアイディアが共有され、かたまっていきました。

ひとりひとりの体験が原点であり、全てだ。懸命に自分の記憶を伝えようとする人々のうちにあるものを大切にし、なるべくそのままの形で視聴者に届けよう——。

二〇〇五年夏にテレビで放送した約二時間の特別番組は、俳優による手紙の朗読を基礎に作られました。スタジオに椅子をひとつ置き、久米明さん、田中美里さん、山本太郎さんの三人に、順繰りに座っていただき、手紙を読んでもらいました。鳥越俊太郎さんには、全体のナビゲーターをお願いしました。照明を工夫し、音楽をつけましたが、最近のテレビで主流となっている「再現」の手法はとりませんでした。

なぜ朗読なのか。

戦争というものを映像で再現するには、相当な技術的困難が付きまとうということもあるにはありましたが、ひとつひとつの手紙の持つ個性や語り口を大事にしようという意図を強く自覚してもいました。方言や年齢、時代の雰囲気、生きた人間が発する「熱」のようなものを守りたかったのです。

番組は幸いにも好評を得て、再放送もしました。しかしスタッフの胸中には、何かまだ「やりたりない」という気分が残りました。「申し訳ない」という気持ちでもありました。

放送はほとんどの場合、一過性という悲しく、抗しがたい宿命を背負っています。しかし、あれほど多くの手紙をいただき、あんなに心を揺さぶられたのに、形で残せないというのは何たる痛恨事か。放送マンとしてはルール違反ともいえる考えを私たちは共有しました。活字にして残したい——。

東方出版という協力者を得たのは、幸いというほかありませんでした。できることなら一〇〇〇通全てを収載したく思いました。しかしそれは不可能。では、どれを選ぶべきか。これについては東方出版のアドバイスをいただき、番組からは完全に独立して決めさせていただくことにしました。本は本で完結したものとして世に問いたい、と考えたからです。

基準として、いわゆる文の上手、下手などは全くの論外であったことを明言させていただきますが、一方、テーマごとのバランスを多少考慮に入れたことは確かです。全体では総合的に判断させていただいたというしかありません。

ここには一般の本や映画、そしてもちろんテレビでは出会えない、別物の「戦争」があると信じています。理由は、これが歴史書やノンフィクションの書ではなく、手紙の集成だからです。手紙をお寄せいただいた人の多くが「自分の記憶を後世に伝えてほしい」と願って私たちに託した。私たちはそう受け止めています。その意味では、「手紙の宛先は朝日放送ではなく、この本を手に取った皆さんだ」といっても許されるでしょう。

この本はあなたへの手紙なのです。

最後につけ加えさせて下さい。ここにあるのは、六〇年という時が経過したあと綴られた「記憶」のかたまりであって、六〇年前に現実にあったことの「記録」ではありません。強烈な体験だったが故の、思い込みや聞き違いもあるでしょう。この本の価値は、個人の記憶が六〇年後の今、語られているという事実にこそあると考えています。

また文章の中には、意味の明確な把握が困難であったり、あるいは、すでに歴史的事実と認識されていることと合致しないのではないかと悩まされたりする個所がありました。多くをそのままにしました。ただ、誰かの名誉を損なう恐れがあると推測される場合や、誤った用字であると判断される部分などは、直させていただきました。「手紙」であることを尊重した末の判断です。

語りつぐ戦争。

それは耳を傾けてくれるあなたがいて初めて成立する企画でした。私たちは今、それを痛切に感じています。この本を手にとってくださったことに、心からお礼を申し上げます。

本当にありがとう。

朝日放送「語りつぐ戦争」スタッフ一同

語りつぐ戦争
一〇〇〇通の手紙から

二〇〇六年十二月二十日　初版第一刷発行

編　者――朝日放送
発行者――今東成人
発行所――東方出版
〒五四三―〇〇五二　大阪市天王寺区大道一―八―一五
TEL〇六―六七七九―九五七一
FAX〇六―六七七九―九五七三
装　幀――森本良成
印刷所――亜細亜印刷㈱
ISBN4-86249-049-2